Christa Picard

Verschollen im Teufelsmoor

Die Autorin

Christa Picard, 1950 in Bremen geboren und dort aufgewachsen, lebt mit ihrem Mann auf einem Resthof in Grasberg. Hier arbeitete sie in eigener psychotherapeutischer Praxis, bildete Kollegen fort und ist schriftstellerisch tätig. Bisher sind von ihr erschienen: *Unfreiwillige Wege – Auf den Spuren der Familie Trinker* (2011), *Annas Weg* (2013), *Die Engelkens – Eine Familiengeschichte aus dem Teufelsmoor* (2014) und der Krimi *Mord im Moorexpress* (2017), 2. Aufl. (2018).

Titelabbildung: fotolia/ 7ynp100

1. Auflage 2018

ISBN 978-3-95494-176-6
www.edition-falkenberg.de

Christa Picard

Verschollen im Teufelsmoor

Edition Falkenberg

Juli 1939

Wilhelm Warnke schaute prüfend zum bewölkten Himmel hinauf. Er griff nach dem Regenschirm und ging mit seiner Frau am Arm voraus. Doch dieses Mal schlug er nicht den Weg zum Bürgerpark ein, sondern lief weiter die Wachmannstraße hinunter und bog links in den Schwachhauser Ring ein. Erstaunt folgten ihm seine Söhne. Vor einem großen, freistehenden Haus hielt er inne und wandte sich an seine Familie.

»Das wird unser neues Heim. Ich habe es für uns gekauft«, verkündete er stolz. Rudolf schaute sich das imposante Gebäude mit den vielen Fenstern und Erkern an. Ein Zaun umgab das Grundstück. Im Vorgarten blühten mehrere Rosenstöcke.

»Können wir uns das denn leisten?«, fragte er beklommen.

»Es war günstig zu haben«, sagte der Vater knapp und schloss die Haustür auf. Er führte seine Familie durch die Räume der beiden Stockwerke. Überall standen gepflegte Möbel. Im Wohn- und Esszimmer lagen Perserteppiche auf den blankpolierten Parkettböden, schwere Kronleuchter hingen von der Decke.

»Warum ist denn noch alles vollgestellt?«, fragte Rudolf.

»Die Vorbesitzer sind ausgewandert und hatten kein Interesse oder nicht genügend Zeit, um alles mitzunehmen«, erwiderte der Vater. »Doch jetzt seht euch erst einmal alles an.«

Zwei Wochen später fuhr der Umzugslaster vor. Während die Männer die Möbel hinuntertrugen und verluden, wusch Helen das Frühstücksgeschirr ab und verstaute es in einer Kiste. Rudolf und seine kleineren Brüder Hans und Fritz halfen mit. Zwei Stunden später war alles gepackt und der Lkw machte sich auf den Weg. Die Jungen fuhren auf ihren Rädern hinterher, die Eltern und Helen waren bereits vorher zu Fuß aufgebrochen. Als sie am neuen Haus ankamen, stand der Laster schon vor der Tür.

Aufgeregt liefen die Jungen die Treppe hinauf in ihre neuen Zimmer. Anders als in der alten Wohnung würde jeder einen eigenen Raum bekommen. Die Mutter rief nach ihnen, sie sollten weiter mit anpacken, denn ein paar von ihren Möbeln sollten auch noch einen neuen Platz in dem geräumigen Haus finden. In Rudolfs Zimmer standen bereits ein Kleiderschrank und ein Schreibtisch. Sein altes Bett schob er an die freie Wand.

Als die Umzugsleute ihre Arbeit beendet hatten, erhielten sie von Wilhelm Warnke ein Trinkgeld. Helen deckte das erste Mal den Tisch im Esszimmer. Sie hatte vorgekocht, alle ließen sich den Eintopf schmecken.

Nach dem Essen ging Rudolf in sein neues Zimmer und begann, seine Sachen einzuräumen.

Als er die Seitentür des kleinen Sekretärs öffnete, fand er darin ein Rechenheft. Rudolf nahm es heraus. Auf der Vorderseite stand in ordentlicher Schrift ›Martha Grünberg‹ geschrieben. Die Seiten waren bis zur Hälfte mit Multiplikations- und Divisionsaufgaben gefüllt. Rudolf vermutete, dass die Schülerin Martha es in der Sexta benutzt hatte. Doch warum hatte sie es nicht bis zum Ende vollgeschrieben? Und warum lag das Heft noch hier?

Rudolf fand seinen Vater im neuen Arbeitszimmer und zeigte ihm das Heft. Wilhelm Warnke blätterte es durch und schwieg für einen Moment. »Das ist wohl vergessen worden«, sagte er schließlich. »Oder das Mädchen wollte es nicht mitnehmen.«

»Die Grünbergs, was ist denn das für eine Familie, und wo sind sie hin?«

»Es sind Juden. Sie sind nach England ausgewandert. Aber jetzt störe mich nicht länger. Ich will meine Bücher fertig einräumen.«

Samstag, 26. August 2017

»Wir müssen los, bitte beeile dich.« Ungeduldig wartete er an der Tür. Das meiste hatte sie schon gepackt, es fehlten nur noch die Wanderstiefel. Sie holte zwei Paar aus dem Schuhschrank.

»Welche soll ich mitnehmen?«, fragte sie unsicher.

»Nimm die, mit denen du am besten laufen kannst.«

Das half ihr nicht. »Beide sind gleich bequem«

Er nahm von jedem einen in die Hand, drehte sie um. »Die sind besser«, entschied er und deutete auf die Schuhe mit dem tieferen Profil. »Hast du alles, Liebes?«

Sie nickte, stopfte die Stiefel hinein und übergab den schweren Rucksack an ihren Begleiter.

»Nun komm.«

Als sie ihre Handtasche umhängte, zögerte sie einen Augenblick, als fehle noch etwas, dann griff sie schnell nach ihrem Schlüssel und schloss die Tür hinter sich ab.

Die Sonne ging gerade unter, als er von der Landstraße auf einen Feldweg abbog. Er führte den Berg hinauf, vorbei an einer Wiese und durch einen Wald. Baumwurzeln und Steine auf dem Weg zwangen ihn, sehr langsam zu fahren, dennoch wurden sie kräftig durchgeschüttelt. Sie hielt sich am Sitz fest und biss die Zähne zusammen.

»Es dauert nicht mehr lange«, versprach er.

Doch immer weiter wand sich der Weg, vorbei an Weiden und Baumgruppen, bis vor ihnen in einem Kieferngehölz eine kleine Parkbucht auftauchte.

»Von hier müssen wir zu Fuß weiter. Es ist aber nicht mehr weit.«

Er hielt an, stieg aus und öffnete ihre Tür. »Darf ich bitten?«

Stöhnend stieg sie aus und rieb sich ihren Rücken. »Das wurde aber auch Zeit.«

Beide schulterten ihre Rucksäcke. Jetzt wusste sie, warum sie keinen Koffer mitnehmen sollte.

Schon nach wenigen Schritten spürte sie das ungewohnte Gewicht auf ihren Schultern. Der Rucksack schien immer schwerer zu werden. Die

Dämmerung setzte gerade ein, sie sah kaum noch den Weg vor sich. Ihm machte es anscheinend nichts aus. Zielstrebig lief er voraus, sie konnte kaum Schritt halten. »Nun warte doch mal.«

Er hielt an und drehte sich um. »Entschuldige, ich bin einfach so aufgeregt, so kurz vor dem Ziel.«

Der Weg öffnete sich auf eine Wiese. An ihrem Ende konnte sie ein kleines Haus ausmachen, das sich aber kaum von dem dunklen Hintergrund abhob. Er deutete darauf: »Das ist es.«

Die letzten Meter liefen sie nebeneinander. Im Näherkommen sah sie, dass die Hütte ganz aus Holz war. Mit den geschlossenen Fensterläden wirkte sie eher abweisend auf sie.

Auf der Bank vor dem Eingang legten sie ihre Rucksäcke ab. Sie atmete tief durch und sah zu, wie er die Tür aufschloss.

Sonntag, 27. August

Der frische Kaffeeduft weckte sie, er erreichte sie durch die geöffnete Schlafzimmertür. Wohlig streckte sie sich unter ihrer Decke und schloss noch einmal die Augen. Dabei hörte sie das Klappern des Geschirrs. Er schien den Tisch zu decken und summte dabei.

Sie wandte sich um und schaute hinaus. Sie sah die saftig grüne Almwiese und im Hintergrund hohe Berge, deren Spitzen baumlos in den Himmel ragten. Er hatte ihr nicht zuviel versprochen.

»Liebes, Frühstück ist fertig!«, rief er hinauf. Schnell sprang sie aus dem Bett.

Montag, 28. August

Als Kriminalhauptkommissar Peter Köster von seinem Fahrrad stieg, sah er, wie der Wind einige trockene Blätter über den Parkplatz trieb. Sein Blick fiel auf die umliegenden Bäume am Straßenrand. Sie verfärbten sich früh in diesem Jahr, stellte er fest. Dabei war der Sommer doch noch nicht zu Ende.

Auf Kreta war es noch so warm gewesen. Für einen Moment war er wieder dort am Strand und sah, wie seine Söhne mit ihren Schwimmflossen und Taucherbrillen in das türkisblaue Wasser wateten und wenig später untertauchten. Er lächelte wehmütig, stellte sein Rad unter und öffnete die Tür seiner Dienststelle, dem Polizeikommissariat Osterholz in der Kreisstadt Osterholz-Scharmbeck.

In seinem Büro im Trakt des Kriminal- und Ermittlungsdienstes des Polizeikommissariats blieb er nicht lange allein. Wenig später klopften Kriminalkommissarin Anne Grotheer und Kriminaloberkommissar Thomas Kruse an seine Tür. »Schön, dass du wieder da bist!«, rief Kruse und schüttelte seine Hand, Grotheer umarmte ihn. »Finde ich auch.«

Köster nickte seinen beiden engsten Mitarbeitern zu. »Ja, ich freue mich auch euch wiederzusehen. Setzt euch doch.« Als sie in der kleinen Sitzgruppe Platz genommen hatten, streckte er die Beine aus und sah seine Kollegen an. »Wie geht's euch? Und ist was passiert, als ich weg war?«

Kurse schüttelte den Kopf. »Nichts Besonders. Eine Schlägerei, ein Autodiebstahl und zwei Einbrüche. Das Übliche. Wir hatten es hier ziemlich ruhig.«

»Dafür war das Wetter eine Katastrophe, fast immer Regen. Baden ging gar nicht«, fügte Anne hinzu und schüttelte sich. »Das war auf Kreta sicher ganz anders, so braun wie du geworden bist.«

Thomas studierte das Gesicht und die schwarz gelockten Haare seines Vorgesetzten. »Jetzt könnte man dich wirklich für einen Südländer halten.«

Köster lächelte. »Ja, wir hatten tolles Wetter. Und es kam auch vor, dass ich von den Einheimischen auf griechisch angesprochen wurde. Da ich nichts verstand, merkten sie aber gleich, dass ich ein Tourist war.«

»Hast du denn südländische Vorfahren?«, fragte Anne interessiert.

»Nicht, dass ich wüsste. Köster ist ja ein Name von hier und meine Mutter war eine geborene Schulte. Von ihr habe ich aber die dunklen Haare. In ihrer Familie wurde gemunkelt, dass da mal ein ›Zigeuner‹ dazwischengefunkt hat. Sagt man ja heute nicht mehr. Ob Sinti oder Roma oder jemand ganz anderes, das lässt sich nicht mehr feststellen.«

»Und wie war's sonst auf Kreta?«, wollte Kruse wissen.

Köster schaute versonnen aus dem Fenster. »Schön. Johann und Mats waren ständig im Wasser. Das war unglaublich warm und klar. Es gab viel zu sehen, Fischschwärme und Korallen. Ich selbst bin auch geschnorchelt. Dazu haben wir noch die Insel erkundet, waren in Knossos und an einigen Ausgrabungsstätten. Das fanden die Jungs sehr spannend. Ihr wisst ja, sie interessieren sich sehr für Geschichte, auch wenn dieses Mal das Altertum dran war.«

Grotheer und Kruse nickten. Sie erinnerten sich an die Recherchen von Kösters Söhnen in ihrem letzten Mordfall, der erst wenige Monate zurücklag. Auf der letzten Moorexpress-Wintersonderfahrt von Stade nach Osterholz-Scharmbeck hatten die Eisenbahner einen Toten im Zug entdeckt. Die Ermittler machten sich auf die Suche nach den Mitreisenden. Unter ihnen musste der Täter sein. Dann gab es noch das geheimnisvolle Tagebuch. Erst im Laufe der Ermittlungen fanden die Kommissare heraus, in welchem Zusammenhang es mit dem Mordopfer stand.

»Von der Reise kann ich euch später noch mehr erzählen. Jetzt möchte ich erst mal genauer hören, was hier anlag.«

»Die Schlägerei fand nach einer Junggesellenparty statt. Die lief wohl aus dem Ruder«, berichtete Kruse. »Die Jungs hatten zuviel getankt und waren mit einer anderen Gruppe von Betrunkenen aneinandergeraten. Sie haben sich die Köpfe blutig gehauen. Als sie dann noch anfingen, die Einrichtung der Kneipe auseinanderzunehmen, rief der Wirt die uniformierten Kollegen.«

»Sie nahmen einen großen Teil der Randalierenden zur Ausnüchterung mit auf die Dienststelle. Darunter war auch der Bräutigam«, fuhr Grotheer fort. »Seine Zukünftige war sicher nicht erfreut.«

Die drei schwiegen zunächst und lächelten, als sie sich die Situation für einen Moment vorstellten.

»Ein Pkw wurde auf dem Parkplatz eines Autohauses entwendet. Der ist später in Bremerhaven wieder aufgetaucht. Ziemlich demoliert. Da haben anscheinend ein paar Jugendliche ein Rennen gefahren, denn es wurde noch ein weiteres, gestohlenes Fahrzeug sichergestellt, das auch nicht mehr fahrtüchtig war«, sagte Kruse.

»Und die Einbrüche?«, fragte Köster.

Kruse zuckte mit den Achseln. »Einer hier in der Stadt und der zweite in Lilienthal. Die Bewohner waren unterwegs, die einen auf einem Konzert und die anderen verreist. In beiden Fällen scheinen die Täter die Häuser längere Zeit beobachtet zu haben. Sie hebelten die straßenabgewandten Fenster im Erdgeschoss auf und stiegen ein. Es wurden Computer, Bargeld und Schmuck gestohlen. Die Kriminaltechniker fanden auch einige Fingerabdrücke, die schon in der Datenbank waren. Sie stammten von Mitgliedern einer Diebesbande, nach der wir schon länger fahnden. Wir vermuten, dass es sich dabei um Rumänen handelt, von denen einige bereits in Bremen vor Gericht standen.«

Am Abend hatte sich der Wind wieder beruhigt. Köster genoss die Heimfahrt auf dem Rad durch die ruhigen Straßen. Beim nächsten Supermarkt hielt er an und kaufte ein. Zum Glück hatte er an seine Satteltaschen gedacht, so konnte er einiges mitnehmen. Sein Weg führte ihn zuerst zum Kühlregal. Er überlegte, ob er für die Abendmahlzeit eine Pizza oder eine Lasagne wählen sollte. Im nächsten Moment erinnerte er sich aber an das Essen in der griechischen Taverne mit seinen Söhnen. Bei dem Gedanken an den frischen, gegrillten Fisch, die grünen Bohnen und den Tomatensalat lief ihm das Wasser im Mund zusammen.

Köster legte die Lasagne zurück ins Tiefkühlregal und entschied sich stattdessen für einen Backfisch mit Ofenkartoffeln, dazu kaufte er einen fertigen Salat. Im Weinregal fand er sogar einen Retsina. Zuhause stellte er den Backofen an, öffnete die Flasche und goss sich ein Glas ein. Doch der Wein schmeckte ihm nicht. Lag es an der Flasche oder der Umgebung?

Stattdessen holte er sich eine Flasche Bier aus dem Kühlschrank und setzte sich auf seinen kleinen Balkon vor der Küche. Ihm gefiel der Blick in die Gärten der umliegenden Häuser. Auch hier verfärbten sich schon die ersten Bäume. Doch noch trugen die meisten grüne Blätter und es blühten noch einige Rosenbüsche und Stauden in den Beeten.

In Gedanken saß er wieder mit seinen Söhnen an dem kleinen, wackeligen Tisch auf der Terrasse der griechischen Taverne und hörte zu, wie sie begeistert von ihren Taucherlebnissen berichteten. Im Hintergrund rauschte das Meer, von den anderen Tischen roch es bereits verführerisch, und Köster konnte wieder spüren, wie hungrig er nach den langen Tagen am Meer gewesen war. Endlich brachte der Wirt das Essen: Berge von Tellern und Schüsseln, die kaum Platz auf dem Tisch fanden. Dennoch hatten seine Söhne und er fast jeden Abend alles leergegessen.

Köster seufzte. Er vermisste die Jungen, war aber gleichzeitig froh und dankbar, dass sie diese Reise mit ihm gemacht hatten. Vor einem Jahr hätte er sich das noch nicht vorstellen können. Damals waren sie ihm meist aus dem Weg gegangen und hatten den Kontakt verweigert.

Sein Magen meldete sich. Er stand auf, um den Fisch und die Kartoffeln in den Ofen zu schieben. Eine halbe Stunde würde er noch warten müssen; die Fertiglasagne hätte deutlich weniger Zeit in der Mikrowelle gebraucht. Um die Wartezeit zu überbrücken, füllte er den Salat in eine Schüssel und richtete ihn mit Essig und Öl an.

Während er aß, ging er seine übrige Post durch. Nach seiner Rückkehr hatte er kurz die wichtigsten Schreiben durchgesehen. Es waren vor allem Rechnungen gekommen, die er in den nächsten Tagen überweisen würde.

Dienstag, 29. August

In der Morgenbesprechung schaute Köster seine beiden Kollegen fragend an: »Ihr habt mir noch gar nicht erzählt, wie es euch selbst in den letzten zwei Wochen ergangen ist.«

Grotheer strich sich eine Strähne aus dem Gesicht, die sich aus ihrem blonden Pferdeschwanz gelöst hatte. Heute trug sie eine blau gemusterte Bluse zur Jeans, die ihr gut stand, wie Köster feststellte. Die junge Kommissarin schaute traurig aus dem Fenster.

»Sven will jetzt doch in Norwegen arbeiten. Das ist bei ihm ja schon länger Thema. Er weiß aber, dass ich nicht mit will. Deswegen war er sich eine Weile auch nicht mehr so sicher. In den letzten Wochen haben wir viel darüber gesprochen, auf unserem Hof eine Wohnung für uns auszubauen. Meine Eltern sind damit einverstanden. Das Bauernhaus ist groß und der erste Stock wäre komplett für uns frei. Und sie mögen Sven. Zwei Jahre sind wir nun schon zusammen und eigentlich sind wir nie getrennt. Meistens übernachtet er bei mir und hilft, so oft er kann, mit im Stall. Oder fährt Traktor. Ich habe mich schon so darauf gefreut, dass er ganz zu uns ziehen wollte. Aber anscheinend geht ihm das doch alles zu schnell. Sonst hätte er nicht gleich bei dem Angebot der Zimmerei aus Norwegen zugegriffen. Schon nächste Woche wird er dort anfangen.«

»Wohin geht er denn?«, fragte Köster.

»Nach Stavanger. Das ist ziemlich hoch im Norden. Am liebsten hätte er natürlich, dass ich ihn begleite. Aber ich kann meine Eltern mit dem Hof nicht allein lassen. Außerdem arbeite ich so gern mit euch zusammen. In Norwegen kenne ich niemanden und finde als Polizistin sicher keinen Job.«

Anne schluckte. Sie wollte vor ihren Kollegen nicht weinen.

Kruse legte den Arm um sie. »Ich kann dich gut verstehen. Es ist sicher schwer für dich, ihn so einfach ziehen zu lassen. Warte doch erst mal ab, wie er in Norwegen klarkommt. Es könnte ja sein, dass er schnell wieder zurückwill, weil es dort nicht so ist, wie er es sich vorgestellt hat.«

Köster nickte. »Es ist im Moment noch zu früh, ihn zu begleiten. Und falls er doch bleiben will, kannst du ihn ja erst einmal besuchen.«

»Uns wäre natürlich am liebsten, er kommt bald zurück und du bleibst hier bei uns«, fügte Kruse hinzu.

Mit Tränen in den Augen lächelte Anne. »Ich sehe schon, ihr seid die ganz klugen Ratgeber. Auf euch will ich einfach nicht verzichten.«

Köster wandte sich an Kruse: »Und, gibt es bei dir Neues?«

Der Kommissar strich sich über die kurzen blonden Haare und faltete die Hände über seinem runden Bauch. Dabei schaute er seinen Vorgesetzten nachdenklich an. »Ich weiß nicht, habe ich dir schon erzählt, dass unser Kai in Berlin ein Mädchen kennengelernt hat? Am letzten Wochenende waren sie beide bei uns. Eine ganz Nette. So wie es aussieht, bleibt er da. Inzwischen haben wir uns damit abgefunden. Demnächst fahren wir zu den beiden in die Hauptstadt.«

Kurz nachdem Grotheer in ihr Dienstzimmer zurückgekehrt war, klopfte eine junge Frau an ihre Tür. Sie hatte schon am Vortag angerufen und ihre Mutter als vermisst gemeldet. Die Kommissarin bat sie herein. Mit erschrockenen Augen sah sie die junge Kriminalbeamtin an. »Seit Sonnabend versuche ich meine Mutter zu erreichen, aber sie geht nicht ans Telefon! Sie ist einfach verschwunden! Es muss ihr etwas passiert sein!«

»Nun beruhigen Sie sich erst einmal und setzen sich bitte«, sagte Grotheer und bot ihr einen Stuhl an.

»Wie ist denn Ihr Name? Woher kommen Sie?«

»Ich bin Sandra Brünjes und wohne in Hambergen.« Sie atmete tief durch und fügte hinzu: »Mit meinem Mann und meinen beiden kleinen Kindern, Marie und Jonas.«

Wie heißt Ihre Mutter? Sagen Sie mir bitte auch, wo sie wohnt und wo sie arbeitet.«

»Sie heißt Sonja Mertens und wohnt in Hüttenbusch in der Waldstraße 15. Sie arbeitet in einem ambulanten Pflegedienst in Worpswede. Da habe ich gestern morgen gleich angerufen. Ihre Vorgesetzte meinte, meine Mutter hätte eine Woche Urlaub genommen und wäre verreist. Davon hat Mama mir aber nichts erzählt.«

»Das hätte sie auf jeden Fall getan?«

»Ganz bestimmt. Sie ist noch nie weggefahren, ohne mir Bescheid zu sagen!«

»Aber immerhin hat sie sich Urlaub genommen. Vielleicht hat sie etwas vor, von dem Sie noch nichts wissen sollen?«, fragte Grotheer vorsichtig.

»Das kann ich mir schwer vorstellen. Wir verstehen uns sehr gut und erzählen uns eigentlich alles.« Sandra Brünjes schaute die Kommissarin mit großen Augen an. »Da ist aber noch etwas, das ich Ihnen sagen muss. Ich war heute in ihrer Wohnung. Für die habe ich ja einen Schlüssel. Ich wollte nachsehen, ob alles in Ordnung ist.«

»Und?«

»Eben nicht! Das Auto meiner Mutter steht vor der Tür. Und ich habe ihr Handy in der Küchenschublade gefunden.«

»Dann ist Ihre Mutter vielleicht mit jemand anderem oder mit öffentlichen Verkehrsmitteln unterwegs. Das Handy kann sie doch auch vergessen haben«, erwiderte die Kommissarin.

»Nein, sie würde nie ohne ihr Handy aus dem Haus gehen«, versicherte Brünjes entschieden.

Grotheer rief die Vorlage für die Vermisstenanzeige auf ihrem Computer auf. Sie tippte die Angaben von Sandra Brünjes ein und ergänzte sie mit weiteren Informationen, nach denen sie die junge Frau befragte. Bevor die Kommissarin die besorgte Tochter verabschiedete, versprach sie, ihren Vorgesetzten über den Vorgang zu informieren.

Köster hörte Anne aufmerksam zu und überlegte eine Weile.

»Frau Brünjes befürchtet, ihrer Mutter könnte etwas zugestoßen sein. Das ist nicht auszuschließen, aber eine bloße Vermutung. Frau Mertens hat Urlaub beantragt, ohne dass ihre Tochter davon wusste. Ich denke eher, ihre Mutter wollte einfach mal allein verreisen. Oder sie hat einen Mann kennengelernt hat und ist mit ihm unterwegs und möchte nicht, dass ihre Tochter gleich etwas davon erfähret«, sagte Köster.

»Das könnte schon sein. Aber das mit dem zurückgelassenen Handy ist schon merkwürdig«, wandte Grotheer ein. »Wenn sie sonst nicht ohne aus dem Haus geht.«

»Na ja, wer weiß, vielleicht will sie auch mal nicht erreichbar sein. Oder sie hat es vor lauter Verliebtheit vergessen.«

Juni 1940

Helen räumte das abgewaschene Sonntagsgeschirr in den Wohnzimmerschrank und nahm ihre Schürze ab. »Ich bin fertig«, sagte sie zu Rudolf, der ihr die letzten Teller angereicht hatte. »Jetzt gehe ich los.«

»Grüße sie beide von mir!«, rief Rudolf ihr nach.

Helen verließ das Haus und machte sich auf den Weg zu ihrer Schwester Ruth und deren Mann Emil. Früher war Rudolf noch mitgekommen. Seine Eltern hatten zunächst nichts dagegen einzuwenden, so dass der Junge Helen fast jedes Mal zu den Cohens begleitetet hatte. Gemeinsam waren sie im Bürgerpark unterwegs und hatten das Tiergehege besucht. Anders als bei den Spaziergängen mit den Eltern, bei denen er mit seinen Brüdern ruhig hinter ihnen gehen musste und die Wege nicht verlassen durfte, konnte er mit Helen, Ruth und Emil über die Wiesen und um die Wette laufen. Die Ehe der Cohens blieb kinderlos; so hatte Rudolf stets im Mittelpunkt der drei Erwachsenen gestanden.

Seit gut zwei Jahren verbrachte er seine Sonntagnachmittage lieber mit seinen Freunden und Helen ging meistens allein zu ihrer Schwester. Doch sie berichtete ihm weiterhin von ihren Besuchen bei Ruth und Emil. Daher wusste Rudolf, dass sie wie alle Juden in der Stadt unter den Repressalien der Nazi-Regierung litten. Emil hatte seine Arbeit als Uhrmacher verloren. Jetzt arbeitete er für 66 Pfennig die Stunde als Erdarbeiter auf dem Friedhof und Ruth fertigte im Auftrag einer sogenannten arischen Schneiderin Näharbeiten an. Nur mit Mühe schafften sie es, die Miete für die kleine Wohnung zu verdienen. Es reichte kaum mehr für die Lebensmittel. Seit überall im Bürgerpark die Schilder »Juden unerwünscht« aufgestellt worden waren, hatten sie Spaziergänge dorthin einstellen müssen.

Mittwoch, 30. August

Am Morgen rief Sandra Brünjes noch einmal im Kommissariat an und berichtete aufgeregt, dass sie immer noch nichts von ihrer Mutter gehört hatte. Sie wäre sich ganz sicher, dass ihr was passiert sein musste. Grotheer versprach, der Sache nachzugehen. Sie wandte sich an Kruse. Er konnte die Sorge der Tochter nachvollziehen und machte sich nach Rücksprache mit Köster zusammen mit seiner jungen Kollegin auf den Weg nach Worpswede. Zuvor hatte Anne einen Termin mit der Leiterin des Pflegedienstes vereinbart, bei dem die vermisste Sonja Mertens angestellt war. Als sie in den Ort hineinfuhren, entdeckte Kruse an einem Schaufenster die Aufschrift »Ambulante Pflege«.

»Ist es das?«, fragte er.

Seine Kollegin schüttelte den Kopf. »Nein, wir müssen noch ein Stück fahren. Aber pass mal auf, davon gibt es hier noch so einige.«

Kruse schaute aus dem Fenster und staunte. Er entdeckte drei weitere ehemalige Ladengeschäfte, in die jeweils ein Pflegedienst eingezogen war. Und davor stand stets eine Reihe Kleinwagen mit dem entsprechenden Firmenlogo.

»Ich habe mich schlau gemacht. In Worpswede gibt es vier solcher Unternehmen«, erklärte Grotheer. »Das scheint ein gutes Geschäft zu sein.«

»Apropos Geschäft. Hier befinden sich alle ambulante Pflegeeinrichtungen in ehemaligen Läden. Da haben anscheinend einige Einzelhändler dicht gemacht. Ich schätze, sie konnten in solch einem Dorf nicht überleben. Einige von denen kenne ich noch von früher.« Kruse deutete in eine Richtung. »Dort war ein Schuhladen und auf der anderen Seite ein Uhrengeschäft. Das ist schon schlimm für die Bewohner, die jetzt immer weitere Wege zurücklegen müssen.«

»Tja, so ist das eben, wenn alle nur noch im Internet oder in den großen Einkaufszentren einkaufen«, wandte Grotheer ein. »Allerdings scheint es für die ambulante Pflege einen großen Bedarf zu geben. Kein Wunder, wenn wir alle immer älter werden. Ah, da sind wir.«

Sie hielten vor dem ehemaligen Laden, in dem jetzt die ›Pflegenden Hände‹ untergebracht waren und traten ein. Wenig später wurden sie von der Leiterin begrüßt und erkundigten sich nach der Pflegerin.

»Frau Mertens hat Montag vor einer Woche um Urlaub gebeten. Das war mir nicht so recht, denn wir sind sehr knapp an Personal. Wegen einer dringenden Familienangelegenheit, meinte sie, deswegen sagte sie auch so kurzfristig Bescheid. Sie will Anfang nächster Woche wiederkommen. Warum fragen Sie? Ist mit ihr etwas nicht in Ordnung?«

»Nein, ihre Tochter macht sich nur Sorgen, weil ihre Mutter das mit ihr nicht abgesprochen hat«, erwiderte Kruse.

Nachdenklich schaute Helga Monsees Kruse an. »Das ist schon seltsam. Sie erzählt gern von ihrer Tochter und den Enkeln. Soweit ich weiß, haben sie ein enges Verhältnis.«

»Hat Frau Mertens Ihnen gesagt, um was für eine Familienangelegenheit es sich handelt, und wann genau sie wieder zurück sein wird?«

»Nein. Ich habe auch nicht weiter danach gefragt. Mir war es nur wichtig, dass sie in einer Woche wieder zum Dienst erscheint.«

»Wie ist sie denn so als Mitarbeiterin?«, wollte Grotheer wissen.

»Sehr zuverlässig und bei allen beliebt, die von ihr gepflegt werden.«

»Hat sie ihr Diensthandy mitgenommen?«

»Nein. Das liegt hier bei uns im Schrank.«

»Gab es denn in der letzten Zeit besondere Vorkommnisse?«

»Nicht, dass ich wüsste. Aber ich habe auch keinen so engen Kontakt zu ihr.

Sie sollten einmal Frau Schulz fragen, das ist ihre Freundin. Allerdings hat sie gerade Dienst.«

Nach dem Gespräch rief Grotheer gleich bei Kerstin Schulz an. Die Altenpflegerin war gerade bei einem Patienten, am Nachmittag hätte sie aber frei. Daraufhin kehrten Grotheer und Kruse in ihre Dienststelle nach Osterholz-Scharmbeck zurück. Um 15 Uhr machte sich die junge Kommissarin auf den Weg nach Grasberg.

Zwei kleine Jungen tobten durch den Flur. Kerstin Schulz schimpfte und schickte sie in ihr Zimmer. Wenig später saßen die beiden Frauen bei einer Tasse Tee in der Küche.

»Ich mache mir auch Sorgen um Sonja. Das gab es noch nie, dass sie einfach verschwindet und nicht sagt wohin.«

»Sie haben also keine Ahnung, wohin sie gefahren ist?«

Kerstin Schulz schüttelte den Kopf. »Nein, überhaupt nicht.«

»Hat sie sich in letzter Zeit verändert? Gab es besondere Vorkommnisse?«

»Darüber habe ich auch schon nachgedacht. Sie ist schweigsamer geworden. Früher hat sie mehr von sich erzählt.« Die Pflegerin trank einen Schluck Tee und sah dabei aus dem Fenster.

»Ich weiß nicht, ob ich das sagen soll.« Sie zögerte einen Moment. »Nachher kommt sie morgen zurück und es ihr gar nicht recht, dass ich Ihnen davon erzählt habe.«

Sie atmete tief durch. »Auf der anderen Seite ist es ja auch nichts Schlimmes. Ich glaube, sie hat einen Bekannten oder einen Freund.«

»Wie kommen Sie darauf?«

»Ich habe sie letztens zufällig gesehen, als ich auf dem Weg zu meinem Augenarzt war. In dem Ärztehaus in Lilienthal, wo sich die Praxis befindet, gibt es unten ein kleines Café. Da kam sie Hand in Hand mit einem Mann heraus. Sie hat mich aber nicht bemerkt. Ich habe mich schnell umgedreht und bin in die Apotheke gegangen. Ich musste noch ein Rezept einlösen.«

»Und warum haben Sie sie nicht begrüßt?«

»Die beiden waren in ein Gespräch vertieft. Bis dahin hatte sie mir auch noch nichts von einem Freund erzählt. Vielleicht wäre es ihr peinlich gewesen, dass ich davon etwas mitbekommen habe.«

»Wissen Sie noch, wann das war?«

»Da kann ich eben nachsehen.« Kerstin Schulz holte einen kleinen Taschenkalender aus ihrer Handtasche und begann zu blättern. Als sie die richtige Stelle gefunden hatte, deutete sie darauf.

»Hier hab ich's. Am 14. August um 14:30 Uhr. Das war ein Montag.«

»Das ist ja wirklich noch nicht so lange her. Hatte Frau Mertens früher schon einen Freund oder einen Bekannten?«

»Nein, nicht, dass ich wüsste. Jedenfalls hat sie mir nichts erzählt.«

»Können Sie den Mann beschreiben?«

Kerstin Schulz dachte nach. »Das Ganze ging so schnell. Er sieht ganz gut aus, ist groß und schlank. Er hat dunkle, kurze Haare mit etwas grau darin.«

»Wie alt würden Sie ihn schätzen?«

»Schwer zu sagen. Um die 40 bis 50.«

»Was hatte er an?«

»Jeans und kariertes Oberhemd. Darüber trug er eine Weste. Das fiel mir auf, weil man das nicht so oft sieht. Das ist alles, was mir einfällt. An mehr kann ich mich nicht erinnern.«

*

Müde und zufrieden kehrten sie von der Wanderung zurück. Vier Stunden lang waren sie den steinigen Weg hinaufgelaufen. Immer wieder musste sie stehenbleiben und tief Luft holen. Dabei hatte er geduldig auf sie gewartet und ihr an besonders steilen Abschnitten die Hand gereicht.

Es war das erste Mal, dass sie einen so hohen Berg erklomm. Auf der Spitze schöpfte sie tief Luft und genoss die weite Aussicht und die Brotzeit, die er in seinem Rucksack mitgebracht hatte.

Ihm schienen Auf- und Abstieg nichts auszumachen.

Zurück in der Hütte machte er sich gleich ans Kochen. Aus dem Kühl- und Eisschrank förderte er schier unerschöpfliche Vorräte zutage. Eine ihm bekannte Bäuerin hatte vor ihrer Ankunft noch für sie eingekauft, berichtete er. Wieder lehnte er ihre Unterstützung ab.

Es schmeckte vorzüglich, er kochte wunderbar. Was konnte er eigentlich nicht? Noch nie war ihr so ein zärtlicher und einfühlsamer Mann begegnet. Ihre anfängliche Sorge war doch unbegründet. In den letzten Tagen hatte er nicht so abwesend oder ungeduldig auf sie gewirkt, so wie bei ihrer Abreise und während der Fahrt. Die ganze Zeit schien er entspannt und kümmerte sich liebevoll um sie. Womit hatte sie dieses Glück nur verdient?

Nachdem sie sich bedankt hatte, lächelte er. »Den Abwasch mache ich später. Jetzt machen wir es uns erst mal gemütlich.« Er schenkte noch einmal nach und sie nahmen ihre Weingläser mit auf das Sofa. Eng aneinander geschmiegt schauten sie aus dem Fenster. Der Sonnenuntergang tauchte die Berge in ein rötliches Licht.

»Ich glaube, es gefällt dir auch ganz gut hier?«, fragte er.

Sie nickte begeistert. »Ja, die Landschaft ist unglaublich schön. Und du verwöhnst mich so sehr, solch einen Urlaub habe ich überhaupt noch nicht erlebt!«

»Ja, dir ist deutlich anzumerken, dass es dir hier gutgeht, da mache ich es gerne. Ich liebe die Berge sehr und auch diese Hütte. Ich finde sie einfach perfekt.«

»Sie ist sehr gemütlich und die Aussicht einfach toll«, stimmte sie zu.

Einen Moment schwieg er, atmete tief durch und fuhr mit träumerischer Stimme fort: »Am liebsten würde ich sie kaufen. Dann gehörte sie uns und wir könnten jederzeit herfahren. Und wenn wir nicht mehr arbeiten, könnten wir den ganzen Sommer hier verbringen.«

Sie brauchte einen Augenblick, um die Nachricht ganz zu verstehen. Plante er tatsächlich schon, mit ihr den Ruhestand zu verbringen? Für sie hätte es nicht unbedingt diese Hütte sein müssen, aber das war in diesem Moment nicht so wichtig. Hauptsache, sie blieben zusammen.

»Eine schöne Idee. Und wie willst du das finanzieren?« Sie wusste, dass er keine großen Ersparnisse besaß.

»Da mach dir mal keine Sorgen, das werde ich schon hinbekommen.«

»Wenn du möchtest, kann ich etwas dazu beitragen.«

Überrascht schaute er sie an. »Das würdest du tun?«

Donnerstag, 31. August

Nachdem Grotheer und Kruse ihrem Vorgesetzten von den Befragungen von Frau Monsees und ihrer Mitarbeiterin berichtet hatten, herrschte für einen Moment Stille im Raum. Köster lehnte sich zurück und schaute seine Mitarbeiter nachdenklich an.

»Was können wir denn jetzt aus den neuen Informationen folgern? Wie ich schon vermutet habe, hat Frau Mertens höchstwahrscheinlich einen Freund, von dem sie weder ihrer Tochter noch ihrer Freundin erzählt hat. Vielleicht ist er verheiratet oder sie will nur einfach mal etwas für sich behalten. Das mit der dringenden Familienangelegenheit hat sie anscheinend nur vorgeschoben. Es kann doch sein, dass sie mit ihrem Freund verreist ist und es beiden gut gefällt. Sicher kommen sie am Wochenende zurück.«

Grotheer blieb skeptisch. »Das kann ja alles sein. Aber irgendwie ist das komisch, wenn sie sonst immer alles ihrer Tochter bespricht.«

»Finde ich auch. Das scheint nicht zu ihr zu passen. Und so ganz ohne Handy«, pflichtete Kruse seiner Kollegin bei.

»Doch wer weiß, wenn sie so verliebt ist und die Hormone verrückt spielen, da kann frau schon mal ganz schön Unsinn machen.« Er grinste.

»Dann warten wir noch ein paar Tage ab«, entschied Köster. »Wenn Frau Mertens bis Anfang nächster Woche nicht wiedergekommen ist oder sich noch nicht gemeldet hat, gehen wir der Sache weiter nach. Wir können unsere laufenden Angelegenheiten nicht so ohne Weiteres zurückstellen! Anne, kannst du das ihrer Tochter sagen? Und sie soll sich unbedingt melden, wenn sie etwas von ihrer Mutter hört.«

»Mach ich, aber sie wird nicht begeistert sein.«

Als Köster die Haustür aufschloss, klingelte sein Telefon. Gisela Schmidt rief an, seine Kollegin und Kriminalhauptkommissarin bei der übergeordneten Polizeiinspektion Verden. Sie erkundigte sich nach seinem Urlaub. Seit ihren letzten gemeinsamen Ermittlungen verband beide eine herzliche, freundschaftliche Beziehung. Er berichtete ihr gern und ausführlich, was er alles im Urlaub mit seinen Söhnen erlebt hatte. Danach verabredeten sie sich für den nächsten Abend zu einem Spaziergang im Teufelsmoor mit anschließendem Abendessen an der Hamme.

Am folgenden Tag gelang es Köster nur schwer, sich auf seine Arbeit konzentrieren. In Gedanken war er schon bei dem bevorstehenden Treffen mit Gisela Schmidt. Er konnte seinen Dienstschluss kaum erwarten und machte sich gleich auf den Weg an die Hamme.

Bei der Begrüßung umarmten sie sich, küssten sich auf die Wange und schauten einander an.

»Du siehst erholt aus«, stellte Köster fest. Ihre leicht gebräunte Gesichtsfarbe ließ Gisela jünger erscheinen. Als er sie kennengelernt hatte, trug sie ihre blonden Haare sehr kurz. Inzwischen waren sie gewachsen, wellten sich und bedeckten ihre Ohren. Sie trug einen Rock, eine geblümte Bluse und eine passende Strickjacke. Köster spürte, wie sehr er sich über das Wiedersehen freute.

»Ja, die Zeit in Israel war ein Erlebnis, ich habe viel gesehen. Am schönsten war es, Katrin zu treffen.«

Gleich nach dem Schulabschluss war Schmidts Tochter auf die Reise gegangen. Gisela, die seit mehreren Jahren von ihrem Mann getrennt lebte, war der Abschied von ihrer Tochter zunächst schwer gefallen, doch bald genoss sie nach dem Trubel der Abiturvorbereitungen und den anschließenden Feiern die Ruhe und Freiheit, die das Alleinleben mit sich brachte. Als Katrin sie einlud, sie in Israel zu besuchen, hatte sie sich sehr auf das Wiedersehen gefreut. Sie berichtete von der Begegnung mit ihrer Tochter im Kibbuz, in dem sie für einige Monate lebte und arbeitete.

Als sie am Breiten Wasser angekommen waren, blieben sie eine Weile stehen und schauten in den Himmel, an dem ein Bussardpaar langsam seine Kreise zog. Auf der Beek paddelten einige Enten quakend um die Seerosen. Es roch nach frisch gemähtem Gras. Auf den umliegenden Wiesen lagen einige große Heuballen. Gisela hakte sich bei Köster ein. »Ist das nicht schön?«, fragte sie.

Köster nickte. »Das ist eine unglaubliche Stimmung. Ich bin immer wieder gerne hier. Danke, dass du mir diesen Platz gezeigt hast.« Für einen Moment umarmte er sie und zog sie näher an sich. Sie küssten sich innig. Doch schon bald löste sie sich von ihm und schlug den Rückweg vor. »Jetzt wird es aber Zeit, dass wir was essen. Ich bekomme Hunger.«

An der Hamme fanden sie einen Platz am Wasser und bestellen sich jeder ein Bier und einen Flammkuchen. Während sie warteten, sahen sie einigen Paddlern zu, die mit ihren Booten in den Hafen zurückfuhren. Wenig später ging die Sonne unter und verfärbte die Wolken über ihnen in viele Rosa- und Rottöne.

Freitag, 1. September

Am Morgen klingelte sein Handy. Sie erschrak, denn sie hörte es zum ersten Mal. Gleichzeitig fiel ihr wieder ein, dass sie ihr eigenes Handy vergessen und ihre Tochter nicht über ihre Reise informiert hatte. Sandra wusste ja noch nicht einmal, dass sie nicht mehr allein war. Er hatte ihr dazu geraten, ihrer Tochter noch nichts von ihm zu erzählen. Der Urlaub sollte für beide ein Test sein, ob sie zusammen passen würden. Es war schon komisch, so lange nichts von Sandra und den Enkeln zu hören, sie vermisste vor allem die beiden Kleinen. In zwei Tagen war ihr Urlaub zu Ende, nach ihrer Rückkehr würde sie die junge Familie gleich besuchen und Sandra alles erklären.

Er war zum Telefonieren vor die Tür gegangen. Nach einiger Zeit kehrte er wieder in den Wohnraum zurück. Er wirkte angespannt, versuchte aber, es zu überspielen. Sie spürte, dass etwas nicht stimmte. »Was ist los? Wer hat dich angerufen?«

»Nichts Besonderes, ein Anruf von der Arbeit«, versuchte er seinen Stimmungsumschwung herunterzuspielen.

»Anscheinend nichts Erfreuliches.«

Er winkte ab. »Das kläre ich, wenn wir zurück sind. Jetzt lass uns den Tag genießen.«

Sie fragte nicht weiter nach. Auf der Wanderung versuchte sie, mit ihm Schritt zu halten. Er lief voraus und schien mit seinen Gedanken beschäftigt. Dabei schaute er sich deutlich weniger nach ihr um als in den vergangenen Tagen.

»Nun warte doch mal!«

Er zuckte zusammen. Dann wandte er sich um, lief zu ihr zurück und umarmte sie.

»Entschuldige, ich war einfach zu schnell. Das soll nicht wieder vorkommen.«

»Das hoffe ich.«

Es war wie am ersten Abend. Die frühere Sorge meldete sich wieder, mit ihm könnte etwas nicht stimmen. Oder hatte ihn das Telefonat noch beschäftigt? Sie wusste so wenig von ihm.

Auf dem Berg saßen sie eng nebeneinander und genossen die Aussicht.

»Das Dorf da unten, das sieht so nett aus. Wollen wir morgen, an unserem letzten Tag, nicht mal dort hin? Wir sind jetzt jeden Tag gewandert, wäre doch schön, auch mal etwas anderes zu machen.«

»Das machen wir, mein Schatz.« Irgendetwas an seiner Stimme ließ sie aufhorchen. Er klang eher gedämpft, als hätte er keine Lust zu einem Dorfbesuch. Oder täuschte sie sich?

Samstag, 2. September

Gegen Mittag meldete sich Johann bei Köster. Sein Sohn berichtete von der ersten Schulwoche nach den Ferien. »Das ging gleich heftig los. Noch zwei Jahre bis zum Abi, da müssen wir jetzt richtig ran. Ich muss mir ein Thema für die Facharbeit suchen und viele Klausuren schreiben.«

Lea, seine Freundin, müsste genauso viel arbeiten und sie hätten kaum noch Zeit füreinander.

Die nächsten Wochenenden würde Johann daher nicht nach Osterholz-Scharmbeck kommen können.

»Die Zeit in Griechenland war aber toll, Papa.«

»Das finde ich auch, Johann. Dir eine gute Woche. Und grüße Mats von mir.«

»Mache ich. Der wird sich die Tage bestimmt auch noch mal melden.«

Köster legte auf, nahm sich ein Bier aus dem Kühlschrank und setzte sich auf den Balkon.

Eine Amsel zwitscherte auf der Spitze der Birke im Nachbargarten. Ihr Gesang war jetzt im Spätsommer nur noch selten zu hören, Köster lauschte. Ihm wurde ein wenig leichter ums Herz, denn der Gedanke, seine Söhne eine längere Zeit nicht mehr zu sehen, hatte ihn traurig gestimmt. Immerhin hatte sich Johann gemeldet und von sich erzählt.

*

Am Morgen vor der Wanderung hatte er noch daran gedacht, den Lachs aus dem Eis zu nehmen. Der Auflauf war gelungen und er kredenzte den passenden Weißwein. Anschließend wechselten sie mit ihren Gläsern wieder zum Sofa. Es war wie in den letzten Tagen und sie lehnte sich entspannt an ihn. Noch einmal schnitt er das Thema Hüttenkauf an.

»Ich fand es so toll, dass du angeboten hast, dich zu beteiligen.«

Sie richtete sich auf. »Wie viel soll sie denn überhaupt kosten?

Nachdenklich wiegte er den Kopf hin und her. »600.000 Euro.«

Erschrocken sah sie ihn an. »Wie bitte?«

»Das sind die Preise in den Bergen, die kannst du nicht mit unseren vergleichen. Du glaubst gar nicht, was die Leute hier für Immobilien zahlen. Die Hütte steht in einer besonders begehrten Lage. Außerdem ist sie super renoviert und komplett eingerichtet. Das wäre alles im Preis inbegriffen, einschließlich der eigenen Quelle. Ach ja, und sie hat eine Zweitwohnsitzwidmung. Sonst könnten wir sie als Deutsche gar nicht erwerben. Die allein ist schon sehr viel wert. Der Besitzer hat die Hütte für mich reserviert. Wenn wir sie nicht nehmen, ist sie ganz schnell weg.«

Sie schien nicht überzeugt. »Aber trotzdem ist das ziemlich viel Geld. Für diese Summe könnten wir uns jedes Jahr den absoluten Luxusurlaub leisten – und zwar bis an unser Lebensende. Oder wir kaufen uns bei uns ein schönes Haus und hätten noch Geld übrig.«

Er nickte. »Du hältst mich vielleicht für verrückt. Aber ich bin hier so gerne, für mich ist das der schönste Platz auf Erden. Und jetzt mit dir zusammen … Es ist einfach perfekt.« Er zog sie noch näher an sich heran und küsste sie. »Da brauche ich keine Luxusreisen oder eine schicke Villa bei uns in der Gegend. Und ich habe das Gefühl, du bist hier auch glücklich. Stell dir vor, deine Tochter könnte hier mit ihrer Familie auch jederzeit Urlaub machen. Im Sommer zum Wandern und im Winter zum Skilaufen.«

Nachdenklich schaute sie auf die Berge, die langsam mit dem dunklen Himmel verschmolzen.

»Ja, es ist sehr schön hier. Aber wichtiger ist mir, dass du da bist. Mit dir kann ich überall leben.«

Für einen Moment schwiegen beide. Zögerlich ergriff sie wieder das Wort.

»Wenn es dir aber so wichtig ist. Wie viel von der Summe kannst du denn aufbringen? Und wie viel brauchst du von mir?«

»Eigentlich wollte ich 200.000 selbst anzahlen und den Rest als Kredit aufnehmen. Aber ich komme an das Geld gerade sehr schwer heran. Daher würde ich mich sehr freuen, wenn du für mich da einspringst. Du bekommst später alles wieder zurück.«

»Also die gesamten 200.000 Euro?«, fragte sie und schaute ihn aufmerksam an.

»Ja, aber das wäre nur für kurze Zeit.«

»Und wann bräuchtest du das Geld?«

»Gleich. Der Besitzer hat mich angerufen und mir gesagt, dass ihm ein anderer Interessent noch mehr geboten hat. Nur weil er mir die Hütte zuerst versprochen hat, will er sie dennoch zu dem alten Preis an mich verkaufen. Es müsste aber gleich passieren, denn er braucht das Geld für eine andere Investition. Das hat er mir vorhin mitgeteilt. Das wollte ich dir nicht gleich sagen, um dich nicht zu beunruhigen. Daher habe ich von Problemen auf der Arbeit gesprochen.«

Er hatte ihr nicht die Wahrheit gesagt. Und jetzt die Eile. Sie fühlte sich unwohl und suchte nach den richtigen Worten. Hätte sie ihm nur nichts von der Erbschaft erzählt. Sie war doch sonst vorsichtiger. »Ich möchte dir ja helfen. Mir geht das alles nur zu schnell. Zuhause möchte ich das Ganze von der Bank überprüfen lassen. Soviel Zeit muss doch sein.«

November 1941

Endlich Schulschluss. Als Rudolf die schwere Tür der Schule öffnete, blies ihm der kalte Wind die Regentropfen ins Gesicht. Er zog seine Mütze tief ins Gesicht und lief los. Zum Glück hatte er es nicht weit nachhause. Er folgte der Hermann-Böse-Straße, überquerte den Stern und lief die Wachmannstraße hoch bis zum Schwachhauser Ring.

Helen öffnete die Tür und zog ihn hinein. »Du bist ja nass wie ein Pudel!«, rief sie und nahm ihm die Mütze vom Kopf. Mit den Händen fuhr sie ihm durch das Haar und lachte. »Beeil dich, das Essen steht schon auf dem Tisch!«

Es roch gut. Erst jetzt merkte Rudolf, wie hungrig er war. Schnell warf er die Schultasche in die Ecke, zog Jacke, Schal und Mütze aus und lief in die Küche. Helen hatte nur für ihn gedeckt.

Sein Vater aß wie immer in der Firma und seine Mutter besuchte ihre alte Tante. Seine jüngeren Brüder hatten früher Schulschluss als er und saßen anscheinend in ihren Zimmern, bastelten oder machten Hausaufgaben.

Wie so häufig gab es Kartoffelsuppe. Heute schwammen aber einige Speckstücke in der Brühe. Es schmeckte wunderbar. Helen setzte sich Rudolf gegenüber an den Küchentisch und sah ihm beim Essen zu. Sie gab ihm ausnahmsweise noch einen Nachschlag. Selten war er so satt geworden, er lehnte sich zufrieden zurück. Helen lächelte, doch Rudolf bemerkte, dass sie traurig aussah und blasser war als sonst.

»Geht es dir nicht gut?«, fragte er besorgt.

Erschrocken sah sie ihn an. »Nein nein, ich bin nur ein bisschen müde. Nach dem Fliegeralarm heute Nacht konnte ich nicht mehr einschlafen.«

Rudolf nickte. Er dachte an die vielen Stunden, die sie wieder im Luftschutzkeller verbracht hatten. Zum Glück hatte es in Schwachhausen noch nicht so viele Zerstörungen gegeben wie im Hafengebiet und anderen Vierteln. Doch immer wieder wurden sie nachts von den Sirenen aus dem Schlaf gerissen.

Rudolf brachte seinen leeren Teller in die Spüle und bedankte sich für das gute Essen.

»Ich will noch mal in die Rembrandtstraße. Die Hausaufgaben mache ich später.«

»Hast du heute keinen Dienst?«, fragte sie ihn.

»Doch, aber erst um 4 Uhr. Hausaufgaben habe ich nicht auf.«

Vergeblich hatte die Lehrerschaft der Lettow-Vorbeck-Schule versucht, das Vordringen der Hitlerjugend in den Schulalltag zu verhindern, und musste nun zwei unterrichtsfreie Nachmittage für die NS-Organisation zur Verfügung stellen.

Helen nickte. »Nimm den Regenmantel«, forderte sie ihn auf und schloss die Wohnungstür hinter ihm.

Mit Walter Nussbaum war er seit ihrer Einschulung befreundet. Gemeinsam wechselten sie 1936 zur Lettow-Vorbeck-Schule an der Hermann-Böse-Straße. Walter hatte besonders gute Zensuren liefern müssen, um als jüdischer Schüler überhaupt aufgenommen zu werden. Nach der Reichspogromnacht am 9. November 1938 war Walter der Besuch einer deutschen Schule verboten worden. Seit dieser Zeit durfte Rudolf ihn auch nicht mehr mit nachhause bringen, Wilhelm Warnke hatte es ihm untersagt. Niemand sollte erfahren, dass sein Sohn mit einem jüdischen Jungen befreundet war. Stattdessen ging Rudolf nun immer zu Walter.

Im Juni des vergangenen Jahres hatten die Nussbaums ihr Haus verkaufen müssen und waren unfreiwillig mit anderen Paaren und Familien in das Judenhaus in der Rembrandtstraße gezogen. Dort lebten sie beengt in einer Souterrainwohnung.

Als er Walters Wohnhaus erreichte, klingelte Rudolf vergebens. In einem Geschäft gegenüber erhielt er die kurze Antwort, die Bewohner wären umgesiedelt worden, wahrscheinlich in ein Arbeitslager. Wohin genau, wisse niemand.

Verzweifelt lief Rudolf nachhause. »Sie sind weg!« Ernst hörte sich Helen seinen Bericht an. Danach schickte sie ihn zum HJ-Dienst, zog sich ihren Mantel über, verbarg den Judenstern unter ihrer großen Umhängetasche und verließ das Haus. Als er zurückkehrte, saß Helen wieder in der Küche und rief ihn zu sich. Von untergetauchten Freunden hatte sie erfahren, dass die Bewohner des Hauses an der Rembrandtstraße zusammen mit über 400 anderen Juden vor der Schule Am Barkhof antreten und zum Lloydbahnhof marschieren mussten. Dort begann ihre Deportation nach Minsk. Was dort mit ihnen passieren würde, wusste keiner. Ruth und Emil waren ebenfalls unter den Betroffenen. Sie hatten zuletzt in dem Judenhaus an der Wiesenstraße gewohnt.

»Und deine Eltern?«, fragte er besorgt.

»Ich war bei ihnen. Sie sind noch da. Aber sie sind krank vor Sorge.«

Helen hielt Rudolf lange im Arm, beide weinten. Als sie sich beruhigt hatten, schaute er Helen an. Jetzt begriff er, dass auch sie in Gefahr war. Selbst wenn sie außerhalb des Hauses den Judenstern tragen musste; er hatte bisher stets gedacht, dass sie durch die Arbeit in seiner Familie geschützt sei. Sie war immer für ihn da gewesen, hatte ihn gepflegt, wenn er krank war, und ihn getröstet, wenn er traurig war oder es ihm schlecht ging. Nur ihr hatte er von seinen heimlichen Treffen mit Walter erzählen können. »Ich möchte, dass dir nichts passiert und du bei uns bleiben kannst«, sagte er ernst. Sie umarmte ihn. Mit bewegter Stimme erwiderte sie: »Das hoffe ich auch.«

Sonntag, 3. September

Sie erwachte aus einem Albtraum. Erschrocken fuhr sie hoch. Sie fühlte sich benommen. Völlig verwirrt versuchte sie zu begreifen, wo sie sich befand. Sie war nicht mehr in der Berghütte. Sie lag in einem Doppelbett, das sie nicht kannte. Der Raum war ihr ebenfalls fremd. Der Platz neben ihr war leer, aber das Kopfkissen und die Decke waren zerwühlt. Er musste mit im Bett geschlafen haben. Wo war sie nur und wie war sie hier hierhergekommen? Und wo war er? Vorsichtig schob sie ihre Beine zum Bettrand und stand auf. Mit nackten Füßen lief sie zur Zimmertür und öffnete sie. Der Flur lag im dämmerigen Licht. Sie sah einen Lichtschalter, knipste ihn an und ging zur gegenüberliegenden Tür. Dahinter befand sich ein kleines Bad. Als erstes ging sie auf die Toilette, danach wusch sie sich am Waschbecken die Hände. Das kalte Wasser erfrischte ihr Gesicht und sie trank einen Schluck.

Es war schrecklich, sie konnte sich einfach nicht erinnern, wie sie an diesen Ort gekommen war. Und dann dieses dumpfe Gefühl im Kopf. Ihr war alles fremd. Sie verließ das Bad und stieg die steile Treppe hinunter. Unten entdeckte sie einen Wohnraum mit einem durchgesessen Sofa, alles wirkte alt und verstaubt. Dahinter befand sich ein Esszimmer mit einer kleinen Küchenzeile. Sie lief über den knarrenden Fußboden zur Haustür und versuchte sie zu öffnen. Sie war verschlossen. Jetzt begriff sie, dass sie hier völlig allein war und jemand sie an diesem fremden Ort eingeschlossen hatte.

*

Gleich nach dem Frühstück fuhr Köster nach Bremervörde zu Gerda und Jan Behrens. Der ehemalige Eisenbahner und seine Frau hatten ihn eingeladen. Jan war der Lokführer des Moorexpress, in dem im letzten Winter eine Leiche gefunden worden war. Er war ein wichtiger Zeuge, den Köster wiederholt befragt hatte. Betroffen von dem Leichenfund hatte Jan häufig mit seiner Frau Gerda über den Mordfall gesprochen und sogar selbst zu ermittelten begonnen. Auf diese Weise hatten sie wesentlich zur Lösung des Mordfalls beitragen können. Aus diesen Begegnungen war eine enge Freundschaft entstanden.

Nach einem langen Spaziergang um den Vörder See fuhren sie zu Dritt zum Haus der Behrens und genossen auf der Terrasse die milde Spätsommersonne. Gerda hatte einen Auflauf vorbereitet, den sie jetzt fertig aus dem Backofen holte. Der köstliche Duft weckte Kösters Appetit. Für sich allein kochte er selten, deshalb genoss er die Mahlzeiten, die Gerda zubereitete.

Anschließend gab es Kaffee, Jan trug einen frisch gebackenen Apfelkuchen auf und schnitt ihn an. »Den habe ich selbst gebacken«, berichtete er stolz. »Jetzt habe ich ja auch die Zeit für so etwas.« Seit einem Monat war er in Rente und schien seine freie Zeit zu genießen.

Köster probierte. »Lecker«, lobte er den Freund.

Gerda kehrte mit der Thermoskanne zurück und goss ein. »Ja, das bekommt er ganz gut hin. Und er hat auch schon mit dem Schrank fürs Wohnzimmer angefangen.« Köster wusste von Jans Plänen, einen Intarsienschrank für das gute Geschirr seiner Frau zu schreinern, sein erstes Projekt für die Zeit nach der Pensionierung.

»Aber mit der Kreuzfahrt wird es wohl nichts«, sagte Gerda spitz.

Jan lächelte etwas gequält. »Du weißt doch, dass ich dazu keine Lust habe. Vielleicht später mal«, fügte er besänftigend hinzu. »Erst mache ich den Schrank.«

»Kann ich mir den mal ansehen?«, fragte Köster.

»Gerne nach dem Kaffeetrinken, aber weit bin ich noch nicht. Erzähl lieber mal, was bei euch gerade los ist. Hast du einen neuen Fall?«

Köster dachte daran, wie sich der Eisenbahner und seine Frau im letzten Winter für die polizeilichen Ermittlungen im Mordfall interessiert hatten. Seither erkundigten sie sich bei fast jedem Treffen nach seiner Arbeit. Er musste lächeln. Anders als sonst verwies er nicht auf seine Schweigepflicht, sondern sprach kurz über das Verschwinden der Pflegerin.

Jan runzelte die Stirn. »Mutter und Tochter hatten also ein enges Verhältnis? Da ist ist es schon seltsam, wenn sie ihrer Tochter nichts von der

Reise erzählt hat und nichts von sich hören lässt. Warum macht sie das? Wieso sollte denn die Tochter nichts von der neuen Beziehung wissen?«

»Vielleicht ist sie sich selbst noch nicht so sicher, ob er der richtige ist. Und sie will das für sich in dieser Woche überprüfen. Oder er hat sie dazu gedrängt, die Reise mit ihm geheimzuhalten.« Gerda schaute Köster nachdenklich an.

Er nickte. »Beides ist möglich. Wir werden das aber erst wissen, wenn sie wieder auftaucht.«

*

Gerade als sie verzweifelt versuchte, eines der Fenster zu öffnen, und vergeblich an dem klemmenden Riegel rüttelte, hörte sie, wie sich ein Auto dem Haus näherte. Sie schaute hinaus und entdeckte seinen Wagen, der den Schotterweg hinauffuhr. Er stieg aus, griff zwei große Plastiktüten und lief eilig zur Tür. Als er aufschloss und ins Haus trat, sah er sie erschrocken an.

»Du bist schon wach?«, fragte er.

»Ja«, sagte sie. »Wo sind wir hier? Und wie sind wir hierhergekommen?« Ihr Stimme klang schrill.

Er versuchte sie zu umarmen, doch sie sperrte sich.

»Ich will das jetzt wissen!«

»Jetzt setz dich erst mal. Ich erzähle dir gleich alles. Aber zuerst müssen die Sachen hier in den Kühlschrank.«

Nachdem er die Lebensmittel eingeräumt und Kaffeewasser aufgesetzt hatte, setzte er sich an den Küchentisch. Er schaute sie kurz an, blinzelte und rieb sich die Augen. Dann begann er zu erzählen. Wie es ihn immer wieder in die Pokerrunden getrieben hatte, sein Schuldenberg größer und größer geworden war. Letztlich hatte er nur noch das Haus als Sicherheit gehabt, das er von seiner Großmutter geerbt hatte. Doch das hatte er inzwischen auch durchgebracht.

»Der Anruf gestern früh, das war nicht der Hausbesitzer, sondern einer der Schuldeneintreiber. Er hat gesagt, er weiß, wo wir sind, und dass du bei mir bist. Und er hat gedroht, uns etwas anzutun, wenn ich heute nicht zahle.«

Entsetzt versuchte sie zu verstehen. »Schulden? Wie viel?«

»200.000«, sagte er kaum hörbar und schaute zu Boden.

»Ist das nicht die Summe, die ich für die Hütte bezahlen sollte?«

Sie hoffte, er würde widersprechen, doch er nickte. Langsam begann sie zu verstehen, auch wenn sich alles in ihr dagegen wehrte.

»Dann war das alles nur Betrug? Du warst nur hinter meinem Geld her? Du hast mir die ganze Zeit was vorgespielt?«

Unsicher sah er sie an. Etwas Flehendes und zugleich Verzweifeltes lag in seinem Blick, als er ihr versicherte, zuerst habe er es nur auf ihr Geld abgesehen, dann habe er sich aber wirklich in sie verliebt.

Sie schüttelte den Kopf. Nach all dem Lug und Betrug konnte er ihr jetzt nichts mehr vormachen.

»Wo sind wir hier? Und wie sind wir hierher gekommen?«

»Im Teufelsmoor. Wir waren beide in Gefahr. Ich musste uns in Sicherheit bringen.«

In ihr letztes Glas Wein hatte er ein starkes Schlafmittel gegeben, danach schnell gepackt und im Dunkeln alles ins Auto gebracht. Zum Schluss hatte er sie noch auf den Rücksitz gelegt.

»Ich bin mit Standlicht losgefahren, immer in der Angst, sie warten unter den Bäumen und schießen gleich auf uns.« Als sie endlich auf der Landstraße waren, hatte er Gas gegeben. Nur neun Stunden hatte er von Österreich bis ins Teufelsmoor gebraucht, so schnell war er noch nie gefahren. Zum Glück konnte er von unterwegs seinen Freund Tim erreichen, dem die Kate gehörte. Sie lag so versteckt, dass die Geldeintreiber sie hoffentlich nicht finden würden. Bevor sie aufwachte, wollte er noch schnell den Einkauf erledigen. »Wir brauchen doch was zu essen! Zum Glück sind in Worpswede die Geschäfte auch am Sonntag geöffnet.«

»Du hast mich betäubt und einfach hierhergebracht?«, fragte sie ungläubig.

»Es blieb mir keine andere Wahl, wir mussten so schnell wie möglich da weg.«

Noch einmal schüttelte sie den Kopf. Das alles konnte nicht wahr sein. Sie spürte, wie Verzweiflung und Wut in ihr aufstiegen. Sie wollte nur noch weg von ihm.

»Ich will nachhause!«

»Das geht leider nicht. Es kann sein, dass sie herausbekommen haben, wer du bist und wo du wohnst. Solange ich nicht bezahlt habe, sind wir beide in Lebensgefahr. Die Geldeintreiber gehören zur Russen-Mafia.«

Stumm saß sie am Tisch und sah zu, wie er das späte Frühstück herrichtete. Wie in Österreich deckte er den Tisch, stellte die Butter, Marmelade sowie den Korb mit Brot und Brötchen dazu, dann goss er das kochende Wasser in den Kaffeefilter auf der Kanne und kochte zwei Eier.

Nur die Stimmung war eine völlig andere. In den Bergen hatte sie sich wohlig zurückgelehnt und sich auf die erste Mahlzeit des Tages mit ihm gefreut. Jetzt versuchte sie zu begreifen, wer dieser Mensch war, der sie in diese schreckliche Lage gebracht hatte. Sie war nicht nur mit einem Albtraum aufgewacht, sie befand sich auch real in einem und wusste nicht, wie sie wieder herauskommen sollte. Eigentlich wollte sie nichts von dem essen, was er zubereitet hatte. Sie verspürte aber Hunger, die letzte Mahlzeit lag lange zurück. Nach kurzem Zögern griff sie zu. Ihre Gedanken kreisten, dabei nahm sie kaum wahr, was sie zu sich nahm.

»Wie genau stellst du dir das eigentlich vor, wie soll das jetzt weitergehen? Du hast uns das eingebrockt, jetzt sorge gefälligst auch dafür, dass wir da heil wieder rauskommen«, sagte sie scharf.

Er griff zu seiner Serviette und wischte sich den Mund ab. »Ich denke an nichts anderes«, sagte er tonlos. »Nur wenn ich zahle, haben wir eine Chance. Aber wie komme ich an das Geld?«

Wütend schrie sie: »Das war doch dein Plan, dass ich für deine Schulden bezahle! Deswegen hast du mir doch die große Liebe vorgespielt und mir das Ferienhaus schmackhaft machen wollen! Und wenn ich dir das Geld gegeben hätte, wärst du damit verschwunden.«

Er zuckte hilflos mit den Schultern. »Ich habe mich dabei immer schlechter gefühlt. Das musst du mir glauben. Aber ich hab keinen anderen Ausweg gesehen.«

Sie wollte seine Ausflüchte nicht mehr hören. »Und jetzt? Wie willst du jetzt an das Geld kommen?«

Er schaute sie hilflos an. »Ich habe einige Freunde, sie werden mir bestimmt etwas leihen. Allerdings wird das nicht reichen. Dann ist da noch eine Tante, die alleinstehend ist und keine Kinder hat. Sie ist vermögend. Vielleicht ist sie bereit, mir einen Teil des Betrags zu leihen.«

»Würde sie das tun? Steht ihr euch denn nah?«

Die Augen schließend atmete er tief ein. »Früher ja. Ich habe sie aber lange nicht mehr gesehen.«

*

Am späten Nachmittag machte sich Köster auf den Heimweg. Nachdenklich fuhr er durch die stillen, sonntäglichen Dörfer. Wie immer hatte er den Besuch bei Gerda und Jan genossen.

Doch die Begegnung mit ihnen erinnerte ihn daran, dass er anders als die beiden allein lebte. Sein früherer Wunsch, mit seiner Frau alt zu werden, konnte nach ihrer Trennung nicht mehr in Erfüllung gehen. Hatten Sabine und er zu früh aufgegeben? Die Frage stellte er sich selten. Und wenn sie ihm dennoch in den Sinn kam, schoben sich sofort die Erinnerungen an ihre ständigen Auseinandersetzungen davor. Er hatte ihre Erwartungen nicht erfüllen können und wollen, war nicht der erfolgreiche Vorzeigejurist geworden, den sie sich gewünscht hatte. Seinen Wechsel von der juristischen Fakultät zur Polizei, sein Studium dort und den Aufstieg zum Kriminalhauptkommissar hatte sie nicht akzeptiert, zumal er sie bei seinen Mordermittlungen zu oft mit den Kindern hatte alleinlassen müssen. Um den Streitigkeiten aus dem Weg zu gehen, hatte er vor fast einem Jahr seine Stelle in Hamburg mit einem Osterholz-Scharmbecker Kollegen getauscht.

Gleich nach der Rückkehr versuchte Köster Gisela Schmidt zu erreichen. Sie war zuhause und freute sich über seinen Anruf. Nachdem er von seinem Besuch bei den Behrens berichtet hatte, erzählte sie von ihrem Treffen mit einer alten Freundin.

»Hat es denn noch einen Grund, warum du mich sprechen möchtest?«, fragte sie kokett.

»Ich wollte deine Stimme hören«, antwortete Köster und lächelte ins Telefon.

*

Sie hielt es in seiner Gegenwart nicht mehr aus und ging ins Schlafzimmer hinauf. Dort fand sie ihren Rucksack und ihre Handtasche. Im Bad überprüfte sie das warme Wasser und fand eine Kommode mit Handtüchern. Sie duschte und zog sich frische Kleidung an. Jetzt fühlte sie sich etwas besser und kehrte in den Wohnraum zurück. Er saß am Tisch und schaute aus dem Fenster. Als er sie kommen hörte, sah er sie zaghaft lächelnd an. Sie setzte sich ihm gegenüber.

»Was ist mit deinen Eltern? Können sie dir nicht helfen?«

Er schaute zu Boden. »Mein Vater ist schwer krank. Sie brauchen ihr ganzes Erspartes für seine Behandlung.«

»Du hast dich ziemlich lange nicht bei deiner Tante blicken lassen und du meinst trotzdem, dass sie dir das viele Geld gibt?«

Den Blick auf die Wand gegenüber gerichtet, sprach er leise: »Ich weiß es nicht. Ich will es aber versuchen. Ich muss es versuchen.«

»Na ja, im Einschmeicheln bist du nicht schlecht und eine gewisse Überzeugungskraft hast du auch«, sagte sie sarkastisch.

Er schüttelte traurig den Kopf. »Ich will ihr nichts vormachen. Wenn ich ihr sage, in welcher Gefahr wir sind, wird sie uns sicher helfen.«

Beide schwiegen. »Wäre es nicht besser, wenn wir Hilfe bei der Polizei suchen? Die kann uns vor den Mafiosi beschützen.«

Er zuckte zusammen. »Auf keinen Fall!! Wir sind auch bei denen nicht vor der Mafia sicher. Die haben auch dort ihre Kontakte.«

Ungläubig schaute sie ihn an. »Bist du dir sicher?«

»Glaube mir, das ist so.«

Montag, 4. September

Es gab in der Kate nur das eine Schlafzimmer, so war ihnen nichts anderes übrig geblieben, als gemeinsam schlafen zu gehen. Sie hatte sich ans äußerste Ende gelegt und ihm den Rücken zugedreht. Nur kurz dachte sie daran, wie anders sie im österreichischen Ferienhaus die Nächte verbracht hatten.

Am Morgen wachte sie früh auf. Sie brauchte einen kurzen Moment, bis sie wusste, wo sie sich befand. Der Albtraum schien nicht zu enden. Der Platz neben ihr war leer, er hatte wie in den vergangenen Nächten das Bett vor ihr verlassen. Sie fragte sich, ob er überhaupt schlief.

Auf dem Weg ins Bad hörte sie ihn in der Küche hantieren. Kaffeeduft stieg zu ihr hinauf. Als sie die Treppe herunterging, begrüßte er sie. Sie nickte nur, nahm am Tisch Platz und frühstückte schweigend. Als sie in der Ferne ein Motorengeräusch hörte, zuckte sie zusammen. »Das ist nur eine Säge«, sagte er. Sie beruhigte sich etwas, achtete aber weiter auf jedes Geräusch. Um sich abzulenken, stand sie auf.

»Ich mache den Abwasch.«

*

Auf der Fahrt ins Kommissariat war Köster in Gedanken noch bei dem Gespräch mit Gisela. Ihn störte nicht mal der Nieselregen, der seine Kleidung durchfeuchtete. Gleich nach seiner Ankunft meldete sich Sandra Brünjes erneut in der Polizeistation Osterholz-Scharmbeck und berichtete Kriminalkommissarin Grotheer aufgeregt, dass ihre Mutter immer noch nicht aufgetaucht sei und auch nichts von sich hatte hören lassen. »Ab heute müsste sie wieder arbeiten. Es muss ihr etwas passiert sein. Wann unternehmen Sie endlich was?«

Wenig später bat Köster die Kollegen Grotheer und Kruse in sein Büro, um gemeinsam die Lage zu besprechen. »Ab jetzt müssen wir von einem Vermisstenfall ausgehen, bei dem auch eine Gefahr für Leib oder Leben von Frau Mertens nicht mehr ausgeschlossen werden kann. Wir werden eine deutschlandweite Fahndung veranlassen. Dann sollten wir Kerstin Schulz, die Freundin von Frau Mertens, noch einmal befragen. Außerdem ihre Vorgesetzte, die Mitbewohner des Hauses, in dem sie wohnt, und die Nachbarn. Vielleicht gibt es doch einen Hinweis auf das Verschwinden. Und dann wäre da auch noch dieser geheime Freund. Wir sollten so schnell wie möglich herausbekommen, wer das ist.«

Grotheer und Kruse nickten.

»Habt ihr noch eine Idee?«

»Vielleicht hat sie ja eine Reise über ein Reisebüro hier in der Gegend gebucht«, überlegte Grotheer.

»Gute Idee. Das sollten wir überprüfen.«

*

Einige Sonnenstrahlen schienen in das Zimmer und ließen den Staub in der Luft tanzen.

Sie stand auf und sah aus dem Fenster neben dem Sofa. Dabei beobachtete sie, wie ein Eichhörnchen über den schmalen Wiesenstreifen vor dem Haus hüpfte und in dem dahinterliegenden Wald verschwand. Das saftige Gras war lange nicht gemäht worden.

Als sie aus den anderen Fenstern schaute, sah sie, dass die Kate ganz von Wald umgeben war.

Der schmale Schotterweg begann vor der Außentür und verschwand zwischen den eng stehenden Bäumen. Das Auto hatte er gleich neben dem Haus geparkt. Er folgte ihr mit seinen Augen. »Hier kann uns niemand sehen«, sagte er. »Erst einmal sind wir sicher.«

*

Am selben Nachmittag sprach die Kommissarin Grotheer ein zweites Mal mit Kerstin Schulz und deren Vorgesetzter Helga Monsees. Kruse fuhr zu den beiden Worpsweder Reisebüros und befragte auf dem Rückweg die Hüttenbuscher Nachbarn von Frau Mertens. Köster lud die Tochter der Verschwundenen ins Kommissariat ein. Sie sollte am nächsten Vormittag kommen.

Noch am Abend setzten sie sich zusammen und besprachen ihre Ermittlungsergebnisse. Kruse begann mit seinem Bericht: »Zuerst habe ich mit der Vermieterin gesprochen, einer älteren Dame, die gerne erzählt. Frau Wellbrock wohnt im Erdgeschoss des Zweifamilienhauses, Frau Mertens unter dem Dach. Sie hat sich auch schon Sorgen gemacht, weil die Pflegerin vor ihrer Abreise nichts gesagt hat und nun schon über eine Woche fort ist. Die Nachbarn, die ich erreicht habe, haben Frau Mertens auch schon länger nicht mehr gesehen. Keiner hat mitbekommen, wann sie ihre Wohnung verlassen hat. In beiden Worpsweder Reisebüros ist Frau Mertens nicht bekannt. Sie hat dort weder nach einer Reise gefragt, noch eine gebucht.«

»Und wenn sie einen anderen Namen benutzt hat?«, fragte Grotheer.

»Das halte ich für unwahrscheinlich, wir können es aber auch nicht ausschließen. Es müsste dann eine Reise mit der Bahn oder dem Auto sein. Bei einem Flug ginge es nicht, da müsste sie ihren Personalausweis oder ihren Pass vorlegen. Falls sie mit dem unbekannten Freund gefahren ist, könnte er für beide gebucht haben«, wandte Köster ein.

Grotheer hatte eine andere Idee: »Falls sie eine Reise gebucht hat und nicht wollte, dass andere das mitbekommen, wird sie das eher im Internet getan haben.«

»Das könnte stimmen. Hat Frau Mertens denn einen PC oder ein Tablet?«, fragte Köster.

»Das wissen wir nicht, können aber morgen ihre Tochter danach fragen. Doch erst mal zu Frau Monsees, der Leiterin der ambulanten Pflegeeinrichtung. Ich habe vorhin mit ihr gesprochen. Sie ist jetzt auch beunruhigt. Sie habe viel nachgedacht, konnte sich aber nicht erklären, warum Frau Mertens nicht wiedergekommen ist. Frau Monsees fürchtet jetzt ebenfalls, dass ihrer Angestellten etwas zugestoßen ist.«

»Und wie war das Gespräch mit Frau Schulz?«, fragte Köster.

»Ich habe sie zu dem Verhältnis von Frau Mertens zu den Patienten wie zu den Kollegen befragt. Wie ihre Chefin meinte sie, dass ihre Freundin bei den Patienten sehr beliebt ist und sich stets Zeit für sie nimmt. Das findet ihre Vorgesetzte aber nicht so gut, da sie selten die vorgegebenen Zeiten einhält.«

Als Anne das fragende Gesicht ihrer Kollegen sah, versuchte sie dies zu erklären: »Da habe ich auch nachgefragt und erfahren, dass die Zeit für die Pflege genau bemessen wird. Ein paar Daten habe ich mir aufgeschrieben.« Die Polizistin holte einen Zettel aus ihrer Tasche und las vor: »Ganzkörperwaschen zwanzig bis fünfundzwanzig Minuten, Waschen des Oberkörpers acht bis zehn Minuten, Teilwäsche des Unterkörpers zehn bis zwölf Minuten, Haarewaschen und -trocknen jeweils sieben Minuten, Kämmen eine bis drei Minuten, Zähneputzen fünf Minuten, Ankleiden acht bis zehn Minuten, Anreichung der Hauptmahlzeiten: fünfzehn bis zwanzig Minuten.«

»Und das müssen die Pfleger einhalten?«, fragte Kruse erstaunt.

»Ja, meistens reichen die Zeiten auch, aber eben nicht immer«, antwortete Grotheer.

»Es gibt verwirrte Menschen, die sich gegen das Waschen und Anziehen wehren. Bei denen brauchen die Pflegerinnen einfach länger. Oder jemand kaut beim Essen ganz langsam, da geraten die Pfleger unter Druck. Und dann gibt es die Menschen, die den ganzen Tag allein sind und einfach ein bisschen Zuwendung brauchen. Die freuen sich die ganze Zeit darauf, dass die Pflegerin kommt und sie besucht. Um die hat sich Frau Mertens besonders gekümmert, ihnen ein wenig zugehört oder ihnen etwas erzählt.«

»Und deswegen gab es Konflikte mit ihrer Chefin?«

»Ja, die hat sie immer wieder ermahnt. Aber Frau Schulz hat mir noch eine andere Sache erzählt, die für uns wichtig sein kann: Einer der Patienten, ein sehr alter Mann, hatte sich regelrecht in Frau Mertens verliebt. Sie sei auch der einzige Mensch gewesen, der sich liebevoll um ihn gekümmert hat. Vor etwa sechs Monaten ist er gestorben. Danach kam heraus, dass er sie in seinem Testament bedacht hatte. Das heißt, sie hat eine große Geldsumme geerbt. Frau Mertens hat davon nichts gewusst und ist aus allen Wolken gefallen. Das glaubten ihr einige der Angehörigen des Verstorbenen aber nicht. Sie hielten die Pflegerin für eine Erbschleicherin und wollten das Testament anfechten. Wie ich erfahren habe, sind sie damit aber nicht durchgekommen. An den Namen konnte Frau Schulz sich aber nicht mehr erinnern.«

»Das klingt interessant. Wir müssen unbedingt herausbekommen, wie der Mann und seine Angehörigen heißen.«

*

Er schien sie ständig zu beobachten. Ärgerlich drehte sie sich zu ihm um. »Wir können doch nicht für immer hier bleiben. Wie soll es denn jetzt weitergehen?«

Dieses Mal schaute er sie an, seine Stimme klang fester: »Kurz bevor es dunkel wird, fahre ich zu meiner Tante nach Bremen und spreche mit ihr.«

»Lass mich mitfahren«, bat sie.

»Es ist besser, ich rede erst mal allein mit ihr. Außerdem bist du hier sicherer.«

Für einen Moment schwieg er. Dann griff er nach ihren Händen und sah sie ernst an.

»Bleibe bitte hier, wenn ich unterwegs bin. Versuche nicht fortzulaufen und nachhause zurückzukehren. Es kann sein, dass die Kerle dort auf dich warten. Wenn sie dich erwischen, fürchte ich um dein Leben!«

Sie spürte, wie Angst in ihr aufstieg. »Wann bist du wieder zurück?«

»Ich brauche für jeden Weg etwa eine gute halbe Stunde und werde etwa in zwei bis drei Stunden wieder zurück sein.«

Nach dem Abendessen, das er wie in Österreich für sie beide zubereitet hatte, bat er sie, den Abwasch zu erledigen. Er griff nach seiner Jacke, steckte Handy und Schlüssel ein.

»Drück mir die Daumen.« Bevor er das Haus verließ, nahm er sie in den Arm. Sie ließ es geschehen und schloss die Tür. Wenig später sah sie, wie der Wagen ohne Beleuchtung hinter den Bäumen verschwand.

Gleich darauf kam ihr der Gedanke, sich auf den Weg zu machen. Jetzt war die beste Gelegenheit. Sie dachte an seine warnenden Worte, aber der Wunsch, nachhause zu kommen und den ganzen Albtraum hinter sich zu lassen, war stärker. Sie müsste nur an die Straße gehen und sehen, wo sich das nächste erleuchtete Haus befand. Dort würde sie klingeln und darum bitten, dass die Leute ein Taxi für sie bestellten.

Sie lief ins Schlafzimmer hinauf, griff ihre Handtasche, lief die Treppe wieder herunter und eilte zur Tür raus. Sie rannte durch den Wald. Als er sich öffnete, sah sie auf der rechten Seite des Weges einen dunklen Bauernhof. Es schien niemand da zu sein. Vorsichtig näherte sie sich der Straße und schaute in beide Richtungen. In der Ferne entdeckte sie Lichter, wenig später hörte sie das Brummen eines Motors. Könnte das der Wagen der Geldeintreiber sein? Erschrocken duckte sie sich und erhob sich erst wieder, als das Auto vorbeigefahren war.

Früher war sie häufiger mit dem Rad im Teufelsmoor unterwegs gewesen, doch jetzt im Dunkeln erkannte sie die Straße nicht, auf der sie sich befand. In welche Richtung sollte sie gehen? Weit und breit war kein Haus zu sehen. Sie war unschlüssig. Und wenn sie bei einem Hof klingelte, würden die Bewohner überhaupt öffnen? Wenn ja, was sollte sie sagen, woher sie käme und was sie hier so allein machte? Und wenn die Mafiosi auftauchten? Selbst wenn sie es bis nachhause schaffen würde, könnten die Geldeintreiber dort wirklich auf sie warten.

Und sich von dem Taxi zu ihrer Tochter fahren lassen? Doch dann wären Sandra und ihre Familie auch noch in Gefahr. Nichts wäre schlimmer als das.

Mutlos kehrte sie um.

Als sie die Tür hinter sich abgeschlossen hatte, nahm sie beklommen die Stille im Haus wahr. Im Wohnraum hatte sie ein altes Radio entdeckt. Nach einigem Probieren gelang es ihr, es anzustellen und einen Sender auszuwählen. Die Rockmusik aus den sechziger Jahren entsprach zwar nicht ganz ihrem Geschmack. Sie vertrieb aber erst einmal ihre trüben Gedanken. Sie ließ die Tür zum Esszimmer offen, räumte den Tisch ab und begann mit dem Abwasch. Danach trocknete sie das Geschirr ab und stellte es in den Schrank zurück. Immer wieder schaute sie auf die Uhr. Die Zeit schien kaum zu vergehen. Draußen war es völlig dunkel geworden. Sich hinsetzen und warten konnte sie nicht. Sie holte einen Eimer, Wischlappen und Schrubber aus dem Abstellraum und begann Tisch, Stühle, die Ablageflächen der Küchenmöbel abzuwischen und den Boden zu feudeln. Als sie ihre Arbeit beendet hatte, setzte sie sich völlig erschöpft auf das Wohnzimmersofa. Inzwischen war es 22 Uhr geworden. Wann kam er endlich zurück? Und war er wirklich bei seiner Tante, um sich Geld von ihr zu leihen? Was konnte sie ihm überhaupt glauben?

Um halb elf war er endlich wieder da. Sie war kurz eingenickt und hörte nicht, wie er die Haustür aufschloss. Sie schrak auf, als er ins Zimmer trat. Benommen fragte sie: »Wie war's?«

Er setzte sich zu ihr, holte tief Luft und schaute sie ernst an. »Meine Tante war nicht da. Ich kenne das schon bei ihr, sie ist öfter mal für längere Zeit unterwegs. Da bin ich noch zu einem Freund gefahren und habe mit ihm geredet. 10.000 kann er mir leihen, mehr aber nicht. Das ist immerhin ein Anfang.«

»Da fehlen ja gerade noch 190.000.« Ihre Stimme klang sarkastisch.

»Das war doch der erste, bei dem ich war. Habe bitte ein bisschen Geduld.«

Dienstag, 5. September

Pünktlich um 9 Uhr erschien Sandra Brünjes im Kommissariat und nahm im Besprechungszimmer Platz. Sichtlich angespannt schaute sie die anwesenden Kriminalbeamten an.

Anne Grotheer eröffnete das Gespräch, dankte für ihr Kommen und fragte sie, ob ihr noch Ideen zum Verschwinden ihrer Mutter gekommen wären. Sandra Brünjes schüttelte den Kopf. »Ich kann kaum noch schlafen, ständig denke ich daran, dass meiner Mutter etwas zugestoßen ist.«

»Was könnte das denn sein?«

Irritiert schaute die Befragte Kruse an. »Wie meinen Sie das?«

»Wer könnte denn ein Interesse daran haben, ihre Mutter verschwinden zu lassen?«

Sandra Brünjes krauste die Stirn. »Da kenne ich niemanden. Sie war überall beliebt.«

»Was ist denn mit Ihrem Vater?«

»Meine Eltern haben sich vor Jahren getrennt. Eigentlich hat mein Vater meine Mutter wegen einer anderen Frau verlassen. Am Anfang hat meine Mutter sehr darunter gelitten, sich aber mit der Zeit damit abgefunden. Papa hatte am Anfang eine Zeitlang ein schlechtes Gewissen und war froh, dass Mama es ihm dann nicht mehr so übel nahm. Er hat keinen Grund, sie verschwinden zu lassen.«

»Was macht Ihre Mutter in ihrer Freizeit? Gibt es Hobbys und außer Frau Schulz noch andere Freundinnen, mit denen sie sich trifft?«

»Hobbys? Sie geht walken und liest viel. Von anderen Freundinnen weiß ich nichts. Mama ist gern allein und lebt ganz für ihren Beruf. Und sie kümmert sich viel um ihre beiden Enkel.« Ein Lächeln huschte über Brünjes Gesicht.

»Gab oder gibt es einen neuen Mann im Leben Ihrer Mutter?«, fragte Grotheer.

»Nicht, dass ich wüsste. Ich glaube, nach der Geschichte mit meinem Vater hatte sie die Nase voll von Männern.«

Ungläubig hörte Sandra Brünjes dem Bericht der Kommissarin über den möglichen Freund ihrer Mutter zu. »Davon weiß ich nichts. Warum hat sie mir nichts gesagt?«

»Wie hätten Sie denn reagiert, wenn Sie davon erfahren hätten?«

»Ich hätte mich für Mama gefreut. Sie wäre dann nicht mehr so allein.«

Von einer dringenden Familienangelegenheit wusste Sandra Brünjes ebenfalls nichts. Sie konnte sich nicht vorstellen, was ihre Mutter damit gemeint haben könnte. Von einem Erbe hatte sie auch nichts gehört. Der Tochter war die Erschütterung anzumerken, so vieles von ihrer Mutter nicht mitbekommen zu haben. »Dabei dachte ich immer, wir stünden uns so nah.«

Die Frage nach dem Computer verneinte sie, ihre Mutter besäße aber ein Tablet, und das liege auf dem Schreibtisch in ihrem Wohnzimmer.

*

Nach dem Frühstück schaute er aus jedem Fenster und ging kurz vor die Tür.

»Draußen ist es ruhig. Wenn du möchtest, können wir gern ein wenig hinausgehen.«

Vorsichtig folgte sie ihm auf die Wiese hinaus. Sie sah, wie sich die Gräser leicht im Wind wiegten, behielt aber den umliegenden Wald immer im Blick. Doch nahm sie keine Bewegung zwischen den Bäumen wahr. Bis auf einen Traktor, der in der Ferne ein Feld abzufahren schien, war auch nichts zu hören. Er holte zwei Liegestühle aus dem angrenzenden Schuppen und stellte sie an einen sonnigen Platz im Garten. Ein warmer Spätsommertag kündigte sich an. Einen Moment zögerte sie, dann legte sie sich neben ihn. Dennoch blieben ihre Sinne geschärft, immer wieder öffnete sie die Augen und suchte die Umgebung ab.

»Entspann dich doch. Hier vermutet uns wirklich niemand. Wir sind hier sicher.« Er versuchte, seiner Stimme Festigkeit zu verleihen.

Sie schaute ihn zweifelnd an. »Wenn du meinst. Die Mafiosi haben auch herausbekommen, wo wir in Österreich waren.«

»Das geht mir auch ständig im Kopf herum. Keine Ahnung, wie die meine Handynummer herausbekommen haben. Damit müssen sie mich irgendwie geortet haben, als ich in Österreich mit einem Freund telefoniert habe. Es gibt eine Menge Onlinedienste, die das anbieten. Seit wir aus Österreich abgehauen sind, habe ich mein Smartphone ausgeschaltet. Ich hab nur einmal von der Autobahn aus meinen Kumpel Tim angerufen, ob wir in der Kate hier wohnen können. Danach habe ich es abgeschaltet und war auch nicht mehr online.« Nachdenklich schaute er in die Ferne.

Sie schien beruhigt und wechselte das Thema. »Wie bist du überhaupt ans Spielen gekommen und wie ist daraus eine Sucht geworden?«

Er runzelte die Stirn. »Willst du das wirklich wissen?« Sie nickte.

»Spielen hat mir schon immer Spaß gemacht. Zuhause gab es Rommee-Abende mit der ganzen Familie, bei denen wir Pfennige eingesetzt haben. In der Schule habe ich das mit Siebzehn und Vier fortgesetzt. Ich war darin richtig gut. Dann war in unserer Nähe eine Kneipe, in der ich mit Freunden abgehangen und am Geldautomaten gespielt habe. Meistens hat er einen großen Teil meines Taschengelds und später meines Lehrlingsgehalts geschluckt, aber manchmal habe ich auch eine ganze Menge gewonnen. Dann waren meine Taschen voller Münzen. Zuhause habe ich immer zehn übereinander getürmt und meine Einnahmen gezählt. Das war manchmal mehr als das, was ich in einem Monat verdient habe. Das fühlte sich einfach toll an, das war ein richtiges Glücksgefühl.«

In der Erinnerung leuchteten seine Augen.

»Das wollte ich einfach öfter spüren und musste immer wieder ran an den Apparat. Als ich nach der Lehre die erste Anstellung in der Bank bekam, bin ich oft in der Spielhalle gewesen. Jetzt konnte ich noch mehr einsetzen. Ich hatte hin und wieder mal eine Glückssträhne. Aber noch häufiger verlor ich und habe einen großen Teil meines Gehalts verspielt. Damals habe ich noch zuhause gewohnt und meine Eltern fanden es nicht witzig, dass ich alles für gratis nahm und oft nichts mehr abgeben konnte. Das dauernde Geschimpfe hat mich genervt, da bin ich ausgezogen. Dann brauchte ich den größten Teil meines Gehalts für Wohnung und Essen. Damit ich das Geld nicht verspielte, wurde die Miete gleich per Dauerauftrag von meinem Bankkonto überwiesen. Als ich mit meiner ersten Freundin zusammen war, ging ich kaum noch in die Kneipe oder die Spielhalle. Erst als die Beziehung zu Ende ging, fing es wieder an. Dann hat mich ein ›guter‹ Freund in die erste Pokerrunde mitgenommen. Das hat mich dann noch viel mehr fasziniert, zumal es da es um größere Einsätze ging. Manchmal habe ich eine ganze Menge Geld gewonnen. Da war das tolle Gefühl dann wieder. Und ich habe mir natürlich vorgestellt, dass das immer so weitergeht und ich auf diese Weise zu viel Geld kommen würde und habe immer weiter gespielt. Meistens habe ich gleich alles wieder verloren. Und die Schulden sind stetig angewachsen. Da habe ich gedacht, bald muss doch mal wieder eine Glückssträhne kommen, dann kann ich alles abbezahlen. So habe ich immer weiter und weiter gespielt. Den Rest kennst du ja.« Erschöpft schloss er die Augen.

*

Am späten Vormittag trafen Anne Grotheer und Sandra Brünjes in der Wohnung von Sonja Mertens in Hüttenbusch ein. Auf dem Schreibtisch entdeckte die Kommissarin das Tablet und zwei gerahmte Fotos. Auf dem ersten erkannte Grotheer Sandra Brünjes. Neben ihr stand eine Frau, die um einiges älter erschien und Frau Brünjes sehr ähnlich sah. Beide sahen mit ihren glatten, langen blonden Haaren und den zwei Grübchen am Kinn recht attraktiv aus.

»Ihre Mutter?«, fragte die Kriminalbeamtin.

»Ja. Das wurde vor drei Jahren aufgenommen, da waren wir an der Nordsee«, erklärte die Tochter und lächelte wehmütig. »Wir waren oft zusammen unterwegs. In letzter Zeit allerdings weniger.«

Auf dem zweiten Bild lachten zwei kleine Kinder in die Kamera. »Das sind Marie und Jonas«, sagte Sandra Brünjes stolz.

Anne fuhr das Tablet hoch und stellte erleichtert fest, dass es durch kein Passwort geschützt war.

Sandra Brünjes nahm neben ihr Platz und schaute interessiert zu, wie die Kommissarin die Mailbox durchsuchte. Sie fand vor allem Rechnungen des Telefonanbieters, Reklame, Nachrichten von ihrer Arbeitsstelle und des Berufsverbands sowie einige private Mails. Sandra Brünjes konnte die meisten Absender Verwandten oder Schulfreundinnen der Mutter zuordnen. Danach schloss die Kriminalbeamtin die Mailbox wieder und öffnete den Internetbrowser. Sie überprüfte, welche Seiten Sonja

Mertens in der letzten Zeit besucht hatte. Es waren einige Modefirmen, ein Buchportal und ein Verkäufer von Strickwolle.

Bei einem weiteren Internetportal wurde Anne Grotheer aufmerksam: Es war die Homepage eines Landhotels im österreichischen Alpbach. Damit konnte Frau Brünjes nichts anfangen.

»Den Ort kenne ich nicht. Da war Mama noch nie. Vielleicht ist sie ja dorthin gefahren?«, fragte die Tochter aufgeregt.

»Das kann sein, wir werden es überprüfen. Ich werde das Tablet und das Handy Ihrer Mutter mit aufs Kommissariat nehmen und noch genauer untersuchen lassen.« Bevor sich die Kommissarin verabschiedete, bat sie Sandra Brünjes, Namen und Anschriften aller Verwandten und Bekannten ihrer Mutter aufzuschreiben und ihr per Mail zu schicken.

Zur selben Zeit sprach Köster mit der Leiterin des Pflegedienstes. Sie war nicht erfreut, als sie den Namen des Mannes nennen sollte, der Sonja Mertens in seinem Testament bedacht hatte. »Das sollte eigentlich vertraulich bleiben. Wenn das bekannt wird, wirft das ein schlechtes Licht auf unsere Einrichtung. Der Verdacht von Erbschleicherei ist schnell im Raum.«

»Glauben Sie denn, da ist was dran?«, fragte Köster.

»Nein, nein«, erwiderte Helga Monsees schnell. »Frau Mertens ist absolut vertrauenswürdig. Auch sehr beliebt bei den Patienten, das sagte ich ja schon. Der alte Herr hat sie eben sehr gemocht. Das Ganze hat nur viel böses Blut gegeben. Die Angehörigen haben damit gedroht, Frau Mertens und unsere Einrichtung zu verklagen. Glauben Sie, die könnten etwas mit dem Verschwinden von Frau Mertens zu tun haben?«, fragte sie erstaunt.

»Wir wissen es nicht, müssen das aber überprüfen. Deshalb brauche ich den Namen des Verstorbenen, seiner Angehörigen sowie deren Adressen.«

»Darf ich Ihnen die überhaupt geben? Wir stehen doch auch unter Schweigepflicht«, bemerkte Frau Monsees zweifelnd.

»Ich kann gern mit einem richterlichen Beschluss wiederkommen«, sagte Köster genervt. »Doch die Angelegenheit eilt, wie sie sich denken können. Es geht um das Verschwinden Ihrer Angestellten. Sollten die Angehörigen des Verstorbenen etwas damit zu tun haben, wäre es sehr wichtig für uns, das so schnell wie möglich zu erfahren, um womöglich Schlimmes zu verhindern.« Das überzeugte Frau Monsees und sie gab ihm die erbetenen Auskünfte.

Zum Schluss notierte Köster auch noch die Namen und Anschriften zweier weiterer Pflegerinnen, mit denen die Verschwundene eng zusammengearbeitet hatte.

Am Nachmittag saßen Köster, Grotheer und Kruse erneut in Kösters Dienstzimmer. Anne hatte Kaffee gekocht und Köster aus Worpswede Kuchen mitgebracht.

»Was haben wir bis jetzt?«, fragte Köster in die Runde.

Anne legte eine ausgedruckte Liste mit Namen und Adressen auf den Tisch. »Frau Brünjes hatte ihre Aufgabe sofort erledigt. Insgesamt sind es zehn Verwandte, drei alte Freundinnen und Bekannte ihrer Mutter. Und wir haben das Hotel in Österreich, dessen Homepage Frau Mertens aufgerufen hat. Das Tablet muss allerdings noch richtig ausgewertet werden.«

Köster holte seinen Block hervor. »Ich habe hier die Namen der beiden Kolleginnen sowie des Verstorbenen, der Frau Mertens in seinem Testament bedacht hat. Rudolf Warnke ist der Name. Seine Frau ist um einiges jünger als er und lebt in der Villa der Familie in Bremen. Da gibt es aber auch noch andere Verwandte, die den Verstorbenen ab und zu besucht und vielleicht gehofft haben, etwas zu erben.«

»Weißt du, wie viel die Pflegerin geerbt hat?«, fragte Kruse.

»So genau wusste das die Pflegedienstleiterin nicht. Sie schätzt so um die 300.000 Euro.«

Kruse stieß einen Pfiff aus. »Oha! Das ist eine Menge Geld für eine Pflegerin! Dafür kann man schon mal jemanden verschwinden lassen!«

»Da könntest du recht haben. Auf jeden Fall kommt eine Menge Arbeit auf uns zu.«

Daraufhin rief Köster Gisela Schmidt an. Er informierte sie über das Verschwinden der Pflegerin und bat sie um Unterstützung durch die Polizeiinspektion. Schon kurz danach teilte ihm Schmidt gut gelaunt mit: »Mein Chef hat der Unterstützung bis auf Weiteres zugestimmt. Ich habe ihn davon überzeugt, dass wir im Fachkommissariat gerade keinen dringenden Fall bearbeiten und deshalb noch Luft haben, um euch im

Fall Sonja Mertens zu unterstützen.« Köster unterrichtete seine Verdener Kollegin sogleich über den aktuellen Ermittlungsstand. Sie bot an, sich ab sofort um die Einholung von Genehmigungen und richterlichen Anordnungen zu kümmern, damit bestimmte polizeiliche Maßnahmen reibungslos durchgeführt werden konnten. »Fein«, bedankte sich Köster, »damit würdest du uns beträchtlich entlasten.«

*

Am Abend machte er sich erneut auf den Weg nach Bremen. »Ich versuche noch mal, meine Tante zu erreichen. Wenn nicht, hoffe ich, dass Holger mir etwas leihen kann.«

Wieder brach er in der Dämmerung auf und ließ sie allein zurück. Noch einmal überlegte sie kurz, ob sie nachhause zurückkehren sollte. Sie schaute vor die Tür. Am Nachmittag war ihr die Wiese vor dem Haus noch so friedlich vorgekommen. Jetzt erschien sie ihr unheimlich, aus dem Wald hörte sie ein Knacken. Ein Käuzchen rief. In der Ferne nahm sie ein Auto wahr, das anscheinend auf der Straße an der Einfahrt vorbeifuhr. Seufzend drehte sie sich um und schloss hinter sich ab.

Dieses Mal putzte sie das Wohnzimmer. Dabei dachte sie an das Gespräch vom Vormittag. So viele Jahre hatte er schon gespielt. Sie konnte nicht verstehen, wie er trotz der wachsenden Schulden nicht aufhören konnte. In ihrer Jugendzeit war sie häufiger in Kneipen mit Spielautomaten gewesen und hatte zugesehen, wie einige Freunde ihr Geld dort einsetzten und ab und zu auch gewannen. Sie selbst hatte keinen Gefallen am Spielen gefunden. Die Geräusche der Geräte, das Geklacker und Gedudel sowie die wechselnden Bilder hatte sie eher abstoßend empfunden. Das Pokerspielen war ihr noch fremder. Dennoch hatte es sie fasziniert, wie spannend er von den Abenden erzählte, und wie glücklich er gewesen war, wenn er auf einmal soviel Geld gewonnen hatte.

Um kurz nach zehn war er zurück. »Als ich bei meiner Tante vorbeikam, war immer noch alles dunkel. Von Holger bekomme ich 30.000«, sagte er.

»Dann bleiben noch 150.000«, stöhnte sie.

Mittwoch, 6. September

Um halb zehn erschien Gisela Schmidt mit den Verdener Kriminalkommissaren Rainer Völkel und Harald Bayer in der Osterholzer Polizeistation. Als Köster Völkel die Hand reichte, spürte er, dass sein eigenes Lächeln gefror. Noch immer spürte er seine Vorbehalte gegenüber dem Beau der Gruppe, der gerne um Gisela herumschwänzelte. War da nicht doch etwas zwischen den beiden? Gleichzeitig ärgerte sich Köster über sich selbst und wünschte sich mehr Gelassenheit. Anne Grotheer begrüßte Harald Bayer freudig. Sie hatten sich bei den Ermittlungen zum letzten Fall kennen und schätzen gelernt.

Alle nahmen im Sitzungsraum Platz. Köster übernahm die Begrüßung und die Einführung in den Fall der vermissten Pflegerin. Kruse verteilte ein Papier, auf dem er alle zu vernehmenden Personen zusammengefasst hatte.

»Frau Mertens ist jetzt zwölf Tage verschwunden. Seit Montag müsste sie wieder arbeiten. Das ist für eine bisher so gewissenhafte Frau und ihre Lebensumstände, soweit sie uns bekannt sind, schon sehr ungewöhnlich«, sagte Köster. »Ihre Tochter hat sie vor einer Woche als vermisst gemeldet. Wir haben Anfang dieser Woche die deutschlandweite Fahndung nach Frau Mertens auch mit ihrem Bild eingeleitet. Gestern ist die Fahndung dann auf Österreich ausgeweitet worden. Wir haben bei allen deutschen Flughäfen nachgeforscht. Frau Mertens steht auf keiner Passagierliste. Wir müssen jetzt acht Verwandte, drei Freundinnen und zwei Kolleginnen befragen, ob sie irgendeine Idee haben, wo Frau Mertens ist oder wo sie sein könnte. Das sind insgesamt 13 Personen. Dann gibt es noch die Exfrau des Verstorbenen sowie seine zwei Kinder und andere Verwandte, von denen wir noch keine Namen haben. Wahrscheinlich war keiner von ihnen damit einverstanden, dass Frau Mertens so viel Geld von Herrn Warnke geerbt hat. Wir sollten uns auch das Testament besorgen, um zu sehen, wer von den Erbberechtigten einen Grund hatte, besonders sauer auf Frau Mertens zu sein. Dann müssen wir noch in Erfahrung bringen, ob sie das Geld schon bekommen hat, und wenn ja, ob schon etwas davon ausgegeben wurde. Und wir wissen immer noch nichts von dem heimlichen Freund der Verschwundenen. Wir sollten alle nach ihm befragen, die Frau Mertens besser kennen. Dann sollten wir im Café ermitteln, in dem beide gesehen wurden, und ein Bild von beiden herumzeigen. Vielleicht kann sich da jemand an ihn erinnern. Das Tablet und das Handy müssten auch noch auf mögliche Dateien untersucht werden, die uns Hinweise auf den Freund und den Aufenthaltsort geben. Dann ist da noch das Hotel in Österreich.«

»Da habe ich schon angerufen. Frau Mertens ist dort unbekannt, hat auch nie nach einem Zimmer gefragt. Sie kann sich auch nicht unter falschem Namen angemeldet haben, da das Personal verpflichtet ist, sich den Ausweis vorlegen zu lassen.«

»Danke Anne, dann können wir das Hotel als möglichen Aufenthaltsort streichen.«

»Aber vielleicht ist sie ja in der Umgebung abgestiegen«, setzte Anne noch einmal nach, »in Alpbach und umzu gibt es allerdings ziemlich viele Unterkünfte.«

»Dann lassen wir das erst mal«, entschied Köster.

»Wir teilen uns die Ermittlungen auf«, schlug Gisela Schmidt vor. »Die Ergebnisse tauschen wir per Mail aus. Und wir treffen uns wieder, wenn wir genug Material zusammen haben, spätestens übermorgen.«

Kurz vor Dienstschluss schaute Kruse noch einmal in Kösters Büro. Dort saß bereits Anne Grotheer und trank ein Glas Wasser. Sichtlich genervt nahm Kruse auf einem Stuhl neben ihr Platz.

»Das hat vielleicht gedauert, bis ich den Exmann von Frau Mertens an der Strippe hatte. Er war weder auf der Festnetz- noch auf seiner Handynummer zu erreichen. Immerhin habe ich vorhin seine neue Frau erreicht. Von ihr bekam ich seine Büronummer. Da hat es endlich geklappt. Er war aber sehr kurz angebunden. Von seiner Tochter hatte er schon gehört, dass seine Exfrau verschwunden ist. Er wüsste aber nicht, wo sie sein könnte. Auch nichts von einem neuen Freund. Der Sohn, ein gewisser Daniel, ging gleich an sein Handy. Er konnte auch nichts Neues beitragen. Macht sich aber auch Sorgen um seine Mutter. Anscheinend hat er aber nicht so viel Kontakt zu ihr, anders als seine Schwester. Der

Onkel von Frau Mertens ist schon ziemlich alt, das konnte man gleich an der Stimme hören. Er wusste noch nicht mal, dass seine Nichte verschwunden ist. Er gab das Telefon gleich an seine Frau weiter. Sie ist noch etwas klarer, wusste aber auch nichts. Von allen wird Frau Mertens als nette, bescheidene Frau beschrieben, die ganz für ihre Arbeit lebt. Das wissen wir schon alles.«

Köster nickte. »Bei den Freundinnen und Kolleginnen war es nicht anders. Nur eine hat erzählt, dass sie Frau Mertens neulich an der Kasse eines Kaufhauses in der Stadt getroffen hat. Dort hat sie sich eine Menge sehr schicker Sachen gekauft: Hosen, Röcke und Tops. Normalerweise würde sich Frau Mertens eher unauffällig kleiden. Das könnte zu dem neuen Freund und der Reise passen.«

Jetzt ergriff Grotheer das Wort: »Ich habe mit ihrer Tante und zwei Cousinen gesprochen. Eine Dritte ist verreist. Bei der Tante und der einen Cousine kam auch nichts Neues raus, aber die zweite hat was Interessantes erzählt.« Grotheer machte eine Pause und schaute ihre Kollegen verschmitzt an. »Nun mach's nicht so spannend, Anne«, ermahnte sie Köster.

»Ist ja schon gut. Also sie meinte, dass ihre Cousine Sonja als junges Mädchen ein richtig flotter Feger gewesen ist. Das waren ihre Worte, so richtig genüsslich hat sie das gesagt. Sie wisse das, weil beide oft zusammen unterwegs gewesen wären. Sie hätte keine Fete ausgelassen, auch ordentlich was getankt. Und Sonja hätte auch so einige Freunde gehabt, mit denen sie nicht nur Händchen gehalten habe.«

»Na ja, das liegt ja schon längere Zeit zurück, das war in ihrer Jugendzeit«, wandte Kruse ein.

»Ja, das hat die Cousine auch gesagt. Nachdem Sonja ihren Mann kennengelernt und geheiratet habe, hätte sie sich aber total geändert und wäre sehr brav geworden. Aber könnte nicht einer von den alten Lovern wieder aufgetaucht sein?«

Köster nickte. »Das wäre möglich. Wir sollten doch ein Phantombild des Mannes erstellen lassen, den Frau Schulz am 14. August in Lilienthal als Begleiter von Frau Mertens gesehen haben will und es der Cousine zeigen.«

*

Ihre Lebensmittelvorräte gingen langsam zur Neige. Dieses Mal wollte sie nicht allein zurückbleiben und bestand darauf, ihn zu begleiten. Wieder beschloss er, in der Dämmerung aufzubrechen und fuhr zusammen mit ihr durch das Wäldchen am verlassenen Bauernhof vorbei bis zur Straße.

»Das Haus ist leer. Es wohnt niemand mehr dort«, sagte er. »Und sonst ist um diese Zeit kaum etwas los hier in der Gegend.«

Auf der Fahrt stellte sie fest, dass das nächste bewohnte Gebäude ziemlich weit von ihrer Einfahrt entfernt lag. Auch jetzt erschien ihr alles fremd, obwohl sie ja wusste, dass sie hier schon mal gewesen war. Doch das lag Jahre zurück. In der nahen Kreisstadt kannte sie sich wieder aus. Sie hielten auf dem Parkplatz eines großen Supermarktes. Gemeinsam liefen sie durch die Gänge und suchten sich Lebensmittel für die nächsten Tage aus. In der Dunkelheit kehrten sie in ihre Kate zurück.

September 1942

Nach dem Verschwinden seines Freundes Walter hatte Rudolf die Lust am Schulunterricht gänzlich verloren. Seine Leistungen sackten deutlich ab. Als seine Lehrer ihn darauf ansprachen, zuckte er nur mit den Achseln und sagte, dass er die Schule ohnehin nach der 10. Klasse verlassen wollte. Rudolfs Vater war mit der Entscheidung nicht einverstanden. Bisher war er davon ausgegangen, dass sein älterer Sohn Abitur machen und studieren würde, was dem Vater selbst aufgrund seiner Herkunft verwehrt worden war.

Letztlich musste Wilhelm Warnke aber nachgeben. Er besorgte Rudolf eine Lehrstelle in seiner Firma und hoffte, dass er sich dort bewähren und zur Vernunft kommen würde.

Nachdem viele Bremer Juden bereits deportiert worden waren, verließ Helen auf Geheiß von Wilhelm Warnke kaum noch die Wohnung. Seither kaufte die Mutter die Lebensmittel ein. Zwar hatte der Vater seinem Sohn den Kontakt zu seinem Freund untersagt, die jüdische Haushaltshilfe aber behielt er im Haus. Vor vierzehn Jahren war sie als Kindermädchen für die drei Söhne angestellt worden, seit sieben Jahren kochte sie für alle und hielt die Wohnung sauber. Sie war der Familie unentbehrlich.

Es war Ende Juli, als Rudolf Helen weinend in der Küche fand. Kurz zuvor war sie informiert worden, dass ihre Eltern gemeinsam mit allen Mitgliedern des Jüdischen Altersheimes in Gröpelingen verschleppt worden waren. Später erfuhr sie, dass ihr Transport nach Theresienstadt gegangen war.

Doch letztlich konnten die Warnkes ihre Hausangestellte nicht retten. Als Vater und Sohn am Abend des 20. September aus der Firma nachhause zurückkehrten, fanden sie die Mutter aufgelöst vor. Helen war am Nachmittag abgeholt worden. Sie durfte nur einen kleinen Koffer mitnehmen und hatte sich von Gerda Warnke mit den Worten verabschiedet: »Grüßen Sie Rudolf von mir.«

Donnerstag, 7. September

Kurz nach Dienstbeginn klingelte Kösters Telefon. Gisela Schmidt rief an und fragte ihn, ob er mit ihr nach Bremen fahren und die Witwe des verstorbenen Herrn Warnke aufsuchen würde. Rainer Völkel hatte sich gerade krank gemeldet und ihre übrigen Mitarbeiter hatten anderes zu bearbeiten. Für 10 Uhr hatte sie einen Termin ausgemacht.

Köster stimmte erfreut zu und machte sich gleich auf den Weg. Nachdem er seine Verdener Kollegin vom Bahnhof abgeholt hatte, dirigierte sie ihn durch die Stadt.

»Kennst du Schwachhausen?«, fragte sie ihn.

»Nicht besonders gut«, murmelte er.

»Dann zeige ich dir mal was von dem hübschen Quartier. Wir sind ja noch gut in der Zeit.«

Sie führte ihn von der Parkallee durch einige kleine Nebenstraßen. Der Kommissar bewunderte die schönen alten Bremer Häuser, schmal gebaut, viele mit Erker oder einem Wintergarten und stellte für sich fest, dass er diese Art Architektur in Hamburg noch nicht gesehen hatte.

Gleichzeitig erinnerte er sich daran, dass er schon einmal mit Gisela durch einige Bremer Straßen gefahren war. Damals hatte es geschneit, sie hatten sich erst ganz kurz gekannt und ermittelten in einem anderen Fall. Das schien vor einer Ewigkeit gewesen zu sein, dabei war seither erst ein gutes halbes Jahr vergangen.

Einige Male bogen sie noch ab, bis ihn Gisela Schmidt einen Parkplatz suchen ließ. Zu Fuß waren es nur noch wenige Meter bis zum Haus der Exfrau des Verstorbenen. »Wir sind da«, meinte die Kommissarin. Vor einer großen Villa blieben sie stehen. Köster staunte, als er das prachtvolle Gebäude mit seinen Erkern und Simsen anschaute. Ein kleiner Weg führte zur Eingangstür.

Auf ihr Klingeln öffnete eine gepflegte, grauhaarige Dame in dunkelblauem Kostüm und empfing sie mit einem schmallippigen Lächeln.

»Warnke ist mein Name. Sie müssen die beiden Kommissare sein. Bitte, kommen Sie herein.«

Hoch erhobenen Hauptes schritt sie voraus und führte sie in das Wohnzimmer, einen großen Raum mit zwei Sitzgruppen, einem Flügel und einem großen Esstisch. In der Nähe der Tür zum Garten nahmen sie Platz. Köster schaute kurz hinaus und vermutete, dass hier regelmäßig ein Gärtner für die Pflege von Rasen, Blumen und Gehölzen sorgte.

»Was kann ich für Sie tun?«, eröffnete Ingrid Warnke das Gespräch. Schmidt berichtete kurz vom Verschwinden der Pflegerin. Im Rahmen der Ermittlungen wären sie auf das Testament gestoßen und hätten erfahren, dass Herr Warnke Frau Mertens darin mit einer größeren Summe bedacht hätte. Während seine Kollegin erzählte, bemerkte Köster, dass sich die Miene der Witwe verdüsterte. »Ja, das ist richtig. Doch warum interessiert Sie das und was hat das mit dem Verschwinden der Pflegerin zu tun?«

»Na ja, es geht um eine größere Summe und Sie waren nicht damit einverstanden, dass Frau Mertens etwas von Ihrem Exmann erbt. Sonst hätten Sie nicht prüfen lassen, ob Sie das Testament anfechten lassen können. Und jetzt ist die Pflegerin verschwunden.«

»Sie glauben doch wohl nicht, dass ich etwas damit zu tun hätte? Das ist ja lächerlich!«, erwiderte Frau Warnke empört.

»Wir müssen in alle Richtungen ermitteln«, fuhr Kommissarin Schmidt ruhig fort. »Darum bitten wir Sie, uns mitzuteilen, wer alles zu Ihrer Familie gehört.«

Ingrid Warnke runzelte die Stirn, begann aber aufzuzählen: »Das sind unsere Kinder Susanne und Peter. Susanne ist verheiratet und heißt jetzt Henkel. Die Brüder meines Mannes sind verstorben, aber es gibt noch zwei Neffen, Andreas und Herbert. Andreas war verheiratet und hat auch Kinder.«

»Danke für die Auskunft. Bitte schreiben Sie uns die Namen und Anschriften Ihrer Verwandten auf.« Köster reichte ihr seine Karte. »Hier finden Sie meine E-Mail-Adresse. Es wäre schön, wenn Sie uns die Liste heute noch mailen würden.«

Frau Warnke nickte gequält.

»Noch eine Frage: Wie war denn der Kontakt zu Ihrem Mann in der letzten Zeit vor seinem Tod? Haben Sie ihn öfter besucht? Und Ihre Kinder und die Neffen?«, fragte die Kommissarin.

»Ich war nicht so oft bei ihm, wir standen uns nicht mehr so nahe. Wir haben aber ab und zu telefoniert. Meine Tochter besuchte ihn häufiger;

bei meinem Sohn weiß ich es nicht so genau. Meine Neffen müssen Sie selber fragen.«

»Können Sie uns sagen, warum Ihr Mann nach Worpswede gezogen ist?«, fragte Schmidt.

Diese Frage beantworte Frau Warnke auch nur widerwillig. »Rudolf und ich haben bereits vor zehn Jahren beschlossen voneinander getrennt zu leben, uns aber nicht scheiden zu lassen. Ihn zog es immer schon in den Künstlerort und daher kaufte er sich dort ein Haus. Als er sich nicht mehr versorgen konnte, schaltete er einen ambulanten Pflegedienst ein. Das alles wäre gut verlaufen, wenn da nicht diese erbschleichende Betreuerin gewesen wäre.«

»Wir möchten Sie noch um eine Kopie des Testaments Ihres Mannes bitten.«

»Muss ich Ihnen das denn überhaupt aushändigen?«, fragte Ingrid Warnke abweisend.

»Nein, das müssen Sie nicht, aber wir bitten Sie darum. Wir könnten uns sonst auch an Ihre Kinder oder Neffen wenden«, sagte Köster sichtlich genervt.

»Na gut. Ich habe jetzt keine Kopie da«, lenkte die Witwe ein. »Ich werde unseren Notar anweisen, Ihnen eine zu schicken. Haben Sie noch weitere Fragen?«

»Im Moment nicht. Vielen Dank für Ihre Auskünfte.«

Die beiden Kriminalbeamten verabschiedeten sich und verließen das Haus. Vor der Tür atmeten sie tief durch. »Ich habe selten so einen arroganten Menschen getroffen.« Schmidt schüttelte sich.

»Wie gut, wieder an der frischen Luft zu sein.«

»Stimmt. Ihr Mann hatte es sicher nicht leicht mit ihr.« In Kösters Miene spiegelte sich das Mitgefühl für den Verstorbenen wider. »Wenn die Kinder und Neffen auch so sind, wundert es mich nicht, dass er die freundliche Frau Mertens in seinem Testament bedacht hat.«

»Du hast recht. Was machen wir jetzt?«, wechselte Schmidt das Thema. »Die Sonne scheint. Machen wir noch einen kleinen Spaziergang? Danach muss ich aber wieder in meine Dienststelle.«

Köster stimmte zu. Die Kommissarin lotste ihn zum Bürgerpark. Beeindruckt schaute er auf die mächtigen Laubbäume, die den Rand des Weges säumten. Gisela hakte sich bei ihm ein und sie schritten gemeinsam aus. Einige Jogger überholten sie schnaufend. Der Blick öffnete sich auf eine breite Wiese. Auf einer Brücke mit einem schmiedeeisernen Geländer blieben sie stehen und schauten hinunter ins dunkle Wasser des kleinen Wasserlaufs. »Der führt zum Emmasee. Dort gibt es ein nettes Café.«

Bewundernd schaute Köster in die Parklandschaft und zog Gisela an sich. »Schade, dass wir jetzt keine Zeit mehr haben, aber wir müssen auf jeden Fall noch einmal herkommen.«

Gisela nickte lächelnd.

*

In der Nacht schreckte sie aus dem Schlaf hoch und schrie. Er war gleich wach und nahm sie in den Arm. »Du hast nur schlecht geträumt. Hier ist alles ruhig«, versuchte er sie zu beruhigen.

»Es war so schrecklich. Da waren zwei Ungeheuer, die uns angreifen wollten.«

Er strich ihr über den Kopf und drückte sie noch einmal fest an sich. »Du bist hier in Sicherheit.« Zögernd legte sie sich wieder hin und rutschte mit ihrer Decke näher an ihn heran.

»Wann wirst du wohl deine Tante erreichen?«, fragte sie ihn am nächsten Morgen. »Ich möchte, dass das hier endlich ein Ende hat und ich nachhause kann.«

Er schaute sie zerknirscht an. »Ich versuche es schon die ganze Zeit. Sie ist anscheinend immer noch verreist.«

*

Nachdem Anne Grotheer das Tablet der Pflegerin hochgefahren hatte, überließ sie es ihrem Kollegen Bayer. Auch er schaute erst einmal in die

Mailbox und entdeckte einige gelöschte Nachrichten, alles Spam-Mails, die von Werbeanbietern stammten. Er fand noch andere Webseiten, die sie besucht hatte – alles Reiseziele in Österreich. »Sie wollte wirklich dorthin fahren. Vielleicht ist sie in einem der Orte.« Grotheer notierte sich die Adressen und Telefonnummern. »Da rufe ich nachher an.« Doch Bayer war schon bei einem anderen Thema. Er stieß einen Pfiff aus. »Schau mal, wofür sie sich noch interessiert hat …«

Grotheer schaute ihm über die Schulter. »Traumpartner.de«, las sie.

Bayer grinste. »Sie war anscheinend wirklich auf der Suche. Und ging dabei recht systematisch vor. Schau mal, welche Agentur als beste beschrieben wird.«

»E-Dating. Nie gehört.« Grotheer schaute Bayer fragend an. »Du?«

»Kein Wunder, dass du die nicht kennst. Du hast ja einen Freund. E-Dating ist mir ein Begriff.«

»Und auch schon mal ausprobiert?« Jetzt lächelte Grotheer.

»Nee, aber bei Pärchenship war ich schon mal angemeldet. Hat mir aber nichts gebracht.«

»Schade«, bedauerte die junge Kommissarin ihren Kollegen.

»Sollte wohl nicht sein. Anders als du habe ich wohl kein Glück mit Beziehungen.«

»Sag das nicht«, erwiderte Anne traurig und berichtete von Svens Abreise. »Am Wochenende ist er nach Norwegen gefahren. Wir werden uns eine lange Zeit nicht mehr sehen.«

Betroffen schaute Bayer seine junge Kollegin an. »Das tut mir leid. Aber vielleicht kommt er ja bald wieder zurück.«

Anne schüttelte den Kopf. »Das glaube ich nicht. Das Land ist sein großer Traum.«

»Wenn du mal jemand zum Quatschen brauchst, bin ich gern für dich da«, bot ihr Bayer seine Unterstützung an.

»Danke. Jetzt lass uns aber weiterarbeiten.«

»Allerdings gibt es hier keine weiteren Hinweise, ob sie sich wirklich bei E-Dating angemeldet hat. Wir sollten mal ihr Smartphone ansehen, vielleicht entdecken wir dort mehr.«

Bayer fuhr das Tablet runter und widmete sich dem Handy der Vermissten. »Oh, das ist passwortgeschützt«, bedauerte er.

»Versuch es doch mal mit ihrem Geburtsdatum.« Grotheer schaute in ihren Notizen nach und gab ihm die Zahlen durch. Es waren die falschen.

»Dann das ihrer Tochter.« Sie stimmten.

Auf WhatsApp war sie mit ihrer Tochter, ihrer Chefin und einigen Freundinnen in Kontakt.

Ein Name tauchte auf, den sie bisher noch nicht gehört hatten.

»Schau mal, dieser Jochen hat ihr öfter geschrieben.« Gemeinsam lasen Bayer und Grotheer die Nachrichten. Zum Schluss schaute die Kommissarin ihren Kollegen aufgeregt an. »Das ist der Freund! So wie sie einander schreiben, stehen die sich richtig nah. Und sie haben sich tatsächlich verabredet, gemeinsam zu verreisen!«

Bayer nickte. Er rief Jochens Telefonnummer auf. Unter Kontakte fand er keine weiteren Informationen. Bayers Stimme klang wenig ermutigend: »Wir kennen bisher nur den Vornamen des Freundes. Dabei muss er noch nicht mal wirklich so heißen. Wenn wir Pech haben, hat er die Simkarte im Ausland gekauft und wir kriegen nichts weiter über ihn raus. In den Nachrichten steht leider nicht, wohin sie fahren wollten.«

Freitag, 8. September
Mehrmals war sie nachts hochgeschreckt, jedes Mal hatte er sie in die Arme genommen, bis sie wieder eingeschlafen war. Als sie am Morgen aufwachte, lag sie immer noch eng an ihn geschmiegt. Sie rückte von ihm ab und schaute ihn an. Er blinzelte und lächelte unsicher. Er sah müde aus, ließ es sich aber nicht anmerken. Er stand auf und ging ins Bad. Sie blieb noch einen Augenblick liegen und grübelte. Fünf Tage dauerte dieser Albtraum jetzt schon. Seit vier Tagen wurde sie bei der Arbeit vermisst. Ihre Tochter war ja noch länger ohne Nachricht von ihr. Und alles nur, weil sie sich in diesen Mann verliebt hatte. Wo war nur ihr gesunder Menschenverstand geblieben? Jetzt diese schreckliche Zwickmühle und die unglaubliche Bedrohung durch diese Geldeintreiber. Und wenn die Geschichte von den Mafia-Geldeintreibern auch nicht stimmte? Der Spruch ›Wer einmal lügt, dem glaubt man nicht‹ fiel ihr ein. Wenn es ihm weiter darum ging, an ihr Geld zu kommen, aber jetzt, um ihrer beider Leben zu retten? Er hatte zwar nicht mehr davon gesprochen, aber bisher waren seine Versuche, sich bei den Freunden den Betrag zu leihen, wenig erfolgreich gewesen.

Auf der anderen Seite schien ihr seine Angst vor diesen Männern echt zu sein. Oder war er in der Lage, ihr auch das nur vorzuspielen?

Inzwischen war sie sogar bereit, ihm die 200.000 Euro zu geben. Dann wäre zwar ein großer Teil der Erbschaft verloren, aber ihr Leben war ihr wichtiger als das Geld. Dieses Erbe hatte ihr bisher kein Glück gebracht, eher das Gegenteil. Wenn sie nur rausbekommen könnte, ob er sie immer noch belog.

*

Um 9 Uhr rief Kommissar Kruse Sonja Brünjes an. Zuerst bedauerte er, dass er ihr nichts Neues von ihrer Mutter berichten könne. Doch die Kriminalpolizei suche mit allen ihr zu Verfügung stehenden Kräften nach dem Aufenthaltsort. »Dazu müssen wir jetzt wissen, wie Ihre Mutter das Erbe von Herrn Warnke angelegt hat und ob sie in der Zwischenzeit Geld abgehoben hat. Wenn ja, können wird dadurch vielleicht erfahren, wo sie sich befindet. Daher meine Frage: Bei welcher Bank hat Ihre Mutter ein Konto?«

»In der Volksbank Hüttenbusch. Ich bin da selbst Kundin.«

Eine Stunde später trafen die Kriminalbeamten Schmidt, Bayer und Völkel im Osterholzer Kommissariat ein. Köster bemerkte, dass Völkel blass aussah und sich anscheinend noch nicht ausreichend von seinem Infekt erholt hatte. Warum musste er denn unbedingt schon wieder zum Dienst erscheinen?

Köster eröffnete die Sitzung und Schmidt fasste die Befragung der Exfrau des Verstorbenen zusammen. »Frau Warnke erschien uns sehr arrogant und in keiner Weise kooperativ. Immerhin hat sie uns die Liste der Angehörigen geschickt. Heute früh kam endlich die Kopie des Testaments.«

»Das Testament ist recht aufschlussreich«, fuhr Köster fort. »Dem konnten wir entnehmen, dass Warnkes Vermögen beträchtlich war, viel Grundbesitz und einiges an Barvermögen, der Gesamtwert liegt im zweistelligen Millionenbereich.«

»Oha.« Völkel schien sichtlich beeindruckt. »Wisst ihr, womit Warnke das viele Geld verdient hat?«

Köster schüttelte den Kopf. »Keine Ahnung. Uns interessierte erst einmal, wie er es verteilt hat und ob jemand leer ausgegangen ist. Die Witwe und die Kinder haben den größten Teil geerbt. Und Frau Mertens. In einem Zusatz bedankt er sich bei ihr für ihre Warmherzigkeit und ihr Engagement. Sie bekam tatsächlich 300.000 Euro, genausoviel wie einer der Neffen. Der zweite Neffe, der auch auf der Liste von Frau Warnke steht, ging leer aus.«

»Damit hätte er einen Grund, sauer auf Frau Mertens zu sein. Wir sollten unbedingt mit ihm sprechen«, fügte Schmidt hinzu. »Bisher haben wir ihn aber noch nicht erreicht. Er scheint unterwegs zu sein.«

»Vielleicht ist er es ja, der mit Frau Mertens verreist ist?«, fragte Grotheer aufgeregt. »Heißt er Jochen mit Vornamen?«

»Nun mal langsam«, meldete sich Kruse zu Wort. »Das geht jetzt ein bisschen zu schnell. Wir wissen noch gar nichts von ihm, nicht einmal, ob er dem geheimen Freund der Pflegerin ähnlich sieht. Außerdem heißt er Herbert, Herbert Warnke. Und wie kommst du auf Jochen?«

Anne Grotheer berichtete von den WhatsApp-Nachrichten auf Mertens Handy und von der Anrufliste, die sie vom Telefonanbieter der Pflegerin bekommen hatten. Hier tauchten immer wieder die Nummer ihrer Chefin sowie ihrer Tochter auf. In den letzten Tagen hatte dieser Jochen ihr öfter geschrieben. Sie stammten, wie die Nachrichten, die er geschickt hatte, von demselben Handy. Die Nummer konnte nicht zurückverfolgt werden, denn die Prepaidkarte war im chinesischen Netz angemeldet und wohl im Internet erworben worden. Anscheinend war das Smartphone ausgeschaltet oder es existierte nicht mehr, denn es konnte nicht geortet werden.

Bayer ergänzte Grotheers Bericht über die Partneragenturen und die verschiedenen Seiten der österreichischen Ferienorte, die die Vermisste aufgerufen hatte. Allerdings hatten ihre Nachforschungen bei den angegebenen Hotels nichts ergeben.

»Vielleicht hat sie Jochen über eine Agentur kennengelernt und ist mit ihm an einen anderen Ort in die Alpen gefahren«, mutmaßte Grotheer.

»Das kann sein. Aber es ist auch möglich, dass sie diesem Mann woanders begegnet ist, und sie gemeinsam ganz woanders hingefahren sind«, wandte Köster ein.

»Weder der Sohn noch einer der Neffen heißt Jochen. Der Bekannte von Frau Mertens kann sich bei ihr aber auch mit falschem Namen vorgestellt haben. Wir sollten auf jeden Fall mehr über die Verwandten des Verstorbenen ermitteln. Sie wohnen alle in Bremen und umzu. Wir teilen uns auf und vernehmen sie in den nächsten Tagen«, entschied Schmidt.

Köster wandte sich an Kruse. »Was haben denn deine Gespräche mit den Kolleginnen der Vermissten ergeben?«

»Nur dass Frau Mertens sich mit ihrer Chefin nicht so gut verstand. Das wussten wir aber schon. Doch eine der Pflegerinnen, eine Frau Lütjen, meint ebenfalls, dass sie ihre Kollegin mit einem Mann gesehen hat. Sie war gerade mit dem Auto unterwegs zu einer Patientin, als sie die beiden in Worpswede auf dem Bürgersteig stehen und sich umarmen sah. Den Mann beschreibt sie als mittelgroß und dunkelhaarig. Das stimmt aber nicht mit der Beschreibung des Mannes von Frau Schulz überein, mit dem sie Frau Mertens in Lilienthal gesehen hat.«

Völkel lächelte. »Vielleicht sind das ja auch zwei verschiedene Männer. Die Cousine hat Frau Mertens ja als flotten Feger bezeichnet. Wenn sie auf Partnersuche ist, kann sie doch zu früheren Verhaltensweisen zurückgekehrt sein.«

Köster schaute skeptisch. »Das kommt mir eher unwahrscheinlich vor. Ist denn das Phantombild nach den Angaben von Frau Schulz inzwischen fertig? Wir sollten es in dem Café in Lilienthal herumzeigen. Vielleicht entdeckt auch Frau Lütjen Ähnlichkeiten. Außerdem sollten wir die Nachbarn von Frau Mertens ein weiteres Mal befragen. Es könnte doch sein, dass dieser Jochen die Pflegerin zuhause besucht hat.«

»Ich kümmere mich sofort darum«, sagte Anne Grotheer. Gleich nach der Sitzung rief sie Kerstin Schulz an. Die Pflegerin hatte an diesem Tag Spätdienst und konnte sogleich auf dem Kommissariat erscheinen. Ein Kriminaltechniker fertigte nach ihren Angaben am Computer ein Bild des Mannes an, den sie gesehen hatte.

Nachdenklich betrachtete Grotheer den Ausdruck. »Wenn der so aussieht, dann kann ich mir vorstellen, warum sich die Frau Mertens in ihn verguckt hat.«

Kurz darauf fuhr Kruse ein zweites Mal nach Hüttenbusch, klingelte bei den Nachbarn der Vermissten und zeigte ihnen das Phantombild. Keiner von ihnen erkannte den Mann wieder. »Frau Mertens hatte keinen Männerbesuch, sie ist eine anständige Frau«, sagte ihre Vermieterin Frau Wellbrock entschieden.

Zur selben Zeit brach Grotheer nach Lilienthal auf. Im Café beugte sich die junge Serviererin über das Computerbild und das Foto von Frau Mertens. »Nein, an die beiden erinnere ich mich nicht. Es kommen ja auch so viele Leute hierher. Der da wäre uns sicher aufgefallen.«

Die rundliche, blond gefärbte Verkäuferin hinter der Theke schüttelte ebenfalls den Kopf. »Aber wir haben ja auch nicht immer Dienst. Wann soll er denn hier gewesen sein?«

»Am 14. August, etwa um 13 Uhr.«

»Da muss ich mal im Plan nachsehen.« Sie griff nach einem Heft unter der Theke und blätterte die Seiten zurück. »Jetzt hab ich's. Ja, an dem Tag war ich tatsächlich da, zusammen mit Ines, Ines Westfahl. Sie müsste jetzt zuhause sein, denn ihre Tochter kommt um diese Zeit aus der Schule.«

Grotheer notierte sich Adresse und Telefonnummer und kündigte ihren Besuch per Handy an.

Zum Glück wohnte Frau Westfahl nicht weit von der Bäckerei entfernt. Wenig später öffnete eine große, schmale Frau die Tür und bat die Kommissarin herein. In der Küche saß ein etwa zehnjähriges Mädchen, das der Mutter sehr ähnlich sah, und schaute die Kommissarin neugierig an. »Sind Sie Polizistin?«, fragte sie.

Grotheer nickte. »Oh, eine Polizistin war noch nie bei uns!«

Frau Westfahl schaute ihre Tochter ernst an. »Du gehst besser in dein Zimmer.«

Doch Grotheer winkte ab. »Sie kann ruhig dabei sein«, sagte sie und holte aus ihrer Umhängetasche das Phantombild sowie ein Foto von Frau Mertens hervor. Aufmerksam betrachteten Mutter und Tochter die Bilder.

Das Mädchen zeigte auf das Männergesicht. »Der sieht aus wie einer aus dem Film. Ich weiß nur nicht aus welchem.«

Ihre Mutter schüttelte den Kopf. »Auf was du immer kommst. Aber in einem hast du recht. Er fällt schon auf. Ich glaube, der war bei uns im Café. Zusammen mit einer Frau. Das könnte die da gewesen sein. Aber ich kann mich nicht mehr so genau erinnern.«

»Wissen Sie noch, wie die beiden miteinander umgegangen sind?«

»Sie wirkten sehr verliebt. Saßen eng beieinander. Er flüsterte ihr was ins Ohr und sie lachte. Dann legte er den Arm um sie und gab ihr einen Kuss.«

»Waren die beiden nur das eine Mal da?«

Frau Westfahl runzelte die Stirn. »Zusammen ja. Aber er war, glaube ich, früher schon mal bei uns. Das muss aber schon länger her sein. Und das war mit einer anderen Frau. Aber die haben auch so geturtelt.«

»Wie lange ist das denn ungefähr her?«

»Bestimmt ein, zwei Jahre.«

»Und wie kommt es, dass nur Sie sich an die beiden erinnern? Wenn er gerade zweimal in Ihrem Café war?«, fragte Anne skeptisch.

»Ach, Billa hat keine Augen für die Leute.« Frau Westfahl lächelte. »Und sie ist erst seit einem halben Jahr bei uns. Anne, die mit ihr heute Dienst hat, sogar erst sechs Wochen. Ich bin am längsten in dem Laden.«

»Wissen Sie noch, wie die Frau aussah, mit der dieser Mann vor einem oder zwei Jahren im Café war?«

Ines Westfahl schüttelte den Kopf. »Nee, nicht wirklich. Ich glaube, sie hatte dunklere Haare als die, mit der er vor Kurzem da war. Vielleicht war sie auch etwas jünger. Sie sah aber auch ganz gut aus. Sicher bin ich mir da aber nicht.«

Zurück im Kommissariat suchte Grotheer Köster auf und berichtete ihm und Kruse von ihren Ermittlungen. »Viel ist ja nicht dabei herausgekommen«, meinte sie zum Abschluss.

»Sag das nicht«, widersprach Köster. »Immerhin wissen wir jetzt, dass Frau Mertens wohl wirklich einen Freund hat, mit dem sie sehr vertraut ist, und dass sie mit ihm in dem Café war.«

»So wie es scheint, ist er auch kein Kind von Traurigkeit. Er scheint die Frauen zu mögen«, ergänzte Kruse grinsend.

»Aber wir haben immer noch keinen Hinweis auf seine Identität.« Anne schien nicht vom Erfolg ihrer Ermittlungen überzeugt. Doch im nächsten Moment richtete sie sich auf.

»Wartet mal, das Café befindet sich doch im Erdgeschoss eines Ärztehauses. Da gibt es viele Praxen. Vielleicht sind Frau Mertens oder der Mann dort Patienten und wir können so seinen Namen und die Adresse erfahren.«

»Da gibt es allerdings das Problem mit der ärztlichen Schweigepflicht. Die Sprechstundenhilfen werden uns nicht ohne Weiteres diese Informationen geben«, wandte Köster ein. »Allerdings können wir darauf hinweisen, dass dieser Mann sehr wahrscheinlich etwas mit dem Verschwinden von Frau Mertens zu tun hat. Wir wollen ja keine Daten von den Diagnosen und der Behandlung, nur den Namen des Betreffenden. Ich werde Gisela bitten, uns nötigenfalls eine richterliche Anordnung zu besorgen.«

Am Nachmittag sprachen Schmidt und Völkel mit den Kindern des verstorbenen Herrn Warnke. Peter Warnke war zu seiner Schwester Susanne Henkel gefahren und wartete mit ihr auf die Ermittler. Familie Henkel bewohnte ein frisch renoviertes Bremer Haus im Viertel, das aber weniger mondän wirkte als die Villa ihrer Eltern.

Die Verdener Hauptkommissarin Schmidt erkannte bei den Geschwistern die blauen Augen der Mutter wieder. Ansonsten unterschieden sie sich deutlich in Aussehen und Größe voneinander. Frau Henkel trug ihre langen brünetten Locken offen, war klein und untersetzt, ihr Bruder dagegen war groß gewachsen, schlank und blond. Ihre Aussagen ähnelten einander. Beide hatten den Vater abwechselnd alle zwei bis drei Wochen in Worpswede besucht und dabei auch seine Pflegerin Frau Mertens kennengelernt, eine freundliche Person, die sich liebevoll um ihren Vater gekümmert hatte. Daher konnten sie auch gut verstehen, dass er sie in seinem Testament bedacht hatte. »Wir haben uns nur über die Höhe der Summe gewundert. Aber es war das Geld unseres Vaters, und es war seine Entscheidung, was er damit machte«, fügte der Sohn hinzu.

»Aber Sie werden sich doch Gedanken gemacht haben, warum er Frau Mertens eine so hohe Summe vererbt hat?«, fragte Kommissar Völkel.

»Natürlich haben wir darüber gesprochen. Ich glaube, er wollte damit unsere Mutter treffen, die sich nur wenig um ihn gekümmert hat. Und so wütend wie sie bei der Testamentseröffnung war, hat er das auch erreicht«, antwortete Frau Henkel traurig lächelnd.

Von den Neffen des Verstorbenen erreichte Köster nur Andreas Warnke und kündigte seinen Besuch für 15 Uhr an. Der Lehrer war gerade von der Schule heimgekommen und empfing ihn in seiner kleinen Neubauwohnung in Horn-Lehe. Köster schätzte ihn auf Mitte vierzig. Auf dem Kopf trug er nur noch einen dunklen Haarkranz, aus dem schmalen Gesicht schauten ihn dunkelblaue Augen freundlich an. Sie setzten sich an den Küchentisch, Andreas Warnke kochte einen Tee und servierte ihn mit ein paar Keksen. Als er den suchenden Blick des Kriminalbeamten bemerkte, lächelte er ein wenig traurig. »Sie sehen wohl, dass ich hier alleine wohne. Meine Frau und ich haben uns vor einem halben Jahr getrennt. Sie wohnt mit den Kindern in unserem Haus hier in der Nähe.«

Danach berichtete er von den Besuchen bei seinem Onkel in Worpswede. Köster fiel auf, wie warmherzig er von dem alten Herrn Warnke sprach. Die beiden hatten einander anscheinend sehr nahe gestanden.

»Mein Onkel hat mir gern von früher erzählt. Mich interessieren vor allem die alten Geschichten aus der Familie, das hat er wohl mitbekommen. Dadurch habe ich auch einiges über meinem Vater erfahren. Er ist leider schon viele Jahre tot, obwohl er der jüngere Bruder war. Dabei fällt mir ein, dass mein Onkel öfter von Helen gesprochen hat. Sie war das Kindermädchen, das ihn und seine beiden Brüder betreut hat. Sie war wohl eine ganz Liebe und Frau Mertens hat ihn an sie erinnert. Wahrscheinlich hat er seine Pflegerin deswegen so besonders gemocht.«

Wie Helen mit Nachnamen hieß, wusste Andreas Warnke nicht. Auch nicht, was aus ihr geworden war. Den Aufenthaltsort seines Cousins Herbert kannte er ebenfalls nicht. Der Sohn seines jüngeren Onkels wäre viel auf Reisen und hielt sich sicher wieder einmal irgendwo in Thailand oder Indonesien auf. Herbert hatte bestimmt damit gerechnet, Geld aus dem Erbe des Onkels zu bekommen. »Er arbeitet zwar von unterwegs mit seinem Laptop, ist aber öfter knapp bei Kasse. Trotzdem kann ich mir nicht vorstellen, dass er die Pflegerin aus Enttäuschung entführt oder sogar umgebracht hat. Das entspricht ihm nicht. Und was würde es ihm nützen? Das Geld bekäme er damit nicht.«

Den Mann auf dem Phantombild kannte er nicht. Er habe auch keine Ähnlichkeit mit seinem Cousin. »Einen Moment.« Andreas Warnke verschwand für einen Moment und kehrte mit einem Foto zurück. »Da sehen Sie, wie er aussieht. Die Aufnahme stammt von einem gemeinsamen Ausflug vor zwei Monaten. Da war Herbert mal zuhause.«

Auf dem Bild waren zwei Männer im Freizeitdress vor ihren Tourenrädern, die Helme in der Hand. Neben Andreas Warnke stand ein Mann, der noch hagerer war als er und ihn fast um eine Kopflänge überragte. Seine Glatzenbildung war jedoch noch nicht so weit fortgeschritten.

Samstag, 9. September

Köster stellte eine Waschmaschine an, schaute in den Kühlschrank und schrieb eine Einkaufsliste. Gerade als er seine Wohnung verlassen wollte, klingelte es. Die Behrens standen vor der Tür. »Ich hoffe, wir stören dich nicht«, lächelte Jan. »Wir waren im Baumarkt. Ich habe Holz und Schrauben für ein Schlüsselbrett besorgt, das Gerda noch neben unserer Eingangstür haben möchte. Da dachten wir, wir schauen mal bei dir vorbei.«

»Schön euch zu sehen.« Köster freute sich sichtlich. »Ich wollte gerade los, was einkaufen. Habt ihr Lust auf einen Kaffee?«

»Nein lass mal,« erwiderte Gerda. »Wir begleiten dich, denn wir müssen auch noch einkaufen. Das können wir zusammen in Osterholz erledigen. Und anschließend gehen wir noch eine Kleinigkeit essen, ok?«

Köster stimmte zu. Später saßen sie in einem Bistro auf dem Marktplatz und bestellten ein Mittagsgericht. Nachdem die Kellnerin die Getränke gebracht hatte, trank Gerda einen Schluck und sah Köster erwartungsvoll an. »Ist die Altenpflegerin wieder aufgetaucht?«

Der Kommissar schüttelte den Kopf. »Nein. Bisher noch nicht.«

»Wie lange ist sie jetzt schon weg?«, fragte Gerda.

»Zwei Wochen. Vor einer Woche war ihr Urlaub zu Ende. Sie hat sich nicht gemeldet.«

Gerda schüttelte den Kopf. »Da stimmt doch was nicht. Ihr ist sicher was passiert.«

Jan lächelte. »Dabei hast du doch letzten Sonntag noch gemeint, die ist mit ihrem geheimen Freund verreist und will die Beziehung ausprobieren.«

»Das konnte sie in ihren Ferien machen. Eine so pflichtbewusste Frau setzt doch ihre Arbeit nicht aufs Spiel, da kann sie noch so verliebt sein«, sagte Gerda ernst.

*

Als sie am Morgen aufwachte, roch sie bereits den frisch aufgebrühten Kaffee. Er hatte die Schlafzimmertür nicht ganz geschlossen, so dass sie seine Schritte in der Küche hören konnte. Sie duschte, zog sich an und stieg die Treppe hinab ins Erdgeschoss.

Lächelnd begrüßte er sie. »Frühstück ist fertig. Ich hole eben Holz aus dem Schuppen und mache Feuer. Es ist ganz schön kühl heute.«

Sie nahm wie immer am Esstisch Platz und goss für beide Kaffee ein. Da entdeckte sie sein Handy neben seiner Tasse. Schnell griff sie danach und versuchte es einzuschalten. Wie war nur seine Geheimzahl? Sein Geburtsdatum? Welch ein Glück, dass sie es sich gemerkt hatte. Am ersten Tag in der Kate hatte er ihr seinen Personalausweis gezeigt, wohl um ihr zu beweisen, dass er jetzt die Wahrheit sagen wollte. Es war die Geheimzahl, sofort schaltete sich das Gerät ein. Nur zeigte es an, dass die SIM-Karte gesperrt war. Sein Geburtsjahr? Die ersten vier Zahlen des Geburtsdatums? Sie versuchte beides und es klappte.

Gerade, als sie die Nummer ihrer Tochter wählen wollte, öffnete er mit dem Holzkorb in den Händen die Haustür. Sofort sah er, dass sie sein Smartphone in der Hand hielt. Mit einem Satz war er bei ihr, riss es ihr aus der Hand und schaltete es wieder aus. »Bist du verrückt?«, schrie er. »Wenn das Handy an ist, können die uns sofort orten!«

Erschrocken schaute sie ihn an und begann zu zittern. »Ich wollte nur kurz meiner Tochter Bescheid sagen, dass es mir gut geht. Sie macht … sich … bestimmt … große … Sorgen … um … mich!«, stammelte sie, immer wieder unterbrochen von heftigem Weinen.

Er holte tief Luft und schloss kurz die Augen. Erst danach schaute er sie an. »Das kann ich ja verstehen. Doch solange ich ihnen das Geld nicht zahlen kann, sind wir beide in Gefahr. Ich hoffe, es ist ihnen nicht gelungen in der kurzen Zeit unseren Standort herauszubekommen.«

Auch sie hatte sich wieder gefasst und spürte, wie Ärger in ihr aufstieg. Noch nie hatte sie ihn so wütend erlebt. Dazu fühlte sie sich gemaßregelt wie ein kleines Kind.

»Aber wie soll das denn weitergehen? Wir sind jetzt fast eine Woche hier. Und es kann doch noch ewig dauern, bis du das Geld zusammen hast!«

Er nickte. »Du hast recht. Wir müssen das Ganze zum Abschluss bringen. Ich fahre heute noch mal zum Haus meiner Tante, um zu sehen, ob sie da ist.«

*

Köster schloss die Wohnungstür auf und hörte, dass sein Telefon klingelte.

»Hallo Peter!« Köster erkannte sofort die Stimme seiner Noch-Ehefrau. Was wollte sie von ihm am Samstagmittag? Irritiert schwieg er.

»Bist du noch dran?«

»Ja«, sagte er. »Hallo Sabine. Ist was mit den Jungs?«

»Nein, nein«, erwiderte sie hastig. »Mit denen ist alles in Ordnung. Ich würde gern einmal mit dir sprechen. Hättest du heute Zeit?«

Wieder zögerte Köster einen Moment. »Ich weiß nicht, eigentlich bin ich gerade mit einem Fall beschäftigt und wollte noch etwas dafür tun.«

»Ich will dich auch nicht lange stören. Vielleicht könnte ich heute Nachmittag mal für eine Stunde oder zwei vorbeikommen. Wäre dir das recht?«

»Gut. Aber ich schaffe es nicht, auf die Schnelle nach Hamburg zu fahren.«

»Das musst du auch nicht. Ich dachte ich komme einfach mal vorbei. So gegen 4 Uhr?«

Köster stimmte zu und legte irritiert den Hörer auf.

Sie lebten inzwischen etwa ein Jahr getrennt voneinander. Seit Sabine einen neuen Mann kennengelernt hatte, war sie besser gestimmt und hatte weniger an ihm auszusetzen. Außerdem hatten sie in der letzten Zeit kaum noch Kontakt miteinander, seine Söhne und er hatten die Besuchstermine und die gemeinsame Reise ohne sie geregelt.

Irgendetwas musste passiert sein, dass sie ihn plötzlich alleine aufsuchen wollte. Das war bisher noch nie vorgekommen. Die Ausrede, sich um seinen aktuellen Fall kümmern zu müssen, hätte bei ihr früher einen Wutausbruch ausgelöst. »Immer bist du mit deiner Arbeit beschäftigt! Nie hast du Zeit für uns!« Doch nichts davon heute. Sie wollte wohl wirklich etwas von ihm. Die Scheidung? Vielleicht wollte ihr Neuer sie heiraten?

Köster schenkte sich ein Glas Wasser ein. In seiner Erinnerung durchlebte er noch einmal die vielen schmerzhaften Auseinandersetzungen mit Sabine, die letztlich zu seinem Auszug und der Versetzung geführt hatten. Er war froh, dass er diese Zeit überwunden hatte. Eigentlich war es jetzt an der Zeit, den Schlussstrich auch formal zu vollziehen. Dennoch spürte er, dass er sich Sabine nicht mit dem neuen Partner am Arm vor dem Traualtar vorstellen mochte. Gleichzeitig ärgerte er sich über sich selbst. Warum traf ihn das noch? Diese gekränkte Eitelkeit mochte er an sich selbst nicht leiden.

Immerhin würde er damit auch frei sein, eine neue Beziehung einzugehen. Bisher hatte er sich stets über die Treffen mit Gisela gefreut. Sie hatten sich vorsichtig angenähert, gingen zusammen spazieren, Essen, ins Kino oder ins Theater. In zwei Wochen wollten sie das erste gemeinsame Wochenende verbringen. Es war Giselas Idee gewesen; sie hatte auch die Reise nach Amsterdam geplant und das Hotel gebucht.

Köster stellte das Geschirr in die Spülmaschine und fuhr seinen Laptop hoch. Noch einmal las er die Aufzeichnungen über die bisherigen Ermittlungsergebnisse durch und suchte nach einem weiterführenden Gedanken. Doch anders als sonst konnte er sich nicht richtig konzentrieren. Schließlich klappte er den Computer zu. Es blieb noch genug Zeit, Kuchen zu besorgen und etwas Ordnung in der Wohnung zu machen. Kritisch schaute er sich um. Er wusste, dass die einfachen Kiefernregale im Wohnzimmer Sabines Geschmack nicht entsprachen. Sie hatte ihr gemeinsames Hauses in Hamburg mit teuren Designermöbeln eingerichtet, mit denen er sich nie wirklich wohl gefühlt hatte. Als er vor einem Jahr in seine Osterholzer Wohnung eingezogen war, hatte ihm sein Vorgänger Schränke und Betten überlassen. Den Rest besorgte sich Köster aus dem Möbeldiscounter. Immer wieder dachte er kurz daran, etwas zu verändern, schob den Gedanken aber schnell wieder beiseite.

*

Dieses Mal bestand sie darauf, dass er sie mitnahm. Sie wollte auf keinen Fall allein in der Kate bleiben. In der Dämmerung stiegen sie in sein Auto und verließen den Wald. Als er auf die Hauptstraße einbog, spürte sie seine Anspannung. Seine Augen suchten den Straßenrand ab, er zuckte bei jedem entgegenkommenden Fahrzeug leicht zusammen. Ständig schaute er in den Rückspiegel. »Folgt uns jemand?«, fragte sie.

»Nein, ich glaube nicht.«

Als sie über die Wümmebrücke fuhren, entspannte er sich.

»Wo wohnt deine Tante denn eigentlich?«

»In Oberneuland.«

Zehn Minuten später fuhren sie an einem kleinen Park vorbei und hielten vor einer Einfahrt. Am Ende der langen Auffahrt stand ein altes, gepflegtes Wohnhaus mit einem Reetdach.

Er stieg aus, drückte die Klingel neben dem Tor und wartete. Nichts passierte. Er versuchte es noch einmal, dann zuckte er mit Schultern und drehte sich zu ihr um.

»Sie scheint immer noch unterwegs zu sein.«

»Kannst du nicht jemanden hier fragen, wann sie zurückkommt? Noch besser, wo sie zu erreichen ist?«

Er schüttelte den Kopf. »Sie lebt hier sehr zurückgezogen und hat kaum Kontakt zu den Nachbarn.«

Auf dem Rückweg schwiegen beide. Als sie sich dem Teufelsmoor näherten, wuchs seine Unruhe wieder. Sie sah, wie sich seine Hände um das Lenkrand klammerten. Vorsichtig näherten sie sich der Kate. Doch sie schien unverändert, lag still und friedlich im dunklen Wald. Kein fremdes Auto weit und breit. Sie sollte im Auto warten, während er zur Tür spurtete, sie öffnete und das Licht anmachte. Sie sah seinen Schatten durch das Haus huschen. Nachdem er alles überprüft hatte, winkte er ihr hereinzukommen und schloss gleich hinter ihr ab.

In der Nacht hielt er die Fenster geschlossen. Beiden schliefen unruhig. In der Morgendämmerung wachte sie auf und sah, dass er neben ihr im Bett saß, aus dem Fenster schaute und lauschte.

»Ist was?«, flüsterte sie.

Er legte seinen Zeigefinger auf den Mund. »Ich habe was gehört. Da draußen ist jemand«, wisperte er noch leiser. »Bleibe bitte, wo du bist und lege dich flach hin!« Er stieg aus dem Bett und huschte geduckt zum Fenster. Von der Seite spähte er hinaus. Noch einmal deutete er ihr zu schweigen und liegenzubleiben und verließ den Raum. Sie spürte, wie die Angst in ihr zunahm, sie mochte nicht allein im oberen Stock sein und folgte ihm leise. Inzwischen kannte sie die Treppe und jede einzelne Stufe, sie schaffte es, ohne jedes Geräusch ins Erdgeschoss zu gelangen. Sie beobachtete ihn, wie er von Fenster zu Fenster huschte und versuchte, draußen etwas wahrzunehmen.

Nach einiger Zeit wurde er ruhiger und bemerkte, dass sie ihm gefolgt war. »Es ist niemand da. Aber ich bin ganz sicher, dass ich etwas gehört habe«, sagte er tonlos.

*

Gerade als Köster aus der Bäckerei zurückgekehrt war und Kaffee gekocht hatte, klingelte es an der Tür. Sabine trat ein. Sie umarmten sich kurz und er lud sie ein, mit ihm auf dem Balkon Platz zu nehmen.

Anders als bei den letzten Begegnungen war sie unauffällig gekleidet, sie trug Jeans und ein dunkelblaues Shirt. Sie wirkte blass und in sich gekehrt, schaute sich kaum um und rührte gedankenverloren mit dem Löffel in ihrer Kaffeetasse. Von der Käsetorte aß sie nur einen kleinen Bissen, legte die Kuchengabel beiseite und schaute Köster an.

»Erst einmal danke ich dir, dass ich so spontan vorbeikommen konnte. Ich weiß einfach nicht, mit wem ich sonst über das sprechen kann, was mich gerade so beschäftigt.«

»Was ist denn passiert?«, fragte Köster.

»Wie soll ich das sagen. Du weißt ja, dass mein Vater mich in die Leitung seiner Reederei einführt. Er hat entschieden, die Firma in den nächsten Jahren an mich zu übergeben und sich ganz aus dem Geschäft zurückzuziehen. Jetzt bin ich dabei, mich intensiver in die Materie einzuarbeiten. Und je mehr ich davon mitbekomme, desto weniger gefällt mir das Ganze. Da ist zum einen das Thema Schiffsantrieb. Fast alle Schiffe werden mit giftigem Schweröl betrieben und tragen deshalb heftig zur Luftverschmutzung bei. Wir könnten auf schwefelarmen Diesel oder Flüssiggas umstellen, Rußpartikelfilter und Katalysatoren einbauen lassen. Doch wenn ich das vorschlage, winkt Vater ab. Das wäre alles zu teuer! Immer wieder fängt er damit an, dass sich die Schifffahrt noch in einer schlimmen Krise befindet und der Konkurrenzkampf mörderisch ist. Deshalb plant er jetzt auch noch, seine Schiffe auszuflaggen.«

Als Sabine Kösters fragenden Blick sah, fuhr sie fort: »Er lässt sie nicht mehr unter deutscher Flagge fahren, sondern meldet die Schiffe in Malta oder Panama an. Damit kann er die Lohnkosten deutlich drücken. Fast alle anderen Reedereien haben das schon längst umgesetzt. Und er meint jetzt, er muss das ebenfalls machen, um die Kosten zu senken.«

»Und das ist legal?«, fragte Köster ungläubig.

»Ja, das ist ja das Schlimme.« Sabine trank ihre Tasse aus, Köster schenkte Kaffee nach.

»Ich habe versucht, mit Peter darüber zu reden. Er meinte aber, das Geschäft wäre eben so. Er weiß, wovon er spricht, denn er ist Wirtschaftsanwalt, seine Kanzlei vertritt die großen Firmen in Hamburg.«

Köster hatte Sabines neuen Freund erst einmal gesehen, als er vor einigen Monaten mit ihr zusammen die Jungs aus Osterholz abgeholt hatte. Sein Vornamensvetter schien gut zu verdienen, denn er war mit einem protzigen Porsche Cayenne vorgefahren. Für ihn schien das Geschäftsgebaren der Reeder normal zu sein.

»Und du kommst jetzt zu mir, weil ich immer schon eine kritische Haltung gegenüber den Geschäften deiner Familie eingenommen habe?«, fragte Köster.

Sabine nickte traurig. »Ja, ich dachte, du kannst mich verstehen. Gleichzeitig denkst du sicher, das geschieht mir recht, da ich deiner Meinung nach zu sehr die Reederstochter war und bin.«

»Das meine ich nicht. Ich sehe ja, wie sehr dich das Ganze belastet. Auf der anderen Seite freue ich mich, dass etwas von der Sabine zum Vorschein kommt, die ich vor mehr als zwanzig Jahren kennengelernt habe.«

Sabine lächelte traurig. »Ja, in letzter Zeit muss ich öfter an früher denken, als wir mit unseren Freunden bis spät in der Nacht über die politische Entwicklung nach der Wende diskutiert haben. Mann, ist das lange her.«

Kösters Gedanken schweiften kurz zurück in die rauchgeschwängerte Kneipenrunde von damals. Sie waren nur eine kleine Gruppe, der Hauptteil der Jurastudenten wollte Karriere machen und später viel Geld verdienen. Das war einer der Gründe, warum Köster sein Studium abgebrochen und sich bei der Akademie der Polizei in Hamburg beworben hatte.

»Wenn du die Leitung der Reederei übernimmst, kannst du doch einiges ändern«, schlug Köster vor.

»Schön wär's. Vater wird im Aufsichtsrat bleiben und mich damit weiter kontrollieren.«

Sabine zuckte resigniert mit den Achseln.

»Dann sage ihm, du würdest die Leitung nur übernehmen, wenn er dir freie Hand lässt.«

»Daran habe ich auch schon gedacht. Aber ich weiß nicht, ob ich die Kraft dazu habe. Und seit ich mich kritisch geäußert habe, überlegt er, ob er mir wirklich so bald die Leitung übergeben soll. Ich solle erst zur Vernunft kommen, hat er gesagt. Inzwischen frage ich mich, ob ich das alles überhaupt noch will. Doch das würde einen Bruch mit meinen Eltern bedeuten.«

»Jetzt verstehe ich, in welcher Bredouille du steckst. Das tut mir wirklich leid. Allerdings weiß ich nicht, wie ich dir dabei helfen kann«, antwortete Köster hilflos.

Sabine schaute ihn an. »Allein, dass du mir zugehört hast und mich verstehst, hat schon gut getan. Außerdem wollte ich dir noch sagen, dass ich sehr froh darüber bin, wie du dich in letzter Zeit um unsere Jungs kümmerst. Sie haben mir ganz begeistert von eurer Reise erzählt. Du bist ganz wichtig für sie. Da habe ich eine neue Seite an dir kennengelernt.«

Sabine erhob sich. »Ich glaube, ich gehe jetzt besser.« Zum Abschied nahm Köster sie in den Arm.

»Ich wünsche dir alles gute und viel Kraft für deine Entscheidung!«

Nachdenklich räumte Köster das Kaffeegeschirr in die Spülmaschine, stellte den übrig gebliebenen Kuchen in den Kühlschrank und dachte dabei über das Gespräch mit Sabine nach. Sie hatte sich in der letzten Zeit noch einmal verändert, stellte er fest. Dieses Mal in eine positive Richtung.

Sonntag, 10. September

Sie konnten nicht mehr schlafen und beschlossen aufzustehen. Zum ersten Mal bereiteten sie gemeinsam das Frühstück zu. Nachdenklich rührte sie mit dem Kaffeelöffel in ihrer Tasse.

»Es fehlen dir immer noch 150.000 Euro und ich habe das Geld. Du kannst es haben. Es nützt ja nichts, dass es auf der Bank liegt, wenn wir hier nicht lebend herauskommen.«

Er schaute sie überrascht an. »Das würdest du tun?«, fragte er.

Sie nickte.

»Ich danke dir für das Angebot. Das ist unglaublich großzügig von dir, nach all dem, was ich dir angetan habe«, antwortete er bewegt. »Nur, wie sollen wir an das Geld kommen?«

»Na ja, in meine Bankfiliale gehen und das abheben, was auf dem Festgeldkonto ist. Das Angelegte müsste ich auf dich umschreiben lassen«

»Wie viel hast du denn auf denn auf dem Festgeldkonto?«

»50.000.«

»Vor einer Woche wolltest du anfangen zu arbeiten, bist aber nicht wieder aufgetaucht. Deine Tochter hat dich sicher als vermisst gemeldet, die Polizei wird dich suchen. Sobald du in der Bank auftauchst, werden die Angestellten die Polizei informieren. Den Festgeldbetrag kannst du gerade noch abheben. Die Umschreibung erfordert mehr Zeit. Wenn wir dann wiederkommen, werden wir sicher von der Polizei erwartet.«

Betroffen schaute sie ihn an. »Meinst du?«, fragte sie leise.

»Ich denke schon. Aber trotzdem vielen Dank. Wir können es mit den 50.000 versuchen. Dann fehlen aber noch 100.000. Ich muss einfach herausbekommen, wo meine Tante steckt.«

*

Später am Vormittag trafen sich Gisela und Köster in Fischerhude und wanderten zwei Stunden an der Wümme entlang und im großen Bogen durch die Wiesen zurück in den Ort. Die Sonne versteckte sich zwar wiederholt hinter den Wolken, zauberte aber ein besonderes Licht auf den Himmel und die darunter liegende Landschaft. Gisela hakte sich bei Köster ein, deutete begeistert auf das Farbenspiel und erzählte auch viel von ihrer bevorstehenden Reise nach Amsterdam. Sie hatte bereits einen Plan, was sie alles mit Köster ansehen wollte. Köster sprach noch weniger als sonst und schien in sich gekehrt. Als sie in einem Restaurant mitten im Ort auf ihr Mittagessen warteten, sprach sie ihn darauf an: »Was ist mir dir los, Peter? Du bist so still und mit deinen Gedanken ganz woanders. Ist was passiert?«

Verwirrt sah Köster sie an.

»Ja und nein.« Er atmete tief durch und berichtete von Sabines überraschendem Besuch. Gisela hörte ihm zu und unterbrach ihn nicht. Als er fertig war, schwiegen beide für einen Moment.

»Und wie geht es dir jetzt damit?«, fragte Gisela.

Er zuckte mit den Schultern. »Ich weiß nicht, darauf war ich überhaupt nicht vorbereitet. So lange hatten wir kaum Kontakt und dann kommt sie mit ihren Problemen zu mir.«

»Mir scheint, sie sucht deine Nähe. Denn sie hat ja entdeckt, dass du mit deiner Einschätzung zu den Geschäften ihrer Familie nicht so falsch gelegen hast. Und dann sieht sie, wie du dich um die Jungs kümmerst.« Gisela runzelte die Stirn. »Ich habe den Eindruck, das bringt dich ganz schön durcheinander.«

»Kann schon sein. Aber das steht für mich nicht im Vordergrund. Ich sehe mehr den Konflikt, in dem sie gerade steckt.«

»Bist du dir da so sicher? Ihr seid viele Jahre zusammen gewesen, hat sie alte Gefühle geweckt?«

Köster schaute Gisela ernst an. »Ich erinnere mich vor allem an die vielen Streitigkeiten der letzten Jahre. Sie haben so viel zwischen uns vergiftet. Dazu haben wir beide einen ganz verschiedenen Hintergrund. Ich stamme aus einer Arbeiterfamilie und kam mit dem Lebensstil ihrer betuchten Familie nur schwer zurecht. Hast du nicht selbst mal gesagt, ich passe nicht nach Kampen? Sabine war immer gerne in der Villa ihrer Eltern. Das Hamburger Haus, in dem wir lebten, haben ihre Eltern finanziert, ebenso die teure Einrichtung. Von unseren Gehältern hätten wir uns das nie leisten können.«

In diesem Augenblick brachte die Kellnerin ihr Essen und sie aßen schweigend. Beim Abschied fragte Gisela vorsichtig: »Ich merke ja, wie dich das alles sehr beschäftigt. Wie ist das, brauchst du ein bisschen Abstand zum Nachdenken? Sollen wir unsere Reise verschieben?«

Erschrocken sah Köster sie an und schüttelte den Kopf.

»Auf keinen Fall, ich will auf jeden Fall mit dir nach Amsterdam!«

Montag, 11. September

Am Morgen fuhren Kruse und Grotheer zum Lilienthaler Ärztehaus und teilten sich auf, um die einzelnen Praxen aufzusuchen. Sie wiesen sich aus und zeigten den Mitarbeiterinnen das Foto von Frau Mertens und das Phantombild ihres mutmaßlichen Freundes. Während Frau Mertens schon mehrfach in der augenärztlichen und der orthopädischen Praxis gewesen war, konnten die Mitarbeiterinnen ihren Begleiter nicht identifizieren.

Nur eine ältere Angestellte in der dermatologischen Praxis stutzte. »Ich glaube, der war früher mal hier. Das muss aber schon Jahre her sein. Ich war schon bei dem Vorgänger von Dr. Meyer angestellt. Der ist inzwischen leider verstorben. Warten Sie bitte einen Moment. Der Doktor wird gleich den nächsten Patienten aufrufen.«

Wenig später öffnete sich die Behandlungstür und eine ältere Dame kam heraus. Schnell griff die Helferin das Bild des Verdächtigen und schlüpfte in das Zimmer ihres Chefs. Wenig später erschien sie wieder und schüttelte den Kopf. »Nein, er weiß nicht, wer das ist. Dann ist es so, wie ich es mir dachte. Er war hier früher Patient. Aber ich kann mich an seinen Namen nicht mehr erinnern.«

Kruse bedankte sich und hinterließ seine Karte. »Falls er Ihnen doch noch einfällt, melden Sie sich bitte bei mir.«

Um 14 Uhr trafen die Verdener zur gemeinsamen Besprechung in Osterholz ein. Hauptkommissarin Schmidt fasste die bisherigen Ermittlungsergebnisse zusammen und schloss: »Seit gut zwei Wochen ist Frau Mertens jetzt verschwunden. Und wir sind noch nicht wirklich weitergekommen.«

Die Kommissare schwiegen betreten.

Kruse unterbrach die Stille: »Gerade habe ich mit Sandra Brünjes gesprochen. Sie war am Vormittag bei der Volksbank Hüttenbusch, wo ihre Mutter ein Konto unterhält. Und stellt euch vor, Frau Mertens hat ihrer Tochter Kontovollmacht erteilt. Es könne ja sein, dass ihr mal was passiert, hatte die Mutter erklärt. Als mir das die junge Frau erzählte, musste sie weinen. Das zeigt ja wieder einmal, wie nah sich Mutter und

Tochter standen. Wie auch immer, ich habe Frau Brünjes gebeten, sich zu erkundigen, wie es mit der finanziellen Situation ihrer Mutter aussieht. Das hat sie heute Vormittag getan und mir Folgendes berichtet: Im April dieses Jahres trafen auf dem Girokonto der Mutter die geerbten 300.000 Euro ein. Auf Anraten ihrer Bankberaterin legte Frau Mertens den größten Teil langfristig fest und 50.000 auf ein Tagesgeldkonto. Bevor sie ihren angeblichen Urlaub antrat, hob sie 3.000 Euro von ihrem Girokonto ab. Seither wurden nur noch Daueraufträge abgebucht.«

»Schade, dass Frau Mertens in der letzten Zeit kein Geld abgehoben hat. Es wäre zu schön gewesen, wenn wir auf die Weise erfahren hätten, wo sie gerade steckt«, meinte Grotheer. »Na ja, mit 3.000 Euro kann man schon einen schönen Urlaub finanzieren. Das sollte wohl eine ganze Weile reichen. Fragt sich nur, warum sie das gemacht hat?«, dachte die Kommissarin laut. »Selten nimmt jemand soviel Geld auf einmal mit. Es besteht doch immer die Gefahr, dass es gestohlen wird. Wollte sie vielleicht nicht, dass jemand erfährt, wo sie ist? Dass ihre Spur nicht nachzuverfolgen ist? Oder denke ich mir zuviel hinein? Vielleicht wollte sie einfach die Bankgebühren für Abhebungen an anderen Orten sparen. Das ist ja vor allem im Ausland nicht so billig.«

»Dein Gedanke ist nicht abwegig. Vielleicht wollte das der Freund, damit keiner erfährt, wo sie hinfahren. Deswegen hat er ihr vorgeschlagen, gleich so viel Geld mitzunehmen«, mutmaßte Köster.

»Das sind alles nur Spekulationen.« Kruse runzelte die Stirn. »Wir tappen immer noch komplett im Dunkeln.«

Harald Bayer meldete sich zu Wort: »Ich denke, wir sollten das mit dem Erbe noch einmal genauer nachprüfen. Es kann doch kein Zufall sein, dass Frau Mertens verschwindet, kurz nachdem sie soviel Geld bekommen hat.«

»Ein guter Gedanke. Was fällt dir noch dazu ein?«, fragte Köster.

»Nehmen wir einmal an, dieser Jochen ist vor allem hinter ihrem Geld her. Wie hat er denn davon erfahren, dass sie soviel geerbt hat? Irgend jemand muss es ihm erzählt haben. Ich schätze mal, Frau Mertens wird es ihm nicht gleich auf die Nase gebunden haben. Das ist ja nicht sofort das erste, was man von sich preisgibt, wenn man auf Partnersuche ist. Da stellt sich doch die Frage, wer alles von dem Erbe gewusst hat. Der- oder diejenige könnte uns zu diesem Jochen führen.«

Völkel war damit nicht einverstanden. »Und wenn alles doch ganz anders war? Wir haben doch gehört, dass diese Pflegerin als junges Mädchen ein flotter Feger war, das waren doch die Worte ihrer Cousine. Und dass sie sich so schicke Klamotten gekauft hat. Wenn ihr selbst durch das viele Geld aufgegangen ist, was ihr bisher in ihrem braven Leben alles entgangen ist? Hat sich ihren neuen Liebsten geschnappt und ist mit ihm in die Karibik oder sonstwohin geflogen ist, um dort ein neues Leben mit ihm anzufangen?«

»Und meldet sich nicht bei ihrer Tochter?«, fragte Grotheer zweifelnd.

»Damit sie sich von ihr eine Standpauke anhören muss? Die ihr dann ständig in den Ohren liegt, sie solle Vernunft annehmen und wieder nachhause kommen? Das will sie doch bestimmt vermeiden.«

»Das kann ich mir nicht vorstellen. Kann es sein, dass das mehr deine Fantasien sind, wie du mit so einem Erbe am liebsten umgehen würdest?«, erwiderte Grotheer scharf.

»Na hör mal, jetzt gehst du aber zu weit!«, fuhr Völkel auf.

Beschwichtigend hob Schmidt die Arme. »Nun kommt mal wieder runter. Es hilft uns nicht weiter, wenn wir uns hier anmachen. Aber an beiden Theorien könnte etwas dran sein. Wenn so viel Geld im Spiel ist, weckt das sicher Begehrlichkeiten. Denkt mal daran, dass Frau Mertens nach ihrer Trennung so viele Jahre alleine gelebt und sich aufopferungsvoll um die Alten und Kranken gekümmert hat. Dann erbt sie und plötzlich begibt sie sich auf Partnersuche. Da ist ihr anscheinend klar geworden, dass ihr etwas entgangen ist, und alte oder neue Sehnsüchte sind geweckt worden. Das muss aber nicht unbedingt heißen, dass sie sich mit dem neuen Lover gleich aus dem Staub macht. Anders als das junge Mädchen, das frei war und sich ausprobieren wollte, hat sie jetzt einen Job, Kinder und Enkel, denen sie sich verpflichtet fühlt.«

»Denen sie aber nichts von dem neuen Freund erzählt hat.« Völkel gab noch nicht auf.

»Und auch nicht von der geplanten Reise.«

»Vielleicht wollte sie erst mal für sich prüfen, ob der Kerl was taugt, bevor sie ihn ihrer Tochter vorstellt«, wandte Grotheer ein.

»Ich glaube, das hilft uns alles jetzt nicht weiter«, sagte Köster entschieden. »Wenn es sich herausstellen sollte, dass Rainer recht hat und Frau Mertens mit ihrem Liebhaber aus freien Stücken in die Karibik verschwunden ist, würde mich das freuen. Es kann aber auch sein, dass ihr Verschwinden andere Gründe hat und sie in der Gewalt dieses Mannes ist. Vielleicht hat der Kerl es auf das Geld abgesehen. Und möglicherweise geht es um Leben oder Tod. Also sollten wir nichts unversucht lassen, um sie und ihn zu finden. Wir sollten Haralds Vorschlag folgen und uns auf die Suche nach demjenigen machen, der diesem Jochen möglicherweise von dem Erbe berichtet hat.«

»Da stimme ich dir zu«, meldete sich Kruse zu Wort. »Und wenn sie in Gefahr ist und noch am Leben, sollten wir uns beeilen. Also: Wer wusste alles von dem Erbe? Ich denke mal ihre Familie. Dann einige Leute vom Pflegedienst, die Leiterin und mindestens noch die Freundin von Frau Mertens, die uns davon berichtet hat.«

»Nicht zu vergessen die Warnkes«, sagte Bayer.

»Sollten wir nicht auch allen das Phantombild zeigen?«, fragte Grotheer.

»Ja, das macht Sinn. Soviel ich weiß, haben die Angehörigen des verstorbenen Herrn Warnke das Bild schon gesehen und den Mann nicht wiedererkannt. Also zeigen wir es noch den Leuten vom Pflegedienst. Allerdings kann das auch den Blickwinkel einengen. Denn jemand von ihnen kann einem anderen von dem Erbe erzählt haben, der dann diesem Jochen davon berichtet hat«, sagte Gisela Schmidt.

»Immerhin wissen wir jetzt, dass Herbert Warnke nicht der Reisebegleiter von Frau Mertens ist. Doch da fällt mir noch was ein: Sein Cousin Andreas weiß von seinem Onkel Rudolf, dass es in der Familie damals ein jüdisches Kindermädchen namens Helen gegeben hatte und dass Frau Mertens ihn wohl an sie erinnert hat. Leider hat Warnke den Nachnamen dieser Helen nicht in Erfahrung bringen können. Und er wusste auch nicht, ob sich die Pflegerin und das Kindermädchen nur vom Wesen her ähnelten oder auch vom Aussehen. Vielleicht ein bisschen weit hergeholt: Was wäre, wenn die beiden wirklich verwandt wären? Dann müsste Helen die Großmutter von Sonja Mertens sein. Und der alte Herr Warnke hätte noch einen weiteren Grund, das Geld an die Pflegerin zu vererben. Aber bei der Befragung der Verwandten von Frau Mertens war bisher keine Rede von einer jüdischen Großmutter.« Köster schwieg.

»Klingt unwahrscheinlich. Dennoch sollten wir dem noch mal nachgehen und außer der Tochter auch andere Verwandte befragen«, beschied Gisela Schmidt.

Gerade, als Köster in sein Büro zurückgekehrt war, klingelte das Telefon.

»Grüß Gott, mein Name ist Bernd Mayer, Kriminalhauptkommissar in München. Sind Sie der ermittelnde Beamte im Fall der vermissten Altenpflegerin?«

Nachdem Köster dies bestätigt und sich selbst vorgestellt hatte, erfuhr er von seinem bayerischen Kollegen, dass in der Nähe von München eine verscharrte Frauenleiche gefunden worden war.

»Und zwar in einem Waldstück in der Nähe des Pendlerparkplatzes an der A8 bei Sauerlach, Ausfahrt Hofoldinger Forst. Ein Urlauber hat dort Pause gemacht und seinen Hund sein Geschäft erledigen lassen. Der hat die tote Frau gewittert und nach ihr gegraben. Sie wurde gerade in der Münchener Rechtsmedizin obduziert. Dabei könnte es sich um Ihre Vermisste handeln. Auf jeden Fall weist sie eine gewisse Ähnlichkeit mit dem Foto auf, das Sie geschickt haben. Vom Alter her könnte es auch stimmen. Sie wurde mit einem stumpfen Gegenstand erschlagen. Laut Aussage des Arztes hat sie vier bis fünf Tage dort im Wald gelegen, getötet wurde sie kurz vorher an einem anderen Ort. Ich schicke Ihnen gleich mal ein Foto.«

Köster rief Grotheer und Kruse in sein Dienstzimmer und informierte sie über den Leichenfund. »Sauerlach, weißt du, wo das liegt?«, fragte Kruse.

»Das muss in der Nähe von München sein. Die A8 führt bis zur österreichischen Grenze.«

»Österreich. Dahin wollte doch Frau Mertens, jedenfalls hat sie dort nach Quartieren gesucht. Auf dem Weg dorthin könnte jemand sie ermordet haben.« Erschrocken sah die junge Kommissarin ihre Kollegen an.

»Nun mal langsam. Noch wissen wir ja gar nicht, ob sie es wirklich ist.«

Wenig später suchten Grotheer und Köster die Tochter der Vermissten auf. Vorher hatten sie sich noch vergewissert, dass Sandra Brünjes nicht allein zuhause war. Ihr Mann hielt sie eng umschlungen, als Grotheer von dem Leichenfund berichtete und ihr das Bild zeigte. Auch wenn das Gesicht auf dem Foto retuschiert war, so war es doch das Bild einer Toten.

Sandra Brünjes schluchzte. »Ich weiß nicht, das ist so schrecklich. Ja, das könnte meine Mutter sein, oder auch nicht. Ich weiß es nicht.«

*

Am Abend machten sie sich erneut auf den Weg. Auf der Hauptstraße entdeckte er einen dunklen SUV im Rückspiegel, der ihnen folgte. An seinem Blick sah sie, dass etwas nicht stimmte.

»Was ist?«, fragte sie ängstlich.

»Da ist schon eine ganze Zeit jemand hinter uns.« Seine Stimme klang alarmiert.

»Bist du dir sicher?« Sie schaute sich um und sah ebenfalls das große Gefährt.

Er nickte. Als sie sich Bremen näherten, nahm der Verkehr zu. Aus einer Nebenstraße bog ein anderer Wagen ein und setzte sich vor den dunklen SUV. An der nächsten Ampel gelang es diesem, noch kurz vor dem Umspringen auf Rot durchzufahren. Alle folgenden Autos mussten halten, auch der SUV. Er atmete tief durch und fuhr auf Schleichwegen zum Haus seiner Tante. Wieder war es dunkel im Haus. Sie klingelten vergeblich. Auf dem Rückweg schwiegen beide. Zum Glück tauchte der SUV nicht wieder auf.

Dienstag, 12. September

Am nächsten Morgen flogen Frau Brünjes und ihr Mann nach München. Anne Grotheer begleitete sie. Am Flugplatz wurden sie von dem Münchener Kommissar Bernd Mayer, einem groß gewachsenen Bayern, abgeholt und in die Rechtsmedizin an der Nussbaumstraße gebracht. Das Ehepaar nahm auf dem Rücksitz des BMW Platz, Grotheer setzte sich neben Mayer. Die Fahrt dauerte eine knappe Stunde. Die junge Frau schwieg die ganze Zeit und hielt die Hand ihres Mannes, sie nahm von der Umgebung kaum etwas wahr. Währenddessen befragte der Münchner seine Kollegin leise nach den bisherigen Ermittlungsergebnissen und berichtete vom Leichenfund im Hofoldinger Forst.

Zum Glück fand er sofort einen Parkplatz auf dem Klinikgelände und brachte sie in das Rechtsmedizinische Institut, wo sie schon erwartet wurden. Ein Mitarbeiter führte sie in den Kühlraum, in dem die Tote auf einer Bahre lag, bedeckt mit einem blauen Tuch.

Er schaute Sandra Brünjes an.

»Sind Sie bereit?«

Sie nickte. Als er das Tuch vom Kopf der Toten hob, schluckte sie und schwankte. Doch sie fing sich gleich wieder und schaute für einen Moment aufmerksam auf das Gesicht. Dann wandte sie sich an den Kommissar: »Das ist sie nicht.«

»Sind Sie sich ganz sicher?«, fragte er. »Der Tod kann einen Menschen sehr verändern.«

»Ja. Ich kenne doch meine Mutter. Das ist sie auf keinen Fall.«

Erleichtert drehte sich Sandra Brünjes um. »Ich will hier raus. Können wir wieder gehen?«

Am frühen Nachmittag brachte sie der Münchner Kommissar zurück zum Flughafen und verabschiedete sich von dem Paar und seiner jungen Kollegin. Kurz nach 16 Uhr landete die Maschine in Bremen. Nachdem die Kommissarin Brünjes und ihren Mann zu ihrem Haus gefahren hatte, suchte sie noch einmal ihre Dienststelle auf. Kurz vor ihrem Abflug aus München hatte sie Köster angerufen und ihm von dem Besuch und dem Ergebnis in der Rechtsmedizin berichtet, so dass Kruse und er bereits informiert waren.

»Eigentlich bin ich ganz erleichtert, dass es sich bei der Leiche nicht um Frau Mertens handelt«, meinte Grotheer nachdenklich. »Damit besteht noch Hoffnung, dass sie lebt.«

»Aber damit stehen wir wieder am Anfang unserer Ermittlungen. Heute habe ich Frau Lütjen das Phantombild gezeigt. Das ist diese Pflegerin, die Frau Mertens mit dem Mann gesehen hat. Sie meinte, es sehe der Person nicht ähnlich. Dann aber doch, sie war sich einfach nicht sicher. Dann war ich noch bei der Cousine, die Frau Mertens für einen flotten Feger hielt. Ihr wisst schon. Auch sie kannte den Mann auf dem Phantombild nicht. Sie meinte, so gut sah keiner ihrer früheren Freunde aus. Auch das hat uns nicht weitergeholfen.« Kruse stöhnte.

»Wir wissen nach wie vor so gut wie nichts. Frau Mertens bleibt verschwunden. Wir haben keine Ahnung, ob sie allein verreist ist oder ob sie in Begleitung von diesem Jochen ist. Und wer überhaupt dieser Jochen ist.«

*

Es war wieder an der Zeit die Vorräte aufzufüllen. In Worpswede kauften sie für die nächsten Tage ein und machten sich auf den Rückweg. Als sie auf die Teufelsmoorstraße einbogen, bemerkten sie, dass ein am Rande parkender SUV ausscherte und ihnen folgte.

»Da ist er wieder!« Seine Stimme klang panisch. Er beschleunigte und fuhr an der Einfahrt zu ihrer Kate vorbei. Auf der Weiterfahrt blieb der SUV nach einigen Kilometern mehr und mehr zurück und war nach einiger Zeit nicht mehr im Rückspiegel zu sehen. Er redete sich ein, dass es den Verfolgern im Moment wohl nur darum gegangen war, ihm deutlich zu machen, dass sie ihn und seine Begleiterin ständig im Visier hatten, um den Druck auf sie zu steigern.

Auf dem Rückweg bog er in einer benachbarten Moorstraße ab und fuhr in einen Feldweg.

»Wo sind wir hier?«, fragte sie ängstlich.

»Der Weg führt von der anderen Seite auf das Feld. Leider müssen wir das letzte Stück von hier aus laufen«, sagte er und parkte den Wagen.

Anscheinend hatte er diesen Ausweg bereits erkundet, denn er schob sie an einer kleinen Baumgruppe vorbei und stoppte vor einem Graben. Er hatte ein Brett aus dem Kofferraum mitgenommen und legte es über die dunkle Wasserrinne. Sie nahmen die Einkaufstüten in die Hand und gelangten im Licht der Taschenlampe in das Wäldchen und zurück in ihre Kate.

»Es muss etwas passieren«, sagte er. »Wir können hier nicht länger bleiben!«

April 1943

Rudolf wartete. Es war früh, der Büroleiter war noch nicht im Kontor erschienen. Am Tag zuvor hatte er angekündigt, dass Rudolf eine neue Aufgabe übernehmen sollte.

Ein Jahr war er jetzt schon Lehrling in der Firma. Sein Vater, der hier schon seit Langem als Prokurist arbeitete, hatte ihm die Stelle besorgt. Rudolf stand vor dem leeren Schreibtisch und schaute aus dem Fenster. Ein kleines Frachtschiff fuhr die Weser hinauf. Was es wohl geladen hat?, fragte sich Rudolf, und wo es wohl anlegt?

In diesem Augenblick erschien der Büroleiter, begrüßte seine Mitarbeiter und nahm seinen Platz ein. Erst jetzt sah er Rudolf, nickte ihm zu und winkte einen älteren Herren heran.

»Unser Lehrling wird jetzt in die Ablage des holländischen, belgischen und französischen Frachtgeschäfts eingeführt.« Der Mitarbeiter bedeutete Rudolf, ihm zu folgen. Auf einem fahrbaren Bürowagen türmten sich Mappen mit Papieren. Rudolf schob ihn zu einem freien Tisch. Dort wurde ihm gezeigt, wie er die Frachtlisten sortieren, lochen und in Ordnern abheften sollte. Rudolf setzte sich auf den Stuhl und begann mit seiner Arbeit.

Er öffnete die erste Mappe und nahm ein eng beschriebenes Frachtpier heraus. Erstaunt las er, was das Schiff im Dezember 1942 aus Amsterdam transportiert hatte: 220 Armsessel, 105 Betten, 363 Tische, 598 Stühle, 126 Schränke, 35 Sofas, 307 Kisten mit Glasgeschirr, 110 Spiegel, 158 Lampen, 32 Uhren, ein Grammophon und zwei Kinderwagen. Die anderen Stücklisten trugen ein späteres Datum, enthielten aber ähnliche Aufstellungen.

Wie jeden Abend kehrten Rudolf und sein Vater zu Fuß nachhause zurück. Sie waren eine gute halbe Stunde unterwegs. Der Weg führte sie an der Schlachte entlang, über den Marktplatz, durch die Wallanlagen, am Bahnhof und Bürgerpark vorbei bis ins Wachmann-Viertel. Viele der Häuser lagen bereits in Trümmern und die beiden waren froh, wenn sie auf ihrem Heimweg keinen Fliegeralarm erwischten. Der Frühling hielt gerade Einzug, die Vögel zwitscherten.

Der Vater bemerkte, dass sein Sohn ungewöhnlich still war, und fragte, was ihn bewegte. Rudolf erzählte von den Listen. »Was sind das für Sachen, wo kommen sie her?«, fragte er. Für einen Moment schwieg der Vater, dann begann er, von dem Staatsauftrag zu sprechen, den die Firma übernommen hatte. Sie transportierte die Einrichtungsgegenstände der Juden nach Deutschland, die aus den besetzten westlichen Ländern deportiert wurden. »Wohin deportiert?«, fragte Rudolf.

»Das weißt du doch, mein Junge, in die Arbeitslager«, antwortete sein Vater barsch. Mehr wollte er dazu nicht sagen.

Rudolf schwieg. Er wusste von den Lagern, in die auch Helen, Walter und deren Familien verschleppt worden waren. Und ebenso, dass die Häuser und Möbel der Juden billig an Volksgenossen verkauft wurden. Aber neu war für ihn, dass seine Lehrfirma daran beteiligt war.

Mittwoch, 13. September

Gleich nach dem Frühstück überquerten sie erneut den Graben und fuhren auf einem anderen Weg nach Bremen. Immer wieder schauten sie ängstlich in den Rückspiegel, doch dieses Mal wurden sie nicht verfolgt.

Als sie das Haus der Tante erreichten, waren die Fenster im ersten Stock hell erleuchtet. Er parkte am Straßenrand, stellte den Motor ab und schaute sie ernst an: »Wir sind hier, um von meiner Tante das Geld für die Spielschulden zu leihen und endlich aus dieser schrecklichen Situation herauszukommen. Daher bitte ich dich, ihr nicht alles zu erzählen. Vor allem nicht, dass ich dich gekidnappt habe. Sie würde sofort die Polizei rufen. Und wie ich dir schon gesagt habe, kann die uns nicht beschützen. Wenn die Mafiosi mitbekommen, dass ich im Gefängnis sitze und nicht zahlen kann, würden sie dich und deine Familie unter Druck setzen und dann seid ihr in Gefahr. Wir sind jetzt aufeinander angewiesen.« Er schloss kurz die Augen und sammelte sich. »Eines möchte ich dir noch einmal sagen, auch wenn du es mir nicht glauben wirst: Ich habe dich nach Österreich eingeladen, um an dein Geld zu kommen. Ja, das ist stimmt. Aber dann habe ich mich richtig in dich verliebt. Und meine Gefühle für dich sind in den letzten Tagen noch stärker geworden.«

Sie schwieg. Als sie nichts erwiderte, fragte er sie: »Können wir jetzt hineingehen?«

Sie nickte. Gemeinsam verließen sie den Wagen.

An der Gartenpforte klingelte er und meldete sich mit seinem Namen an. Das kleine Tor öffnete sich und sie konnten in den Park eintreten. An der Tür empfing sie eine große, schlanke ältere Dame mit kurzen, grauen Haaren. Sie trug eine beige Tuchhose und eine passende Seidenbluse. Überrascht sah sie beide an.

Er begrüßte seine Tante und stellte seine Begleiterin vor. Sie reichte Sonja kühl die Hand. Wenig später saßen sie gemeinsam im Wohnzimmer.

»Das freut mich, dass du nicht mehr allein bist«, sagte die alte Dame. »Wo kommen Sie denn her?«, fragte sie eher gelangweilt, und musterte

Sonja von oben nach unten. Diese schluckte. »Aus Hüttenbusch bei Worpswede.«

»Und, wolltest du mir deine neue Freundin vorstellen? Ist das der Grund, warum ihr mich besucht?«, fragte seine Tante. Sie schien gern gleich zur Sache zu kommen.

Er schluckte, räusperte sich und begann mit seinem Bericht. Seine Tante runzelte die Stirn. »Wie viel ist es diesmal?«

Als er die Summe nannte, zuckte sie zusammen. »Ich habe dir schon das letzte Mal gesagt, noch einmal helfe ich dir nicht.« Ihre Stimme klang schneidend.

»Doch jetzt sind die Geldeintreiber hinter uns beiden her und bedrohen uns«, erwiderte er.

»Es ist jedes Mal ein Drama. Zu oft habe ich dir schon Geld gegeben und jedes Mal hast du versprochen, das Spielen zu lassen. Erst wenn du dein Leben änderst und einer geregelten Arbeit nachgehst, kannst du wieder mit meiner Unterstützung rechnen.«

Sonja räusperte sich und sagte mit verzweifelter Stimme: »Ich kann Sie ja verstehen, aber diesmal ist es etwas anderes. Wir sind wirklich in Lebensgefahr. Ich selbst würde ihm das Geld ja geben, aber es ist fest angelegt, ich komme da so schnell nicht ran.«

»Meine, gute Frau Mertens«, erwiderte die Tante in abschätzigem Ton, »ich kenne Sie nicht und bewundere Ihre Gutgläubigkeit, aber ich kenne meinen Neffen schon länger. Ich werde mich keinesfalls an derlei Unredlichkeiten beteiligen.«

Das war ihr letztes Wort.

*

Als Kruse Sandra Brünjes anrief, meldete sie sich sofort. »Ich bin so froh, dass es sich bei der Toten nicht um meine Mutter gehandelt hat. Aber trotzdem, jetzt ist sie schon so lange weg, ohne dass sie sich gemeldet hat. Es muss ihr etwas passiert sein!«

»Wir tun alles, um herauszufinden, wo sich Ihre Mutter befindet«, versuchte Kruse sie zu beruhigen.

Er berichtete ihr von Sonja Mertens Ähnlichkeit mit dem jüdischen Kindermädchen des verstorbenen Herrn Warnke und befragte die Tochter nach den beiden Großmüttern mütterlicherseits.

»Leider habe ich meine Urgroßmütter nicht mehr kennengelernt, auch nur eine von meinen beiden Omas. Das war meine Oma väterlicherseits. Sie hieß Gerda Otten und die andere Ilse Müller. Wie deren Mütter hießen, hab ich vergessen. So viel ich mitbekommen habe, stammten sie auch hier aus der Umgebung und waren evangelisch. Ich habe keine jüdischen Vorfahren.«

Köster telefonierte mit Frau Warnke. Sie hätte nur mit ihrem Anwalt und im Familienkreis über das Erbe von Frau Mertens gesprochen. Ihre Kinder sowie Andreas Warnke, der Neffe des Verstorbenen, berichteten Ähnliches. Herbert hatte sich laut Aussagen seines Cousins noch nicht gemeldet.

Währenddessen sprach Grotheer mit der Sprechstundenhilfe der dermatologischen Praxis. Ihr war bisher noch nicht eingefallen, wie der frühere Patient hieß, den sie auf dem Phantombild wiedererkannt hatte.

Am Nachmittag trafen sich Gisela und Köster in Grasberg. Gemeinsam wollten sie Kerstin Schulz befragen, die Freundin der verschwundenen Altenpflegerin.

»Ein nettes Neubaugebiet«, stellte Köster fest.

»Viele Bremer sind aufs Land gezogen, weil sie sich die Baupreise in der Stadt nicht leisten können. Davon profitieren die Gemeinden im Speckgürtel und bekommen junge Familien als Bewohner und damit auch neue Steuerzahler«, antwortete Gisela.

»Das kenne ich von Hamburg. Wenn das Wohnen in der Stadt immer teurer wird, bleibt den Menschen kaum etwas anderes übrig. Sie nehmen auch lange Fahrtzeiten zum Arbeitsplatz in Kauf.«

Kerstin Schulz öffnete die Tür. Sie schaute erhitzt aus. »Entschuldigen Sie, wir backen gerade einen Kuchen. Kommen Sie doch mit in die Küche.«

Dort standen die zwei kleinen Töchter auf ihren Stühlen vor der Anrichte und naschten aus der Schüssel vor ihnen.

»Kann man euch denn keinen Augenblick allein lassen!«, schimpfte die Mutter. »Hände aus dem Teig!«

Grinsend lecken die Mädchen ihre Finger ab und ließen sie dann von ihrer Mutter am Wasserhahn abwaschen. »Ich rede eben mit den beiden Besuchern. Seht mal nach, wo der Papa ist. Er müsste in der Werkstatt sein.« An die beiden Kommissare gewandt sagte sie: »Mein Mann hat heute Nachmittag zum Glück frei.«

»Wir bleiben auch nicht lange«, sagte Schmidt.

Gemeinsam nahmen sie am Küchentisch Platz. Kurz fasste Köster den Grund ihres Besuchs zusammen. Kerstin Schulz erklärte, dass sie mit niemandem über das Erbe ihrer Freundin geredet habe. »Sie hat mir das doch im Vertrauen erzählt!«

»Auch nicht Ihrem Mann?«

»Dem schon. Aber wie ich den kenne, hat er das für sich behalten.«

»Nur um sicher zu gehen: Können Sie ihn bitte herholen, damit wir ihn befragen können?«

»Wenn Sie unbedingt wollen.« Frau Schulz seufzte, erhob sich und verließ den Raum. Wenig später kehrte sie mit ihrem Mann und den beiden Töchtern zurück.

»Machen wir jetzt weiter?«, fragte die ältere der beiden aufgeregt.

»Einen Moment noch, die Kommissare wollen Papa noch was fragen.«

Der Ehemann schaute die beiden Kommissare erstaunt an. »Was möchten Sie von mir wissen?«

»Ihre Frau hat Ihnen doch von dem Erbe ihrer Kollegin Frau Mertens erzählt.«

»Stimmt. Und?«

»Haben Sie mit irgend jemandem darüber gesprochen?«

»Nein, meine Frau wollte, dass das unter uns bleibt. Und außerdem geht das sonst niemanden etwas an.«

»Auch nicht einem Freund oder Kollegen? Das ist doch schon ein besonderes Ereignis, wenn eine Altenpflegerin so viel Geld von einem Patienten erbt.«

»Nein, das sagte ich doch schon!«, antwortete Schulz scharf.

»Gut, dann sehen Sie sich bitte noch das Phantombild an, das mit der Unterstützung Ihrer Frau entstanden ist. Kommt Ihnen der Mann bekannt vor?«

Aufmerksam studierte Schulz den Kopf. »Nein, den kenne ich nicht.«

Der Weg nach Worpswede führte Schmidt und Köster über den Kirchdamm. Dort hatten sie sich mit Helga Monsees verabredet, die mit ihnen lieber in ihrem privaten Umfeld sprechen wollte. Fünf Minuten später erreichten sie das Wohnhaus der Pflegedienstleiterin.

»Das sieht ja so ähnlich aus wie in Grasberg.« Köster schaute sich in dem Neubaugebiet um.

»Aber nur hier, sonst unterscheiden sich die beiden Orte doch ziemlich. Worpswede ist mehr ein Künstlerort mit vielen Museen, kleinen Läden und verträumten kleinen Straßen. Und es gibt nicht so viele junge Familien«, erwiderte Gisela.

Frau Monsees führte sie in ihr Wohnzimmer, das den Blick auf den gepflegten Garten öffnete. Noch blühten einige Rosenbüsche. In der blauen Ledersitzgruppe nahmen sie zu dritt Platz.

Die Kriminalkommissarin kam gleich zum Grund ihres Kommens: »Also unsere Frage: Haben Sie mit jemandem über Frau Mertens Erbschaft gesprochen?«

»Aber nein! Das wäre doch gar nicht im Interesse unserer Einrichtung, wenn das publik würde. Es ist schlimm genug, dass die Witwe ihr Erbschleicherei vorgeworfen hat. Das war unmöglich!«

»Na ja, aber es kann doch sein, dass Sie mit einem Ihnen nahe stehenden Menschen über die Angelegenheit gesprochen haben, mit einem Verwandten oder einer Freundin.«

»Nein, habe ich nicht!«, sagte sie bestimmt. Den Mann auf dem Bild kannte sie ebenfalls nicht.

Nach ihrer Verabschiedung gingen beide Kommissare zurück zu ihren Autos. »Hast du gesehen, wie blass sie bei meiner Frage geworden ist? Ich glaube nicht, dass sie uns die Wahrheit gesagt hat«, sagte Gisela Schmidt.

Köster schaute sie erstaunt an. »Ist mir nicht aufgefallen. Ich glaube nicht, dass die Monsees lügt. Ich denke, sie ist eher genervt von unseren Fragen. Sie sind ihr einfach unangenehm, egal, ob es um das Erbe von Herrn Warnke oder das Verschwinden der Pflegerin geht. Ihr geht es vor allem um den Ruf ihres Pflegedienstes.«

Nachdenklich wiegte Gisela Schmidt ihren Kopf. »Vielleicht hast du recht.«

Doch dann mochte sie sich nicht länger mit dem Thema beschäftigen. »Am liebsten würde ich mit dir jetzt einen Spaziergang über den Weyerberg machen«, sagte sie und lächelte. »Aber ich habe mich mit meiner Tochter verabredet. Sie ist gerade aus Israel zurückgekommen.«

Köster kehrte noch einmal ins Kommissariat zurück. Dort traf er Grotheer und Kruse zur Besprechung und sie tauschten die Ermittlungsergebnisse aus, die der Tag gebracht hatte.

»Ich glaube ja nicht, dass keiner von denen mit Außenstehenden gesprochen hat«, sagte Köster zweifelnd. »Gisela vermutet, dass die Pflegedienstleiterin vielleicht nicht die Wahrheit sagt, doch das ist auch bloße Spekulation. Frau Warnke war so erbost darüber, dass ihr Mann seine Pflegerin so großzügig bedacht hat, dass sie doch bestimmt mindestens einer Freundin davon erzählt hat. Nur hilft uns das jetzt auch nicht weiter.«

Donnerstag, 14. September

Wieder einmal war Köster früh am Morgen aufgewacht und konnte nicht wieder einschlafen. Die Sonne war gerade aufgegangen, als der Kommissar sein Büro betrat. Noch einmal ging er die bisherigen Ermittlungen durch. Irgendetwas musste er übersehen haben. Aber was? Wie konnte es sein, dass eine Person, die bisher mitten im Leben stand, einfach so verschwand und keine Spuren hinterließ? Vor mehr als zwei Wochen hatte Frau Mertens Tochter die Vermisstenanzeige aufgegeben. Immer noch gab es keinen Hinweis auf den Verbleib der Altenpflegerin. Lebte sie überhaupt noch? Oder hatte sie sich wirklich mit ihrem Liebhaber aus dem Staub gemacht, wie Völkel vermutete?

Köster glaubte nicht daran. Es musste einen Zusammenhang zwischen der Erbschaft und dem Verschwinden der Pflegerin geben. Hatte hier etwa, geschickt verschleiert, eine Entführung stattgefunden mit dem Ziel, Frau Mertens dazu zu bewegen, das ererbte Geld für ihre Freilassung herzugeben? Denkbar war das, aber für eine Entführung hatten sie keine konkreten Anhaltspunkte. Sie sollten die Familie Warnke noch einmal genauer unter die Lupe nehmen und nach Herbert Warnke fahnden. Auch wenn er nicht der Begleiter von Sonja Mertens war, konnte er hinter der Geschichte stecken. Köster schaute auf die Uhr. Mit einem bisschen Glück würde er Andreas Warnke noch zuhause erreichen.

Der Lehrer wollte gerade das Haus verlassen, ging aber noch ans Telefon. Der Kommissar kündigte seinen Besuch für den Nachmittag an. Grotheer begleitete ihren Vorgesetzten nach Horn-Lehe. Nachdenklich hörte sich der Lehrer Kösters Bericht an.

»Ich traue meinem Cousin das nach wie vor nicht zu, aber wer weiß, so genau kenne ich ihn nun auch wieder nicht.«

Warnke schaute den Kommissar zweifelnd an.

»Haben Sie seine Handynummer?«, fragte Grotheer.

»Ja, aber er geht nicht an den Apparat. Ich habe schon mehrmals versucht, ihn zu erreichen. Vielleicht ist sein Smartphone auch kaputt oder es gibt keinen Empfang in der Gegend, wo er gerade ist.«

»Aber irgendwie muss er doch zu erreichen sein. Wie ist das denn sonst, wenn er auf Reisen ist? Meldet er sich irgendwann? Hinterlässt er keine Adresse?«, fragte Köster.

»Nein. Er verschwindet jedes Mal spurlos und taucht dann irgendwann wieder auf. Früher hat er manchmal eine Karte geschickt, aber das macht er schon lange nicht mehr.«

»Wer hat denn einen Schlüssel für seine Wohnung?«

»Seine frühere Freundin Bärbel, Bärbel Grothe. Sie wohnt in seiner Nähe und schaut ab und zu nach seiner Post.«

Eine halbe Stunde später suchten sie Frau Grothe in ihrer Wohnung am Riensberg auf. Eine große Frau mit langen, rot gefärbten Haaren und einem bunten Fransenrock öffnete ihnen die Tür. Auch sie wusste nicht, wo sich Herbert Warnke befand.

Köster hakte nach: »Frau Grothe, wir müssen Herrn Warnke in einer sehr wichtigen Angelegenheit befragen. Denken Sie bitte nochmal nach. Waren Sie vielleicht gemeinsam an einem Ort und hatten den Wunsch, dort noch einmal hinzufahren? Oder gibt es ein Reiseziel, das Herr Warnke allein besucht hat, von dem er geschwärmt hat und es ein weiteres Mal besuchen wollte?«

Die Befragte dachte angestrengt nach. Nach einiger Zeit sagte sie zögernd: »Ich habe vor ein paar Tagen auf seinem Schreibtisch ganz oben auf einem Stapel von Papieren und Briefen etwas gesehen, das mich neugierig gemacht hat. Da lagen ein Ausdruck eines Flugtickets von Frankfurt nach Bali und ein Bericht mit einer Liste aus dem Internet über einige günstige Hostels auf der Insel. Wir beide waren vor Jahren auf Bali. Da fliegt Herbert immer noch gerne hin.«

»Und die Hostels auf dieser Liste?«

»Ich erinnere mich nur noch schwach an unser damaliges Hostel. Aber ich komme nicht auf den Namen, und die sehen dort fast alle gleich aus. Geben Sie mir eine Minute! Ein Prospekt von der Bleibe müsste noch an der Pinnwand in meinem Schlafzimmer hängen.« Sie kehrte nach kurzer Zeit mit einem Werbeflyer in der linken Hand zurück und deutete mit der anderen Hand auf den groß aufgedruckten Namen darauf. »Botchan Hostel«, las Köster.

*

»Und jetzt?«, fragte sie tonlos.

»Dann muss es eben so gehen. Ich muss es versuchen«, antwortete er. In Bremen hielt er an einer Postfiliale, kaufte eine Telefonkarte und fuhr in die Leher Heerstraße. Dort parkte er neben einem öffentlichen Telefon.

»Ich wusste gar nicht, dass es die überhaupt noch gibt!«, sagte sie erstaunt. Er nickte. »Es ist unsere einzige Chance, unsere Verfolger zu erreichen, ohne dass sie herausbekommen, wo wir sind.«

»Warum kaufst du kein Prepaid-Handy?«, fragte sie ihn.

»Das lässt sich auch orten. Glaub mir, das öffentliche Telefon ist sicherer. Vor allem, wenn man es öfter wechselt.«

Sie bestand darauf, ihn zur Telefonsäule zu begleiten und das Gespräch mitzuhören. Er schob die Karte in das Gerät und wählte die Nummer. Als sich eine Stimme meldete, sagte er: »100.000 kann ich aufbringen. Mehr geht jetzt einfach nicht. Ihr müsst mir die Chance geben, den Rest später zu zahlen.«

Die barsche Antwort war: »Kommt nicht infrage. Dein Mädchen hat viel Geld, hol es von ihr.«

Der Teilnehmer blieb unerbittlich, ließ auch das Argument nicht gelten, dass sie an das festgelegte Geld nicht so schnell herankam.

*

Als Köster und Grotheer wieder ins Osterholzer Kommissariat zurückgekehrt waren, schaute die junge Kriminalbeamtin im Internet nach. »Dort ist es sechs Stunden später als hier, also 10 Uhr abends. Da müssten wir noch jemanden erreichen.«

Köster nickte und wählte die Nummer des Hostels. Es meldete sich gleich eine weibliche Stimme. »Do you speak English?«, fragte der Kommissar.

»Yes, how can I help you?«, antwortete die junge Frau.

Köster stellte sich als deutscher Kriminalbeamter vor und fragte, ob Herbert Warnke bei ihnen zu Gast wäre.

»One moment please.« Wenig später meldete sich die Angestellte zurück: »Mr. Warnke booked a room for the 15th of September, that's tomorrow. And he will stay for two weeks.«

»Can you please inform him about our call and tell him he shall ring the Police Department in Osterholz-Scharmbeck, Germany? I give you the number.«

Aufmerksam folgte Anne Grotheer dem Gespräch. Köster schaute skeptisch. »Sie sprach mit einem heftigen Akzent und ich weiß nicht, ob sie mich wirklich verstanden hat und die Nachricht weitergibt. Ich werde besser noch eine Mail schicken. Morgen wissen wir dann vielleicht mehr.«

Am Abend rief Mats an, er war gut gelaunt.

»Ich weiß ja, dass Johann im Moment keine Zeit hat, dich zu besuchen. Aber ich hätte Lust, an diesem Wochenende alleine zu kommen. Was hältst du davon?«

Kurz dachte Köster an seine Arbeit. Müsste er nicht am Wochenende weiter nach der Pflegerin suchen? Doch dann war ihm das Zusammensein mit seinem Sohn wichtiger. Er stimmte freudig zu. Mats würde eine Zugverbindung aussuchen und ihm simsen. Bisher waren immer beide Brüder gemeinsam gekommen. Jetzt hatte Köster endlich mal Gelegenheit, sich nur mit seinem jüngeren Sohn zu beschäftigen.

Freitag, 15. September

In der Nacht wachte sie häufig auf und konnte nur schwer wieder einschlafen. Als sie aufstand, fühlte sie sich wie gerädert. Wieder hatte er das Frühstück bereitet. Er war sehr blass, seine Augen hatten dunkle Ränder.

»Es tut mir so leid, dass ich dich da mit reingezogen habe«, sagte er und schaute zu Boden.

»Wenn wir doch zur Polizei gehen?« Es schien ihr der einzige Ausweg.

»Nein, sie haben damit gedroht, dich dann zu entführen und das Geld von dir zu erpressen. Ob sie dich dann so einfach wieder gehen lassen würden, ist eine andere Frage. Ich würde das Ganze auch nicht überleben, denn das würden sie als Verrat ansehen.«

»Die Polizei muss uns doch schützen!« Sie hatten das schon viele Male diskutiert und sie mochte nicht einsehen, dass der Arm der Mafia bis in die Gefängnisse und Kommissariate reichen sollte.

»Ich könnte mir die 50.000 von meinen Freunden holen und ein letztes Mal versuchen, den ausstehenden Betrag beim Pokern zu gewinnen.«

Entsetzt schüttelte sie den Kopf. »Damit du dann noch mal alles verlierst? Das Spielen hat dich doch erst in diese Situation gebracht!« Sie schloss die Augen und dachte nach. Sie wusste, irgendwo war die Lösung. Kurz nach dem Aufwachen war ihr dazu ein Gedanke gekommen, aber jetzt konnte sie ihn nicht mehr fassen.

»Wir müssen noch einmal los und meine Freunde und meine Tante anrufen. Und ihnen deutlich machen, in welcher Gefahr wir sind. Ich hoffe, dass sie uns dann mehr Geld zur Verfügung stellen.«

*

Als Köster am Morgen im Kommissariat eintraf und seinen PC hochfuhr, hatte er eine Mail aus Österreich im Postfach. Er überflog sie und rief seine beiden Kollegen zu sich. »Eben ist eine neue Nachricht zu unserem Fall reingekommen!«

Grotheer und Kruse schauten ihm über die Schulter und lasen mit. Eine Frau, die so aussah wie Sonja Mertens, war im österreichischen Alpbach gesehen worden. Ein Kollege der Polizeiinspektion Kramsach, der ihr Bild von der Vermisstenanzeige kannte, war ihr vor zwei Wochen auf einer Alm begegnet. Sie war in Begleitung eines Mannes gewesen, die beiden hatten dort eine Jause gemacht. Sie hatten eng beieinander gesessen und schienen sehr verliebt zu sein.

Köster bedankte sich für die Information und übermittelte den Österreichern noch das Phantombild des vermeintlichen Freundes der Pflegerin. Der österreichische Kollege erkannte auch den Mann. Jetzt würden die Kramsacher Polizeibeamten beide Bilder in den Hotels und Pensionen in Alpbach und der Umgebung herumzeigen, um festzustellen, ob Sonja Mertens und ihr Begleiter dort abgestiegen waren.

»Dann ist die Pflegerin tatsächlich in Begleitung dieses Jochen nach Österreich gefahren. Vielleicht hat Völkel doch recht, dass sie mit ihm durchgebrannt ist und die sich eine schöne Zeit machen«, sagte Kruse.

»Sie wurde dort vor knapp zwei Wochen gesehen. Ich glaube erst daran, wenn wir wissen, wo sie jetzt ist, und dass es ihr gut geht.« Köster schien immer noch nicht überzeugt.

»Warten wir ab. Vielleicht kommt das nächste Lebenszeichen aus Italien.« Grotheer lächelte.

Wenig später klingelte Kösters Telefon. Es rauschte in der Leitung. Undeutlich nahm er eine männliche Stimme wahr.

»Warnke hier. Ich rufe aus Bali an … gerade angekommen.« Der Rest war nicht zu verstehen.

Köster nannte seinen Namen und seine dienstliche Funktion. »Die Verbindung ist sehr schlecht«, meldete er zurück. Dann tutete es nur noch in der Leitung.

Noch einmal rief Warnke an. Jetzt war er etwas besser hören. »Ich melde mich gleich per Skype. Schicken Sie mir eine Nummer, unter der ich Sie erreichen kann.«

Köster fuhr seinen PC noch einmal hoch und schickte Warnke die Verbindungsdaten per Mail.

Gerade als Grotheer und Kruse in Kösters Büro eintraten, meldete sich der Reisende. Ein bärtiger Mann mit schmalem Gesicht, bekleidet mit einem ausgewaschenen T-Shirt, lächelte sie an. Köster kannte ihn bereits vom Foto, doch so braun gebrannt wirkte er wesentlich jünger.

»Hallo, ich bin Herbert Warnke. Schön, dass es jetzt klappt. Und wer sind Sie?«

Köster stellte seine Kollegen und sich vor. Er teilte Warnke mit, wie er von seinem Aufenthaltsort erfahren hatte und berichtete vom Verschwinden der Pflegerin.

»Ja, ich kenne sie, aber nur vom Sehen. Als ich meinen Onkel mal in Worpswede besuchte, war sie auch da. Aber was habe ich damit zu tun? Wie kann ich Ihnen behilflich sein?«

»Wie Sie wissen, hat Frau Mertens eine große Summe von ihrem Onkel geerbt. Sie hingegen sind leer ausgegangen.«

»Das stimmt. Ich habe es ihr gegönnt, denn sie hat meinen Onkel gut versorgt. Mir wäre es natürlich lieber gewesen, ich hätte auch was abbekommen, denn das hätte mein Leben in den nächsten Jahren wesentlich erleichtert. Aber ich verdiene auch so genug und komme gut über die Runden.«

»Darf ich einmal fragen, wie Sie das machen?«

»Ich bin in der IT-Branche und arbeite von unterwegs. Ich brauche dazu nur meinen Laptop und einen Internetanschluss.«

»Haben Sie eine Idee, warum Ihr Onkel Ihnen nichts hinterlassen hat?«

»Ich glaube, er war mit meinem Lebensstil nicht so ganz einverstanden, um es mal gelinde auszudrücken. Das habe ich ihm nicht übel genommen. Denn der passt auch anderen in unserer Familie nicht. Die meinen alle, ich sollte wie sie Karriere machen, eine Familie gründen und erst für längere Zeit auf Reisen gehen und mein Leben genießen, wenn ich in Rente bin. Aber ich will das nicht auf später aufschieben. Wer weiß, ob ich dann noch fit genug dafür bin. Auf der anderen Seite haben mein Onkel und ich uns gut verstanden und viele Dinge ähnlich gesehen, politisch meine ich. Er freute sich, wenn ich ihn besucht habe. Er wollte auch immer genau wissen, was ich auf meinen Reisen gesehen und erlebt habe. Ich glaube, er hätte gern mehr von der Welt gesehen.«

»Wo waren Sie denn in den letzten vier Wochen?«

»In Thailand.«

»Können Sie uns Nachweise Ihres Aufenthaltsortes liefern?«

»Ich muss mal sehen. Von den meisten Hostels oder Hotels müsste ich noch Quittungen haben. Warum fragen Sie das? Verdächtigen Sie mich etwa, etwas mit dem Verschwinden der Pflegerin zu tun zu haben? Das ist doch absurd.«

»Das sind reine Routinefragen. Bei Stimmigkeit der Nachweise könnten wir Sie als einen möglichen Beteiligten ausschließen. Bitte schicken Sie uns die Kopien der Quittungen. Noch eine Frage: Haben Sie mit jemandem darüber gesprochen, dass Ihr Onkel seiner Pflegerin ein Vermögen vermacht hat und Sie leer ausgegangen sind?«

»Ich denke schon. Auf Reisen sitzt man an den Abenden häufig bei einem Bier zusammen und erzählt aus seinem Leben.«

»Zuhause nicht?«

»Nein, da habe ich nicht so viele Kontakte.«

»Eine letzte Frage: Kennen Sie diesen Mann?« Köster zeigte Herbert Warnke das Phantombild.

»Nein, nie gesehen. Wer soll das sein?«

»Der Begleiter von Frau Mertens. Wahrscheinlich hat er etwas mit ihrem Verschwinden zu tun. Und er ähnelt auch niemandem, den Sie kennen?«

»Doch, einem Schauspieler. Aber auf den Namen komme ich gerade nicht. Keiner, dem ich bisher begegnet bin.«

Als sich die Kommissare von Warnke verabschiedet hatten und der Bildschirm erloschen war, schwiegen sie einen Augenblick.

»So gut möchte ich es auch haben«, seufzte Grotheer. »Immer in der Sonne und am Meer und das Leben genießen.«

Kruse war anderer Meinung. »Ich weiß nicht, da unten ist es immer so heiß und schwül. Und wer weiß, was man sich da für Krankheiten einfängt. Da bleibe ich lieber zuhause und fahre mal an die See.«

»Wie auch immer, er hat anscheinend nichts mit dem Verschwinden von Frau Mertens zu tun«, sagte Köster. »Aber sicher können wir erst sein, wenn wir wissen, wo er die letzten Wochen verbracht hat.«

»Er könnte dennoch jemanden beauftragt haben, sich an Frau Mertens ranzumachen, um an das Geld zu kommen«, wandte Kruse ein.

»Ich dachte, du meinst, die Pflegerin ist mit ihrem Lover über alle Berge und genießt das Leben.« Grotheer lachte.

»Das ist auch möglich. Oder Warnke wollte, dass Jochen ihr das Geld abschwatzt. Der hat sich aber in Frau Mertens verliebt und die beiden sind gemeinsam abgehauen.«

Köster schmunzelte. »Auf jeden Fall lädt unser Fall zu vielen Fantasien ein.«

*

Gegen Mittag machten sie sich wieder auf den Weg. Die Überquerung des Grabens war inzwischen für beide zur Routine geworden. Ihr Auto stand geschützt unter den Bäumen und konnte von der Straße nicht gesehen werden. Sie fuhren zu einer anderen Telefonzelle in Bremen und führten mehrere Gespräche. Dieses Mal wartete sie im Wagen und sah, wie er mit der linken Hand den Hörer hielt und mehrfach mit der rechten wild gestikulierte.

Mit hängenden Schultern kehrte er zu ihr zurück. »Meine Freunde waren immerhin bereit, mir weitere 10.000 Euro zu leihen. Dabei sind sie selbst nicht so gut bei Kasse. Meine Tante blieb hart, obwohl sie das Geld hätte.«

Sie versuchte, die alte Frau zu verstehen. »Sie will dir nur einfach nichts mehr geben, damit du endlich mit dem Spielen aufhörst.«

»Auch wenn wir beide dabei draufgehen?«

Hilflos zuckte sie mit den Schultern. »Sie denkt vielleicht, du machst ihr das nur vor, verspielst gleich wieder alles und es geht von vorne los.«

Auf dem Rückweg in die Teufelsmoorstraße scherte plötzlich der dunkle SUV vor ihnen aus und bremste sie aus. Wegen des Gegenverkehrs war es nicht möglich, an ihm vorbeizukommen. Beide Insassen sprangen aus dem SUV und stürmten auf ihr Auto zu. Erschrocken sah sie die bulligen Männer an. »Dies ist die letzte Warnung. Morgen hast du das Geld zusammen und wir holen es ab. Wir wissen, wo euer Unterschlupf ist!«, brüllte der Größere von beiden.

Danach liefen die Mafiosi zu ihrem Wagen zurück und brausten davon.

Wie erstarrt blieben der Spieler und seine Begleiterin zurück. »Oh Gott, was sind das für Männer!«, stammelte sie.

»Jetzt weißt du, wovon ich die ganze Zeit rede«, erwiderte er und startete den Wagen.

Zurück in ihrer Kate ergriff er ihren Arm.

»Wir müssen hier weg«, sagte er eindringlich. »Sofort! Pack bitte deine Sachen!«

*

Köster schaute auf die Uhr: Mats würde um 15:12 Uhr mit dem Regionalzug von Bremen eintreffen. Zeit genug, um vorher noch einkaufen zu gehen. Gerade, als der Kommissar das Büro verlassen wollte, klopfte es an seiner Tür. Andreas Warnke trat ein. Überrascht begrüßte Köster seinen Besucher. Verlegen nahm der Lehrer Platz. Er räusperte sich und fing an zu erzählen: »Sie wundern sich wahrscheinlich, warum ich Sie so einfach überfalle. Ich komme, weil mir noch etwas eingefallen ist, das mir mein Onkel kurz vor seinem Tod erzählt hat. Das könnte vielleicht auch etwas mit dem Verschwinden der Pflegerin zu tun haben. Sicher bin ich aber nicht.«

Köster sah ihn aufmunternd an und sagte: »In Ordnung, berichten Sie nur. Ist es für Sie in Ordnung, wenn ich Ihre Aussage aufnehme?«

Warnke nickte zerstreut. Dann begann er: »Mein Onkel begann 1943 als Sechzehnjähriger eine kaufmännische Lehre bei der Spedition Spreewald + Schraube, wo mein Großvater als Prokurist tätig war. Eine Spedition, die es heute noch gibt. Dabei erfuhr mein Onkel, dass die Firma damals in großem Umfang Einrichtungsgegenstände ausgewanderter und deportierter Juden aus den besetzten Ländern nach Deutschland verschiffte. Mein Onkel wusste von den Lagern, in denen die Juden untergebracht wurden und hatte auch gehört, dass es ihnen dort schlecht ging. Als seine Familie in das große Haus in Schwachhausen umzog, hat mein Vater bald herausgefunden, dass es zuvor einem jüdischen Fabrikanten gehört hatte, der nach England ausgewandert war. Das jüdische Kindermädchen der Familie hatte nach dem Größerwerden der Kinder im Haushalt mitgeholfen, wurde aber 1942 ebenfalls deportiert. Er hat später versucht herauszubekommen, was aus ihr geworden ist. Leider hat er nichts in Erfahrung bringen können. Daher ging er davon aus, dass sie in Theresienstadt oder Auschwitz ermordet wurde.«

Köster hatte betroffen zugehört. Als Warnke schwieg, fragte der Kommissar leise: »Weiß ihre Familie davon?«

Warnke zuckte mit den Achseln. »Ich denke schon, aber es wird nicht darüber geredet. Mein Großvater hat damals als Prokurist in der Spedition viel Geld verdient und auch sonst gut vom NS-System profitiert. Das Haus des jüdischen Fabrikanten bekam er zu einem günstigen Preis einschließlich des wertvollen Mobiliars. Mein Vater, der zwei Jahre jünger war als sein Bruder, machte Abitur und studierte Medizin. Er hat von der Geschichte wohl nicht so viel mitbekommen. Ich konnte ihn leider nicht mehr fragen, denn er ist schon vor fünfzehn Jahren gestorben. Auch mein jüngerer Onkel, der Vater von Herbert, ist schon seit einiger Zeit tot.«

Köster bedankte sich bewegt bei Warnke und verabschiedete sich von ihm.

*

Schnell schob sie ihre Sachen in den großen Rucksack. Neben seiner Kleidung hatte er einen Teil der Lebensmittel in Tüten verpackt und verstaute alles in den Kofferraum.

»Ich will noch mal schnell schauen, ob ich nichts vergessen habe«, sagte sie zum Schluss.

»Keine Zeit, wir müssen los«, drängte er. Vorsichtig fuhr er auf die Hauptstraße, bog ein, schaltete erst hier das Licht an und gab Gas. Sie hielt sich am Sitz fest und entspannte sich erst ein wenig, als sie das Teufelsmoor verlassen hatten.

»Wohin jetzt?«, fragte sie.

»Zu Frank. Du wirst ihn mögen.«

*

Inzwischen war es zu spät, um noch einkaufen zu gehen. Beeindruckt von dem Gespräch machte sich Köster direkt auf den Weg zum Bahnhof. Als er Mats abholte, spürte sein Sohn, dass sein Vater bedrückt war.

»Was ist los, Papa?«, fragte Mats. »Passt es dir doch nicht?«

»Nein, nein. Auf gar keinen Fall!«, erwiderte Köster erschrocken. »Ich freue mich sehr, dass du da bist.«

Gemeinsam kauften sie ein und brachten die Lebensmittel in die Wohnung.

»Hast du noch Lust auf eine kleine Radtour?«, fragte Köster seinen Sohn.

Sie fuhren auf dem Butenpfad, einem Fuß- und Radweg, der um Osterholz-Scharmbeck herumführt, und aßen in einer Pizzeria zu Abend.

Mats fragte seinen Vater nach seiner Arbeit. Gerne würde er wieder für ihn recherchieren wie im letzten Winter. Köster zögerte, doch dann berichtete er seinem Sohn von der Aussage des Lehrers über die Geschäfte mit den Möbeln und Häusern der deportierten Juden in der NS-Zeit. Gespannt hörte Mats zu.

»Der Wahnsinn«, sagte er. »Diese Verbrecher. Das hatten wir doch schon beim letzten Fall mit den Zwangsarbeitern. Und das hat was mit deinen jetzigen Ermittlungen zu tun?«

»Vielleicht. Wir wissen das noch nicht so genau. Aber wenn du Lust hast, kannst du im Internet danach recherchieren. Wie ich dich kenne, findest du noch mehr darüber heraus.«

»Mache ich.« Mats war Feuer und Flamme. »Darf ich Johann davon erzählen?«

Köster lächelte. »Klar. Aber ich dachte, er hat gerade so viel mit der Schule zu tun?«

*

In der Dunkelheit fuhren sie die schmale Straße unterhalb des Deichs entlang. Er versuchte, sich zu orientieren. Als sie eine Siedlung mit Wochenendhäusern erreichten, hielt er vor einer kleinen Gartenpforte. Sie konnte nicht viel erkennen, nahm aber die Umrisse zweier

Holzgebäude und eines Wohnwagens wahr. In einem der Häuser brannte noch Licht. Er öffnete die quietschende Pforte und rief nach seinem Freund. Es dauerte, bis sich die Tür öffnete und ein junger Mann erschien. Er trug einen Pferdeschwanz und einen Bart, bekleidet war er mit einem verwaschenen Jogginganzug.

Überrascht schaute er die Ankommenden an.

»Hallo Frank«, sagte Sonjas Begleiter. »Entschuldige die späte Störung. Dürfen wir reinkommen?«

Der junge Mann hatte sich schnell gefasst. »Hallo Jochen. Na klar, immer herein in die gute Stube.«

Das Holzhaus schien nur aus einem Raum zu bestehen. Neben einer kleinen Küchenzeile mit einem Zweiplattenherd entdeckte sie einen Tisch mit einer Bank und zwei Stühlen, auf der anderen Seite ein ungemachtes Bett. Auf dem Tisch stand ein offener Laptop. Überall lagen alte Zeitungen und Bücher; der Spülstein quoll über vor schmutzigem Geschirr.

Frank schien das nicht zu kümmern. Er räumte zwei Stühle frei und setzte sich auf die Bank. Schweigend hörte er seinem Freund zu, als er ihre Geschichte erzählte. In seinen Augen spiegelte sich aber das Entsetzen wider, dass das Erzählte bei ihm hinterließ. Nachdem er sich versichert hatte, dass den beiden keiner gefolgt war, bot er ihnen den Wohnwagen zur Übernachtung an.

Sie hatte sich stumm im Raum umgesehen und war beruhigt, als er versicherte: »Die letzten Bewohner haben ihn aufgeräumt und geputzt hinterlassen.«

Frank zeigte ihnen das Gefährt. Es war zwar keine sehr gründliche Reinigungsaktion gewesen, aber es reichte, dass sie sich dort niederlassen mochte. Es gab auch Oberbetten und Bezüge. Der junge Mann bot ihnen noch an, ihr Auto im Schuppen unterzustellen. »Dann sieht ihn keiner. Sicher ist sicher«, sagte er.

Samstag, 16. September

In der Nacht schlief sie so tief und fest wie schon lange nicht mehr. Frank klopfte und lud sie zum Frühstück ein. Am Abend hatten sie ihm noch die übrigen Lebensmittel aus der Kate gegeben, aus denen er eine Mahlzeit für alle drei bereitet hatte. Auf dem Tisch standen drei angeschlagene, aber saubere Tassen und Teller, dazu Butter, Marmelade und eine Kanne Kaffee. Hungrig griff sie zu. Sie fragte sich, was ihre Stimmung so deutlich verbessert hatte. Noch immer hatten sie keine Lösung gefunden, aber sie saß nach so langer Zeit einmal wieder mit einem anderen Menschen als ihrem Begleiter zusammen. Dieser hatte sie mit offenen Armen empfangen und wollte sie weiterhin unterstützen.

Thema war erneut, wie sie sich das restliche Geld beschaffen könnten. Die beiden Männer gingen ihren gemeinsamen Freundeskreis durch und fragten sich, wer noch Geldreserven haben könnte.

Dabei fiel Frank ein Bekannter ein, der zusammen mit ihm eine Lehre in derselben Bankfiliale gemacht hatte und in den letzten Jahren die Karriereleiter aufgestiegen war. Auf diese Weise erfuhr sie, dass sich Frank und Jochen in der Berufsschule kennengelernt und als gemeinsames Hobby zuerst das Rennrad- und dann das Kanufahren entdeckt hatten. Zusammen hatten sie viele Touren auf den umliegenden Flüssen unternommen, waren später auch auf Paddelreisen gegangen.

Die Nähe zur Wümme war auch der Grund, warum Frank den Schrebergarten gepachtet hatte. Von hier aus konnte er sein Boot gleich über den Deich zur Wümme tragen. Er hatte sich als Dienstleiter für Büroservice selbstständig gemacht und betrieb sein Geschäft mit seinem Laptop vom Küchentisch aus. Offiziell lebte er in einer kleinen Einzimmerwohnung in der Bremer Neustadt, aber die meiste Zeit verbrachte er in seinem Holzhäuschen an der Wümme. Endlich mal kein Spielerfreund, stellte sie erleichtert fest.

Zuletzt standen vier mögliche Geldverleiher auf der Liste der beiden Freunde, die sie kontaktieren wollten. Sie machten sich ans Werk, suchten im Internet nach den aktuellen Adressen und begannen zu telefonieren.

*

Am Mittag traf Johann in Osterholz ein. Nach Mats Anruf hatte er sich kurzfristig entschlossen, ebenfalls in die Kreisstadt zu kommen und Mats bei den Recherchen zu helfen. »Ich muss meinen kleinen Bruder doch unterstützen, wir sind schließlich ein eingespieltes Team«, sagte er grinsend, als ihn sein Vater und sein Bruder vom Bahnhof abholten.

»Und was hat Sabine gesagt, als du auch noch los wolltest?«

»Sie war einverstanden. Im Moment ist sie sowieso ziemlich mit sich beschäftigt. Ich glaube, sie hat Stress mit ihrem Freund«, erwiderte Johann.

»Aber nicht, dass ihr glaubt, ihr könnt das ganze Wochenende vor dem PC und euren Smartphones sitzen. Wir werden auch noch was anderes unternehmen.«

Mats und Johann schienen nicht so begeistert. »Einverstanden. Es muss aber noch genug Zeit für unsere Recherche bleiben«, lenkte Johann ein.

Köster lieh sich von seinem Nachbarn noch ein zweites Rad aus und machte mit seinen Söhnen eine Radtour durch die Hammewiesen nach Worpswede. Sie kehrten im Hammehafen ein und schauten den Paddlern zu, die in dem braunen Moorwasser an ihnen vorbeifuhren.

»Das könnten wir doch morgen auch machen«, schlug Mats vor.

Nach ihrer Rückkehr in die Kreisstadt führte Köster seine Söhne in das Thema ein.

»Schaut mal, ob ihr was zu dieser Spedition findet, vor allem von ihrer Arbeit im Dritten Reich.«

Beide Söhne hatten ihre Smartphones dabei, Johann dazu noch seinen Laptop. Sie zogen sich in ihr Zimmer zurück und Köster hörte nichts mehr von ihnen. Er setzte sich ins Wohnzimmer und telefonierte mit Gisela. Eigentlich waren sie für den Abend verabredet.

Gisela bedauerte, dass sie sich nicht sehen würden. »Wenn dich deine Söhne besuchen wollen, geht das vor. Ist doch klar. Und in zwei Wochen fahren wir nach Amsterdam. Darauf freue ich mich sehr.«

Amüsiert hörte sie sich seinen Bericht über die Aktivitäten der beiden an. »Die können es wohl nicht lassen. Auf der anderen Seite toll, wie interessiert sie an den zeitgeschichtlichen Ereignissen sind.«

Köster konnte ihr nur zustimmen. Er erinnerte sich daran, wie ungern sie ihn zu Beginn seiner Zeit an seinem neuen Wohnort besucht hatten. Da hatte sich seither viel verändert.

Eine gute Stunde später schaute Köster in ihr Zimmer. Die beiden sahen kurz von ihrer Arbeit auf. »Wir sind gleich fertig, jedenfalls für heute. Wir müssen nur noch was zusammenfassen und ausdrucken«, sagte Mats. Zehn Minuten später erschienen die Söhne und präsentierten das Ergebnis ihrer Recherche.

Johann begann mit dem Bericht: »Wusstest du, dass die Firma Spreewald + Schraube eine der größten Speditionen der Welt ist? Daher gibt es auch viel über die Firma im Internet. 63.000 Mitarbeiter in 100 Ländern, das muss man sich mal vorstellen. Und die machen ordentlich Kohle. 1890 wurde die Spedition in Bremen gegründet, sie ist jetzt also 127 Jahre alt. 2015 wollte die Firma eigentlich nett ihren 125. Geburtstag feiern.«

Johann grinste, wurde aber gleich wieder ernst. »Doch da haben Medien und Historiker peinliche Sachen aus der Firmengeschichte herausgefunden: In der NS-Zeit wurden 70.000 Wohnungen von verschleppten Juden ausgeplündert. Spreewald + Schraube setzten daher 500 Frachtkähne, 674 Züge und 26.984 Güterwaggons ein, um deren Besitz aus Frankreich und Benelux abzutransportieren.

Noch 2015 hat die Firma versucht, das Thema herunterzuspielen. Später bedauerte sie, diese Arbeit für die Nazis ausgeführt zu haben. In den ›schweren und dunklen Zeiten‹ hätte die Spedition ›unter Aufbietung all all ihrer Kräfte‹ ihre eigene Existenz behaupten müssen. Dabei wurde eng mit der Gestapo zusammengearbeitet. Spreewald + Schraube hatte anscheinend ein Monopol auf das Geschäft, denn es gibt keine Nachweise für andere beteiligte Firmen.

›M-Aktion‹ war der Deckname, M stand für Möbel. Die Sachen wurden anschließend versteigert. Und so kamen viele deutsche Familien besonders billig an exklusive Möbel.«

»Jetzt bin ich dran.« Mats nahm einen zweiten Zettel und las vor: »Jetzt kommt es noch dicker: Der jüdische Teilhaber der Firma, der immerhin 45 Prozent Besitzanteile an der Firma besaß, wurde 1933 ausgebootet, das heißt, er musste die Firma ohne Abfindung verlassen. 1945 wurde er in Auschwitz ermordet.

Einen Monat, nachdem der Teilhaber die Spedition verlassen hatte, trat einer der Spreewaldbrüder der NSDAP bei. In seiner Entnazifizierungsakte steht, dass er seine Mitarbeiter aufgefordert haben soll, ebenfalls der Partei beizutreten. Die Spedition wurde zu einem NS-Musterbetrieb und 1937 mit dem Gaudiplom ausgezeichnet. Ein bekanntes deutsches Magazin hat dem Unternehmen den Titel ›Packesel des Führers‹ verpasst.

Und was auch richtig heftig ist: Spreewald + Schraube errichtet jetzt an seinem Gründungsstandort in Bremen für mehr als 26 Millionen Euro einen Neubau und braucht dazu ein städtisches Grundstück, fast 1.000 Quadratmeter groß. Eine Zeitung wollte davon vier Quadratmeter kaufen, sogar zum doppelten Preis, den die Spedition gezahlt hat. Darauf wollte sie ein Mahnmal errichten, das an den Raub jüdischen Besitzes während der NS-Zeit erinnern sollte.

Die Stadt aber lehnte den Verkauf an die Zeitung ab. Denn Spreewald + Schraube wollte die Gedenkstätte nicht so nah an ihrem Firmensitz haben, jetzt soll sie an der Schlachte gebaut werden, ein ganzes Stück vom Neubau entfernt. Die Stadt kuscht anscheinend vor der großen Firma.«

Wieder einmal war Köster beeindruckt von dem Engagement seiner Söhne und nahm sie in die Arme.

Sonntag, 17. September

Am Sonntagmorgen wachte Köster wie üblich früh auf, ging in die Küche und stellte die Kaffeemaschine an. Leise verließ er die Wohnung, um Brötchen in der Bäckerei um die Ecke zu kaufen. Als er nach einer Viertelstunde zurückkam, hörte er Geräusche aus dem Bad. Wenig später erschienen Johann und Mats frisch geduscht am Frühstückstisch. Erstaunt begrüßte Köster seine Söhne. Bisher waren sie bei ihren Besuchen stets viel später aufgetaucht und das erst nach mehreren Ermahnungen.

»Wir haben noch einiges zu tun. Das wollen wir noch eben vor unserer Paddeltour erledigen«, sagte Johann entschieden.

»Was wollt ihr denn noch rausbekommen?«, fragte Köster erstaunt.

»Warte nur ab.« Mats lächelte.

Die beiden belegten schnell ein Brötchen, gossen sich Kaffee ein und verschwanden damit in ihrem Zimmer.

»Um 11 Uhr sollten wir aber losfahren, sonst wird es zu spät. Ihr müsst ja heute Nachmittag noch nach Hamburg zurück!«, rief ihnen der Vater hinterher. Er seufzte und setzte sein Frühstück allein fort. Zum Glück hatte er sich seine Sonntagszeitung mitgebracht und las sie ausführlich.

Er fand auch noch Zeit, die Küche aufzuräumen, die Waschmaschine anzustellen und den Müll herunterzubringen. Anders als sonst genoss er diese Tätigkeiten, wusste er doch seine Söhne in seiner Nähe. Dabei erinnerte er sein früheres Leben mit seiner Familie in Hamburg. Wenn er an den Wochenenden nicht zu einem Einsatz musste, hatte er samstags früh stets häusliche Aufgaben übernommen und danach die Zeit mit seiner Frau und den Jungen verbracht.

Kurz nach elf wiederholte sich die Szene vom Vorabend: Mats und Johann kamen mit einigen Ausdrucken in der Hand aus ihrem Zimmer, setzten sich zu ihrem Vater an den Tisch und stellten die Ergebnisse ihrer aktuellen Recherche vor.

Mats begann: »Du hast mir am Freitagabend erzählt, dass der Prokurist der Spedition billig an ein Haus gekommen ist, das vorher einer jüdischen Familie gehörte. Gestern haben wir herausgefunden, dass viele Deutsche auf Auktionen für wenig Geld die Möbel und andere Einrichtungsgegenstände der ausgewanderten oder deportierten Juden gekauft haben und dass noch viele andere an der Enteignung von jüdischem Besitz verdient haben. Wir wollten noch mehr darüber wissen. Dazu war noch so einiges im Netz zu finden. Vor Kurzem gab es eine Wanderausstellung in verschiedenen Städten: »Deutsche verwerten jüdischen Nachbarn«. Hast du was davon gehört?«

Köster schüttelte den Kopf.

»Wir auch nicht. Wir haben gesammelt, was darüber im Netz zu finden war, und noch mehr darüber gelesen. Ich fasse mal zusammen.« Mats vertiefte sich in das Blatt in seinen Händen, las einige Sätze vor und kommentierte sie: »Die Oberfinanzpräsidenten wurden Ende 1941 beauftragt, das Vermögen der deportierten Juden zu verwalten und zu verwerten. Die Leute waren vor allem scharf auf die Häuser der enteigneten Juden. Der Staat wollte aber mitverdienen und sich sein Geschäft nicht durch die vielen Schnäppchenjäger verderben lassen. Als Argument haben sie dann angeführt, dass die Frontsoldaten nicht benachteiligt werden sollten. Daher würden die Häuser erst nach dem ›Endsieg‹ verkauft werden. Es gab aber viele Ausnahmen: So einige Häuser wurden über Vitamin B dennoch sofort erworben. Sogar Friedhöfe und Grundstücke der jüdischen Gemeinden wurden verscherbelt. Die Deutschen konnten sie meist preisgünstig, weit unter Wert kaufen. Auch der Giftgasproduzent IG Farben in Krefeld-Uerdingen, heute Bayer-Uerdingen, konnte nun das Gelände eines jüdischen Friedhofes nutzen. Ist das nicht makaber?«

Köster nickte betroffen. Mats nahm ein zweites Blatt in die Hand und fuhr fort: »Und nun zu Bremen selbst: In der Staats- und Universitätsbibliothek gibt es in den digitalen Sammlungen einen sehr ausführlichen Text zu den Bremer Juden im Nationalsozialismus. In diesem fanden wir eine Liste der jüdischen Grundstücke und Häuser, die »entjudet« wurden, wie es damals hieß. Wir haben 145 gezählt. Darunter ist auch das Haus, das dieser Warnke so günstig gekauft hat.«

Johann löste seinen Bruder ab: »Wir haben auch noch mal nachgeforscht, was aus dem Beutegut aus den verlassenen Häusern und Wohnungen der jüdischen Bevölkerung geworden ist. Die Finanzbehörden veranstalteten in den deutschen Großstädten regelrechte Massenversteigerungen, von denen die Bevölkerung aus der Presse erfuhr. Die

Versteigerungen wurden ›ordnungsgemäß‹ von den Finanzbeamten durchgeführt, das eingenommene Geld floss in die Staatskassen. Auch in Dörfern und kleineren Städten wurden nach der Deportation der Juden Einzelversteigerungen organisiert. Dabei waren die meisten Käufer mit den ehemaligen jüdischen Nachbarn bekannt, die erst einige Tage zuvor abtransportiert worden waren. Nach der öffentlichen Ankündigung sind die Finanzbeamten erschienen und haben den Hausrat angeboten, von den Möbeln bis zu den Einmachgläsern mit Inhalt, sogar die zurückgebliebenen Zwiebeln. Nur die Familienfotos der deportierten Juden fanden keine Abnehmer, die wurden vernichtet.«

Johann schaute auf. »Ist das nicht heftig?« Köster nickte. Es hatte ihm die Sprache verschlagen.

»Aber es geht noch weiter. Jetzt zu dem, was nach dem Krieg passiert ist: Es gab in der Ausstellung mehrere Beispiele von Kindern ermordeter Juden, die nach dem Krieg den Besitz der Eltern wiederbekommen wollten, und um die Rückerstattung kämpften. Meistens erhielten sie nur einen geringen Teil des Wertes der Häuser und des Inventars. Ein Steuerinspektor meinte bei einer Vernehmung, die Versteigerungen wären ›ordnungsgemäß‹ durchgeführt worden, und die Herkunft der Dinge sei ›unbekannt‹.«

Dazu passt, dass viele Deutsche, die an den Versteigerungen teilnahmen, später sagten, sie hätten nicht gewusst, woher die von ihnen gekauften Sachen stammten. Dabei hatten sie gesehen, dass die Juden deportiert und enteignet worden waren. Sie hatten daraus ihren Nutzen gezogen, streng legal. Und sie waren davon ausgegangen, dass diese Juden niemals zurückkehren würden, um sie zur Rechenschaft zu ziehen. Demnach war es ihnen völlig gleichgültig, was mit den Juden geschehen war.«

Wieder machte Johann eine Pause. Sein Vater schaute ihn betroffen an. »Das ist unglaublich«, sagte er traurig. »Das wusste ich nicht.«

»Ja, wir auch nicht«, antwortete Johann. »Das Ganze geht aber noch weiter: Die Akten über die Verwertung jüdischen Eigentums lagern immer noch in den Oberfinanzdirektionen und den lokalen Finanzämtern. Und jetzt kommt's: Sie sind gesperrt, die Öffentlichkeit darf sie nicht sehen und auswerten. Zunächst galt das für eine Frist von 30 Jahren. Als diese abgelaufen war, hat der Bundestag 1988 beschlossen, dass Akten mit steuerlichen Tatbeständen erst nach 80 Jahren freigegeben werden können. Da müssen doch noch eine Menge Leute in der Politik nicht gewollt haben, dass das alles ans Licht kommt. In den letzten Jahren haben aber schon einige Finanzämter vieles davon öffentlich gemacht.«

»Es geht ja bei dem jüdischen Besitz nicht nur um Häuser und Möbel, es geht auch um Unternehmen und Geschäfte, die enteignet wurden. Wir haben gelesen, dass der Diebstahl jüdischen Eigentums insgesamt auf 230 bis 320 Milliarden US-Dollar geschätzt wird. Das ist ein Wahnsinns-Betrag. Und nur ein geringer Teil davon ist zurückgegeben worden«, ergänzte Mats.

Nachdenklich faltete Johann seine Blätter zusammen.

Wieder umarmte Köster seine Söhne und bedankte sich bewegt bei ihnen. »Ihr habt wieder so viel herausgefunden. Das wird uns sicher weiterhelfen.«

*

Die Sonne versteckte sich hinter den Wolken, als sich die beiden Freunde in Franks Wagen auf den Weg zu den zwei Bekannten machten, die sie am Tag zuvor erreicht hatten. Sonja blieb allein zurück und nahm sich vor, sich von der Stille im Haus nicht gruseln zu lassen. Noch einmal erinnerte sie sich an die schrecklichen Gesichter der beiden Geldeintreiber, versuchte aber, sie schnell beiseite zu schieben. Während sie den Abwasch machte, schaute sie ängstlich aus dem Fenster. Auf der Deichstraße fuhr nur selten ein Auto oder ein Fahrrad vorbei. Es war für viele Städter anscheinend noch zu früh für einen Ausflug in die Natur. Sie verließ vorsichtig die Hütte und sah sich erst einmal auf dem Grundstück um. Neben dem alten Wohnwagen stand der alte Schuppen, hinter dessen Tür der Audi parkte. Am Zaun wuchsen einige Büsche, von denen einer noch kleine gelbe Blüten trug. Der Rasen war schon lange nicht mehr gemäht worden und einige ehemalige Gemüsebeete waren zugewuchert. Gartenpflege gehörte wohl nicht zu Franks Hobbys. Sie sah noch einmal die Straße hinauf und hinunter. Ein radfahrendes Pärchen näherte sich dem Grundstück, sonst war es still. Auch die Parzellennachbarn waren ausgeflogen. Schnell ging sie durch die Pforte, überquerte die Straße und lief den Deich hinauf.

Unter ihr schlängelte sich schmal die Wümme mit ihrem dunklen Wasser. Auf der anderen Seite lagen zwei kleine Ruderboote. Malerische Bauernhäuser mit blühenden Blumenbeeten säumten das Ufer. Die jenseitige Straße war deutlich belebter als die diesseitige; Fußgänger, Radler und Inlineskater bewegten sich in beide Richtungen. Unter ihnen befanden sich keine bulligen tätowierten Männer. Inzwischen war die Sonne herausgekommen, die Wolken trieben langsam im sanften Wind. Ein kleines Motorboot fuhr an ihr vorbei. Sie setzte sich ins Gras, atmete tief ein und entspannte sich.

*

Als Köster und seine Söhne mit dem Auto nach Worpswede fuhren, waren alle in Gedanken noch bei den Recherchen. Mats unterbrach die Stille. »Ich werde Opa auch mal nach der Vergangenheit seiner Reederei fragen. Wie die sich im Dritten Reich verhalten hat. Mal sehen, ob und was er zu berichten hat.«

»Wenn er dir die Wahrheit sagt.« Johann schien daran zu zweifeln. »Er ist so stolz auf seine Firma, auf die lässt er nichts kommen, wie er immer sagt. Vielleicht weiß Mama mehr.«

Als sich die drei in das geliehene Boot setzten und auf der Hamme paddelten, bemühten sie sich, einen gemeinsamen Rhythmus zu finden. Nach wenigen Minuten glitten sie gemächlich unter der Brücke von Neu-Helgoland durch und setzten ihre Fahrt noch bis zu Melchers Hütte fort. Dort aß jeder von ihnen eine Bratwurst und trank dazu eine Limo. Als sie zum Hammehafen zurückgekehrt und das Boot wieder abgegeben hatten, setzten sie sich ans Wasser und genossen das in der Hammehütte gekaufte Eis.

Am frühen Abend brachte Köster seine Söhne zum Zug. »Das war schön mit euch«, sagte Köster dankbar. »Das sollten wir unbedingt öfter machen. Und vielen Dank für eure Recherche!«

»Klar, wir kommen wieder«, sagte Johann. »Und wenn du wieder mal unsere Hilfe brauchst, sind wir dabei.«

Montag, 18. September

Kurz nach 10 Uhr ging im Osterholzer Kommissariat die Nachricht über einen Brand im Teufelsmoor ein. In der Nacht vom Sonntag auf Montag, gegen 4 Uhr, entdeckten zwei Jugendliche, die mit ihren Fahrrädern von einer Party nachhause fuhren, im Teufelsmoor zwischen mehreren Bäumen einen Feuerschein. Aus einem kleinen Haus in einem Gehölz loderten Flammen. Als kurze Zeit später die Feuerwehren der umliegenden Dörfer eintrafen, war die Kate bereits bis auf die Grundmauern abgebrannt. Sie konnten nur noch die Reste löschen. Dabei hatte ein Brandmeister Hinweise auf eine mögliche Brandstiftung gefunden. Sofort rief er über sein Handy im Polizeikommissariat Osterholz an, das sogleich die Staatsanwaltschaft in Verden über die vermutliche Brandstiftung informierte. Köster, Kruse und Grotheer fuhren unmittelbar nach Dienstbeginn zum Brandort. Dort trafen sie das kleine Team der Brandermittler und Kriminaltechniker an.

Es schwelten noch einige Balken, Brandgeruch hing in der Luft. Zwei Feuerwehrmänner erwarteten sie. »Kommen Sie«, sagte der ältere von beiden. »Das haben wir hier gefunden«, sagte er und führte sie zu einem kleinen Holzunterstand neben der Ruine. »Der hat kein Feuer gefangen. Zum Glück auch nicht die umstehenden Bäume. Sie sind weit genug entfernt. Wenn der Wind aber stärker gewesen wäre, hätte es sie auch erwischen können. Aber eigentlich wollte ich Ihnen das hier zeigen.« Er deutete auf einen Benzinkanister, der neben dem Holzstapel stand. »Er ist leer. So wie er riecht, ist er erst vor Kurzem geöffnet worden. Es kann gut sein, dass damit das Feuer gelegt wurde. Leider hatte die Kate ein Strohdach und ist schnell abgebrannt.« Während die Brandermittler Proben der verkohlten Balken und Strohreste sicherstellten, schauten sich die Kommissare in der Umgebung des Hauses um. Sie entdeckten wenige Meter von der Brandruine entfernt einige Reifenspuren. Da die Feuerwehr- und die Polizeifahrzeuge in einigem Abstand von der abgebrannten Kate abgestellt waren, konnten sie nur von den Fahrzeugen der Bewohner oder der möglichen Brandstifter herrühren. Köster rief einen Kriminaltechniker, der mehrere Abdrücke der Reifenspuren nahm. »Es waren wahrscheinlich zwei verschiedene Autos«, stellte der Spezialist fest.

Ein anderer Kriminaltechniker rief die Kommissare zu sich und deutete auf einen verkohlten Turnschuh im Eingangsbereich des abgebrannten Hauses. »Der gehört sicher einer Frau, so klein wie der ist.«

»Gut«, sagte Köster. »Seht nach, ob ihr noch was Verwertbares finden könnt.«

Die Brandermittler suchten zwischen den Balkenresten weiter nach aufschlussgebenden Spuren. Sie fanden noch eine Haarbürste mit einem von der Hitze verformten Plastikstiel.

»Da war ja wohl noch jemand im Haus und hat schnell das Weite gesucht«, vermutete der jüngere Feuerwehrmann.

»Sind Sie von hier?«, fragte ihn Köster. Dieser nickte.

»Wissen Sie, wem das Haus gehört?«

»Ja. Einem der Landwirte hier, Hermann Renken. Er hat es an einen Bremer vermietet. Ich glaube aber, der war schon lange nicht mehr hier. So viel ich weiß, steht die Kate seit Jahren leer.«

»Wo können wir denn Herrn Renken finden?«

»In einem Altenheim in Worpswede.«

»Und wer wohnt jetzt auf seinem Hof?«

»Der steht leer. Seine Neffen wollen ihn verkaufen. Der Alte ist noch nicht lange im Heim.«

Grotheer suchte Renkens Nachbarn auf und erhielt von ihnen die Adresse des Pflegeheims, in dem der Landwirt untergebracht war. Vor ihrer Rückkehr in die Dienststelle fuhren die drei Kriminalbeamten in die Wohnung von Sonja Mertens. Dort fanden sie auf der Spiegelablage im Badezimmer eine benutzte Zahnbürste. Köster schob sie vorsichtig in eine Plastiktüte und übergab sie im Kommissariat einem Kriminaltechniker.

Am Nachmittag besuchte Kruse den Landwirt Renken, den Besitzer der Kate. Der alte Mann saß zusammengesunken auf seinem Platz im Aufenthaltsraum des Pflegeheims und wartete wie die anderen Bewohner auf die nächste Mahlzeit. Als der Kriminalbeamte ihn ansprach, schaute er erstaunt auf. Kruse stellte sich vor und fragte den Bauern nach dem Mieter der Kate im Gehölz.

Renken setzte sich auf. »Ein Bremer. Meißner heißt er. Warum wollen Sie das wissen?«

»Die Kate ist letzte Nacht abgebrannt.«

»Abgebrannt? Die alte Hütte? Warum das denn?« Der Schreck in Renkens Blick wandelte sich gleich in Wut. »Das kann nur Horst gewesen sein!«

»Wer ist Horst?«, fragte Kruse.

»Mein Neffe. Der Kerl hat mich ins Heim gebracht. Der will meinen Hof haben!«

»Und warum sollte er dann die Hütte abbrennen?«

»Damit er den ganzen Grund bekommt. Die Kate war sowieso nichts mehr wert!«

»Wie heißt denn Ihr Neffe mit Nachnamen?«

»Renken, wie ich. Ist der Sohn von meinem Bruder. Ein Nichtsnutz, bekommt nichts auf die Reihe. Jetzt will er sich meinen Hof unter den Nagel reißen. Aber da mache ich nicht mit!«

Der alte Mann schlug mit der Faust auf den Tisch. Während ihn einige Bewohner erschrocken ansahen, waren andere neugierig geworden. Eine Betreuerin eilte herbei. »Nicht so laut, Herr Renken!« Zu Kruse gewandt meinte sie entschieden: »Ihre Fragen regen ihn zu sehr auf. Sie sollten jetzt besser wieder gehen.«

Kruse schüttelte den Kopf »Lassen Sie nur. Herr Renken wird sich gleich wieder beruhigen. Ich habe nur noch eine Frage.«

Misstrauisch blieb die Pflegerin stehen und verfolgte das weitere Gespräch.

»Wir werden das mit Ihrem Neffen überprüfen. Was ist denn mit diesem Herrn Meißner? Wie heißt er mit Vornamen? Können Sie mir sagen, wo in Bremen er wohnt?«

»Er war schon lange nicht mehr da. Hat sich nicht mehr um die Hütte gekümmert. Wo er wohnt, habe ich vergessen. Und seinen Vornamen kenne ich nicht.

»Wissen Sie, was er so macht?«

»Er macht irgendwas mit alten Autos. Er sagte was von einer Werkstatt in Walle oder so. Mehr weiß ich nicht.«

Als Kruse sich von Renken verabschiedet hatte, sprach ihn die zuständige Stationsschwester an und berichtete, Renken wäre vor sechs Wochen von seinem Neffen und dessen Frau ins Heim gebracht worden. Der fünfundachtzigjährige Landwirt hatte sich in einem desolaten Zustand befunden.

»Er war abgemagert und ungewaschen. Seine Frau ist vor zwei Jahren gestorben. Die beiden hatten keine Kinder. Deswegen lebte er seit der Zeit allein und konnte sich nicht mehr richtig versorgen.« Körperlich hatte er sich zwar erholt, wollte aber nicht begreifen, dass er zuletzt nicht mehr ohne Betreuung auf dem Hof bleiben konnte.

Im Kommissariat berichtete Kruse von den Gesprächen mit dem Landwirt und der Pflegekraft.

Grotheer fühlte mit ihm. »Irgendwie kann ich ihn auch verstehen. Erst stirbt seine Frau. Und dann so spät noch verpflanzt zu werden, ist schon schlimm.«

Kruse nickte. »Das habe ich zuerst auch gedacht. Mit seinem Neffen habe ich schon gesprochen. Er und seine Frau sind voll berufstätig. Daher ist es ihnen nicht möglich, den Onkel bei sich aufzunehmen. Der Alte wäre dazu noch schwierig und eigensinnig. Noch was anderes: Der junge Renken kennt den Mieter der Kate nicht. In letzter Zeit war der Neffe öfter mal auf dem Hof, um nach dem Rechten zu sehen. Die Hütte liegt versteckt zwischen den Bäumen. Da ist ihm nichts aufgefallen.«

*

Wieder drehte sich alles um die Beschaffung des restlichen Geldes. Der Besuch bei den beiden alten Bekannten hatte noch einmal 45.000 Euro eingebracht, doch das reichte immer noch nicht. Einen dritten Bekannten hofften sie am Abend anzutreffen.

Ihre Lebensmittel gingen zur Neige, es wurde Zeit einzukaufen. Auf dem Rückweg vom Ritterhuder Einkaufszentrum schaltete Frank das Autoradio an. Im letzten Beitrag der Nachrichten berichtete der Sprecher von einem Brand im Teufelsmoor. In der letzten Nacht war in einem Gehölz eine Kate abgebrannt. Wahrscheinlich handele es sich um Brandstiftung.

Betroffen schwiegen sie. Jochen unterbrach die Stille: »Der Beschreibung nach muss das unsere gewesen sein. Wenn das stimmt, weiß ich auch, wer das gemacht hat.«

Jetzt war auch Frank alarmiert. »Und wenn die Kerle herausbekommen, dass ihr hier seid? Dann sind wir alle in Gefahr.«

Jochen schüttelte den Kopf. »In der Nacht, als wir herkamen, sind sie uns nicht gefolgt. Und du gehörst nicht zu meiner Spielerclique. Die wissen nichts von unserer Freundschaft.«

Frank war dennoch beunruhigt. »Ich hoffe, du hast recht und ihr verschwindet bald.«

*

Zur selben Zeit verabschiedete sich Helga Monsees von zwei Mitarbeiterinnen, die zu ihrer Abendrunde aufbrachen. Jede würde noch drei oder vier Patienten versorgen. Noch einmal rief die Leiterin des Pflegedienstes das Handy ihres Sohnes an. Wieder ging er nicht ans Telefon. Das ganze Wochenende hatte sie schon vergeblich versucht, ihn zu erreichen. Wo war Dirk nur? Sie spürte, dass sie immer unruhiger wurde. Gestern war es ihr immer wieder gelungen sich abzulenken, doch heute schaffte sie es trotz ihres immensen Arbeitspensums nicht. Sie schloss das Büro ab und lief zu Fuß nachhause. Sonst genoss sie den abendlichen Weg, vor allem jetzt im Spätsommer. Doch heute hatte sie keinen Blick für die blühenden Blumen in den umliegenden Gärten.

Eine Viertelstunde später erreichte sie ihr Haus. Ihr erster Weg führte zum Anrufbeantworter, doch auf ihm befand sich keine Nachricht von Dirk.

Vor einem Jahr war sie froh gewesen, dass er eine Stelle in einem Lebensmittelmarkt in Bremerhaven gefunden hatte und dorthin gezogen war. Sie hoffte, dass er sein Leben damit endlich in den Griff bekommen würde und für sich selbst sorgen könnte. Nur ungern dachte sie an die Zeit zurück, in der er ständig bei ihr aufgetaucht war, und sie um Geld anbettelt hatte. Immer wieder fand er einen Grund, eine Arbeit nach wenigen Tagen zu beenden. Hielt er einmal länger durch, trug er das Geld in die nächste Spielhalle. Als sie es endlich geschafft hatte, ihm weitere finanzielle Unterstützung zu verweigern und ihn vor die Tür zu setzen, hatte ihr Herz geblutet. Aber sie hatte gewusst, es war die einzige Möglichkeit, um sich aus diesem schrecklichen Kreislauf zu befreien. Ein paar Wochen hatte sie nichts von ihm gehört, bis er sich von seinem neuen Wohnort meldete und von seiner Arbeit berichtete. Zu Weihnachten war er das erste Mal zu Besuch gekommen. Sie erlebte einen völlig veränderten Sohn, gepflegt und ausgeglichen, der sich ganz selbstverständlich an der Hausarbeit beteiligte und einmal sogar das Frühstück für beide bereitete. So ganz mochte sie dieser Entwicklung nicht trauen und wartete auf neue Entgleisungen. Doch sie blieben aus. In größeren Abständen meldete er sich telefonisch. An Ostern erschien er noch einmal und sie verbrachten ein schönes Wochenende miteinander. Dieses Mal kochte er sogar für beide, ein Lammkarree, das vorzüglich schmeckte. Dazu tranken sie einen guten Rotwein. Er berichtete von seiner Arbeit, in der er bereits mehrmals den Filialleiter vertreten hatte, und von seinen neuen Freunden. Es lag wohl an ihrer Erleichterung über seine positive Entwicklung und an dem Alkohol, dass auch sie von besonderen Ereignissen aus Worpswede und ihrem Pflegedienst, und damit auch vom Erbe ihrer Angestellten berichtete. Er hatte Frau Mertens kennengelernt und schien sich für sie zu freuen. Doch seine Augen glitzerten kurz auf eine ungute Weise, die sie an alte Zeiten erinnerte. Zum Glück sah er dem Phantombild gar nicht ähnlich. Dennoch fürchtete sie, er könne etwas mit dem Verschwinden der Pflegerin zu tun haben.

Das Schlimmste war die Ungewissheit. Sie musste wissen, ob es stimmte.

Dienstag, 19. September

Gegen Mittag erhielt Köster die Berichte über die kriminaltechnische Untersuchung der am Brandort sichergestellten Spuren und Gegenstände sowie der Zahnbürste von Frau Mertens. Sofort rief er seine Mitarbeiter zu sich. Er freute sich sichtlich über die Ergebnisse: »Ein Volltreffer! Die DNA der Haare an der Haarbürste aus der abgebrannten Kate und der Hautpartikel an Frau Mertens Zahnbürste stimmen eindeutig überein. Frau Mertens war in der Kate! Auch könnte der verkohlte Turnschuh ihr gehört haben, er entspricht ihrer Schuhgröße .«

Irritiert schaute Grotheer in die Runde. »Vor zwei Wochen war Frau Mertens noch in Österreich. Was macht sie jetzt hier im Teufelsmoor? Und wer hat die Kate abgefackelt und warum?«

»Zum Glück haben wir dort keine Leichen gefunden. Bleibt nur noch die Frage, wo sie jetzt ist«, ergänzte Kruse.

*

Seit sie von dem Brand wussten, waren sie auf der Parzelle geblieben. Sie hatten sich dem Haus gewidmet, das jetzt deutlich aufgeräumter aussah. Sie wuschen gemeinsam die riesigen Geschirrberge und reinigten den Boden.

Frank schaute sich um. »So hat es hier früher auch schon mal ausgesehen«, sagte er traurig, »als Pia hier noch mitgewohnt hat.« Er erzählte von seiner früheren Freundin, die er beim Kanufahren kennengelernt hatte. Vor vier Jahren war sie ein- und nach einem Jahr wieder ausgezogen.

»Es war eine wunderbare Zeit, ich kann mich an jeden Tag erinnern«, sagte er schwärmerisch.

Sie hatte sich mit ihm anscheinend nicht wohl gefühlt, gegen seine ständige Unordnung gekämpft und sich in der abgelegenen Siedlung gelangweilt. »Eines Morgens hat sie ihre Sachen gepackt und ist einfach verschwunden.«

Sie empfand Mitleid mit ihm, konnte aber auch die ehemalige Freundin verstehen. Hier ließen sich sicher schöne Wochenenden verbringen, auf Dauer wäre es ihr hier aber zu einsam. Dazu fehlte es an dem geringsten Komfort. Die Außentoilette entsprach ebenfalls nicht ihren Vorstellungen.

Noch immer suchte sie nach dem Bild, das ihr am vorangegangenen Morgen beim Aufwachen gekommen war. Sie konnte sich nur daran erinnern, dass sie es dankbar aufgenommen hatte, denn es schien den Schlüssel zur Lösung für ihr Problem zu liefern. Wenn es ihr doch nur wieder einfiele!

*

Köster erhob sich. »Wir müssen diesen Meißner finden. Der Pächter der abgebrannten Kate könnte der Schlüssel sein.«

Wenig später entdeckte Grotheer im Polizeinetz, dass Meißner bereits strafrechtlich in Erscheinung getreten und mehrere Male wegen illegalen Glücksspiels und Körperverletzung verurteilt worden war. Im Moment schien er auf freiem Fuß zu sein. Ein Gebrauchtwagenhandel war unter seinem Namen angemeldet.

Köster und Kruse fuhren zu der angegebenen Adresse. Dort trafen sie Tim Meißner, einen kräftigen Mann mit langen, strähnigen Haaren. Er wurde sichtlich nervös, als sich die beiden Kommissare vorstellten. Als sie ihn nach seiner Kate fragten, wurde er ruhiger, blieb aber auf der Hut. »Ach die. Ich war schon lange nicht mehr da. Ist wohl besser, ich kündige sie. Ich hab einfach keine Zeit mehr hinzufahren.«

»Haben Sie in letzter Zeit jemand anderen dort wohnen lassen?«

»Nein, die habe ich immer nur selbst genutzt. Warum fragen Sie?«

Meißner erschrak, als Kruse ihm mitteilte, dass die Kate in der letzten Nacht abgebrannt war.

Zum Schluss zeigte ihm Köster noch das Phantombild des mutmaßlichen Entführers. Meißners Augen flackerten einen kurzen Augenblick, aber er verneinte den Mann zu kennen.

Köster bemerkte die Unsicherheit im Gesicht des Gebrauchtwagenhändlers. Daraufhin bat er Meißner, ihn einen Blick auf die Anrufliste seines Handys werfen zu lassen.

Meißner zögerte kurz, doch dann übergab er dem Kriminalbeamten das Gerät. »Keine Ahnung, wozu das gut sein soll, aber bitte. Bedienen Sie sich. Ich habe nichts zu verbergen«, sagte er unwirsch. Köster ging die in letzter Zeit erfolgten Telefonate durch. Er vertraute auf sein gutes Gedächtnis und merkte sich nur eine der Telefonnummern, die mehrfach auftauchte.

Bevor die Kommissare wieder nach Osterholz zurückfuhren, saßen sie eine Zeitlang im Auto und beobachten den kleinen Bungalow mit dem Büro des Gebrauchtwagenhändlers, der sich mitten auf dem Parkplatz mit den alten Autos befand. »Wetten, dass er diesen Jochen kennt und ihm die Hütte zur Verfügung gestellt hat? Dort war er sicher mit Frau Mertens. Er telefoniert jetzt bestimmt mit ihm«, sagte Kruse aufgeregt. Verwundert fügte er hinzu: »Warum hat er dir denn sein Handy freiwillig übergeben und dir erlaubt, in seine Anrufliste zu sehen? Meinst du, er will uns damit vortäuschen, dass er sauber ist?«

»Da könntest du recht haben«, antwortete Köster. Über sein Diensthandy rief er Gisela Schmidt in Verden an und informierte sie über die neueste Entwicklung. Sie war der Schilderung schweigend gefolgt und erwiderte nachdenklich: »Wir wissen jetzt sicher, dass sich in der abgebrannten Kate Sonja Mertens und bestimmt auch dieser Jochen aufgehalten haben. Da erscheint der Vermisstenfall in einem neuen Licht. Es könnte doch sein, dass sich Sonja Mertens in der Gewalt von diesem Jochen befindet, weil der hinter ihrem Geld her ist, unterstützt von Meißner und noch anderen, uns bisher unbekannten Komplizen. Und es könnte auch dieser Jochen gewesen sein, der die Kate in Brand gesteckt hat, um seine und Frau Mertens Aufenthaltsspuren in dem Versteck zu vernichten. Das klingt doch plausibel, oder? Dass Meißner, als ihr bei ihm erscheinen seid und ihn über den Brand seiner Kate in Kenntnis gesetzt habt, den Erschrockenen spielte, passt doch dazu und auch, dass er dir so ohne weiteres den Einblick in die Anrufliste seines Telefons gestattet hat, wohl um als Unverdächtiger zu erscheinen. Wir sollten den Fall dann doch als Erpressungs- oder Entführungsfall sehen. Verhält es sich tatsächlich so, dann dürfte sich Frau Mertens allerdings in großer Gefahr befinden. Es ist doch zumindest nicht auszuschließen, dass Jochen & Co. Frau Mertens durch Anwendung massiver Gewalt dazu bringen wollen, ihr Geld an sie zu übergeben oder an sie abzutreten.«

Köster hatte ebenfalls an eine ähnliche Wendung des Falles gedacht. »Das hat einiges für sich! Also Gisela, dann versuch doch mal mit diesem Ansatz, die richterliche Anordnung für Meißners Telefonüberwachung zu besorgen.«

Zu Kruse sagte Köster: »Auf jeden Fall werden wir Meißner ab sofort observieren. Es liegt nahe, dass er sich bald irgendwo mit diesem Jochen treffen wird, um sich abzusprechen. Für die anstehende Observation brauchen wir aber die Unterstützung der Bremer Kollegen.«

Kurze Zeit später stand ein unauffälliger Wagen mit zwei Bremer Kriminalbeamten in Beobachtungsposition vor Meißners Geschäft.

Im Kommissariat angelangt übergab Köster Anne Grotheer einen Zettel, auf dem er die Telefonnummer aus der Anrufliste von Meißners Handy aus dem Gedächtnis notiert hatte.

Bald darauf stand die Kommissarin im Büro ihres Vorgesetzten und sagte: »Ja, das könnte schon der Anschluss von diesem Jochen sein. Dafür spricht, dass dieselbe Telefonnummer nicht nur einmal im Anrufverzeichnis von Meißners Handy auftaucht. Bei der Art von Meißners Geschäft reicht ihm und seinen Kunden normalerweise bereits ein Telefonat aus, um den An- oder Verkauf eines Autos oder Autoteils oder einen Besichtigungs- und Kauftermin zu vereinbaren.«

»Ist das denn die Nummer, von der aus Frau Mertens angerufen und die WhatsApp geschickt worden ist?«

»Nein, leider ist es wiederum eine Prepaidnummer. Die andere ist ja in den letzten Wochen nicht wieder benutzt worden und konnte daher nicht zurückverfolgt werden. Bei dieser könnte es jetzt anders sein. Wir müssen feststellen, von wo aus der Benutzer angerufen hat. Wenn das nicht allzu lange her ist, lässt sich das sicher über die umliegenden Funkmasten zurückverfolgen. Übrigens haben wir inzwischen die richterliche Anordnung zur Überwachung von Meißners Telefon.«

Wenn das Handy dem Begleiter von Sonja Mertens gehörte, hatte er Meißner in der Nacht vom 2. auf den 3. September von der Autobahn Hannover–Bremen aus angerufen. Danach versuchte Meißner noch zweimal vergeblich die Nummer zu erreichen. Am Samstag, den 9. September, wurde das Gerät noch einmal kurz angeschaltet. Das war schon im Teufelsmoor, aber ein Telefonkontakt ist nicht zustande gekommen.

»Das könnte ein Anrufversuch von der Kate aus gewesen sein. Wenn das stimmt, waren Frau Mertens und ihr Freund bereits vor zehn Tagen oder noch früher dort«, stellte Köster fest.

»Jetzt müssen wir nur warten, wann er sich wieder meldet, angerufen wird oder im Netz surft«, sagte Grotheer gespannt. »Dann finden wir heraus, wo er sich jetzt gerade befindet.«

»Wir können nur hoffen, dass Frau Mertens noch bei ihm ist, und es ihr gut geht«, seufzte Kruse. Köster nickte. »Wahrscheinlich werden wir das erst erfahren, wenn wir die beiden finden. Auch die Hintergründe über ihr Verschwinden, ob sie denn freiwillig mit ihm unterwegs ist oder er sie gezwungen hat.«

Am späten Nachmittag wechselten die Oberservierungskräfte vor Meißners Geschäft. Bisher hatte der Gebrauchtwagenhändler seinen Laden nicht verlassen.

*

Sie hörte, wie wieder von der Geldbeschaffung gesprochen wurde. »Tim hat zwar auch einen Betrag zugesagt, aber zu ihm kann ich jetzt keinen Kontakt aufnehmen«, sagte er. »Die abgebrannte Kate gehörte ihm, das wird die Polizei herausgefunden haben. Er wird sicher überwacht.«

Als über sie und ihre Erbschaft gesprochen wurde, folgte sie den beiden Männern noch aufmerksamer. »Wenn ich dich richtig verstanden habe, kann Sonja die 50.000 gleich abheben. Das klappt aber nur, wenn die Filiale genügend Geld im Tresor hat.«

»Es kann aber auch sein, dass die Angestellten von der Polizei die Anweisung bekommen haben, die Auszahlung hinauszuzögern, um uns zu finden«, wandte sein Freund ein. »Und das Depot lässt sich nicht so einfach umschreiben.«

»Es ist schon verrückt. Inzwischen würde ich dir die ganze Summe zur Verfügung stellen. Da würde mir immer noch etwas von Warnkes Erbe übrigbleiben. Aber es geht nicht.« Ihre Stimme klang traurig.

Doch in dem Moment war sie abgelenkt. Warnke. Ihre Erinnerung hatte etwas mit ihm zu tun.

Was war das nur?

*

Überrascht schaute Köster auf, als es an seiner Tür klopfte und die Pflegedienstleiterin Frau Monsees in sein Zimmer trat. Als sie ihn begrüßte, sah sie den Kommissar unsicher an. Von ihrem selbstbewussten Auftreten bei ihrer letzten Begegnung war nichts übrig geblieben. Auf seine Aufforderung hin nahm sie ihm gegenüber am Besprechungstisch Platz. Köster ließ ihr Zeit, sich zu sammeln und ihr Anliegen vorzutragen.

»Ich habe Ihnen und Ihrer Kollegin das letzte Mal nicht die Wahrheit gesagt«, begann sie. »Ich habe doch mit jemandem über das Erbe von Frau Mertens gesprochen. Nur war es kein Außenstehender, sondern mein Sohn.«

Sie berichtete von seinem Osterbesuch, bei dem sie ihm von den Neuigkeiten in ihrem Pflegedienst erzählt hatte. Als sie die Entwicklung seiner Spielsucht, seine ständigen Stellenwechsel und Geldforderungen schilderte, hielt sie den Blick die ganze Zeit gesenkt. Sie hob ihn erst wieder, als sie das letzte Jahr beschrieb, das die Wendung brachte. »Ich dachte, Dirk ist jetzt auf einem guten Weg. Er geht regelmäßig zur Arbeit, hat eine eigene Wohnung und lebt von seinem eigenen Geld. Doch irgendwie hat er komisch reagiert, als ich ihm von Frau Mertens Erbschaft erzählt habe. Er hat so wie früher geguckt, wenn er irgendwo Geld gewittert hat. Und ich kann ihn einfach nicht erreichen. Da mache ich mir große Sorgen, ob er nicht in der Sache drinsteckt.«

Köster nickte ernst. »Es ist gut, dass Sie sich gemeldet haben. Besser wäre es natürlich gewesen, sie hätten uns das gleich erzählt. Wie auch immer, wir werden Ihren Sohn suchen und dann sicher erfahren, ob er was mit dem Verschwinden Ihrer Angestellten zu tun hat.«

Nachdem er Helga Monsees verabschiedet hatte, rief Köster in Bremerhaven an und bat um Mithilfe bei der Suche nach Dirk Monsees.

*

Sie ging noch einmal Warnkes letzte Lebenstage durch, als sie ihn oft aufgesucht und versorgt hatte. Seine Kräfte hatten deutlich abgenommen, klare Momente wechselten mit verwirrten Zuständen. Oft hatte er nach ihrer Hand gegriffen, sie liebevoll angelächelt und mit dem Namen Helen angesprochen. Wieder fragte sie sich, ob er sie mit einer alten Liebe verwechselte. Dann hatte er erneut gewusst, wer sie war und sich herzlich für ihre Fürsorge bedankt.

In ihrem Beruf hatte sie viele Menschen sterben sehen, aber niemand war ihr so nahe gewesen wie Herr Warnke.

Das war es! In einem seiner letzten klaren Momente, zwei Tage vor seinem Tod, hatte er noch einmal ihre Hand gehalten und ihr bedeutet näherzukommen. Er konnte nur noch flüstern: »Öffnen Sie die linke Tür des Kleiderschranks und nehmen Sie die Anzüge heraus. Dahinter befindet sich ein Bild. Das ist ein schöner Druck eines berühmten Bildes. Sie werden es sicher kennen. Ich möchte es Ihnen schenken. Wenn Sie einmal in finanzielle Not geraten, wird es Sie retten können.«

Er schaute zu, wie sie seinen Anweisungen folgte. Das Bild stand mit der Rückseite an die innere Schrankwand gelehnt. Sie nahm es heraus und drehte es um. Das Bild kam ihr tatsächlich bekannt vor. »Das ist nur ein einfacher Druck. Aber lassen Sie sich davon nicht täuschen.«

Sie hatte das Bild mitgenommen und bei sich aufgehängt. Ihr gefielen die Sonnenblumen. Inzwischen wusste sie, dass es sehr berühmt war und als Poster in Museen und im Internet verkauft wurde. Damit stellte der Druck keinen großen Wert dar, war aber eine schöne Erinnerung an Herrn Warnke. Dass es ihr einmal aus finanzieller Not helfen könnte, hatte sie nicht ernst genommen, sondern auf Warnkes wachsende Verwirrtheit zurückgeführt und bald wieder vergessen.

Damals wusste sie auch noch nichts von der Erbschaft, die Warnke ihr hinterlassen hatte.

»Ich habe dich etwas gefragt. Wo bist du mit deinen Gedanken?«, Jochen tippte sie am Arm.

»Vielleicht habe ich die Lösung«, antwortete sie. Gespannt folgten die zwei ihrem Bericht.

»Ein Poster, das ist doch nicht viel wert.« Frank schaute skeptisch.

Sie dachte nach. »Warum hat er es dann im Schrank versteckt? Das ist doch bei einem wertlosen Bild nicht notwendig. Da muss doch noch etwas anderes dahinterstecken.«

»Das ist vielleicht das Stichwort.« Jochen richtete sich auf. »Da steckt möglicherweise wirklich was Wertvolles hinter dem Druck. Hast du nicht was von einem Rahmen erzählt?«

Sie nickte. »Ein Holzrahmen mit einer Glasscheibe.«

»Dann könnte das stimmen.«

Mittwoch, 20. September
Am Morgen rief ein Kollege aus Bremerhaven zurück und berichtete, dass Dirk Monsees nicht mehr in dem Lebensmittelgeschäft arbeitete, und sie ihn auch nicht in seiner Wohnung angetroffen hätten. Ein anderer Kriminalbeamter würde jetzt in einschlägigen Spielhallen absuchen.

Die Oberservierung des Gebrauchtwagenhändlers in Bremen hatte bisher auch nichts Neues ergeben. Meißner hatte das Haus nur ein einziges Mal zum Tanken und Einkaufen verlassen. Zwei Interessenten hatten sich mehrere Autos auf dem Parkplatz angesehen, einer von ihnen auch mit Meißner gesprochen.

Köster und Kruse machten sich auf den Weg nach Worpswede, um Frau Monsees noch einmal zu ihrem Sohn zu befragen.

*

In der Mittagszeit fuhr Joachim in Franks Opel nach Hüttenbusch. Er kannte ihr Wohnhaus, er hatte sie öfter dort hingebracht und abgeholt, ohne dass es jemandem groß aufgefallen wäre. Von ihr wusste er auch, dass sich ihre Vermieterin gleich nach dem Essen hinlegte und schlief. Eine gute Gelegenheit, das Bild aus der Wohnung zu holen.

Er hielt am Straßenrand, ging zügig zum Haus und schloss die Eingangstür vorsichtig auf. Zwei Stufen auf der Treppe nach oben knarzten. Dafür gelang es ihm, die Wohnungstür leise aufzuschließen. Er schlich sich ins Wohnzimmer und entdeckte gleich das Sonnenblumenbild an der Wand. Es gefiel ihm, der rustikale Holzrahmen passte gut dazu. Dennoch fragte er sich, was es wohl Wertvolles enthalten konnte. Es ließ sich leicht abnehmen, war aber erstaunlich schwer.

Plötzlich hörte er Schritte im unteren Stockwerk. Die alte Dame schien doch nicht zu schlafen.

*

Kösters Diensthandy klingelte, als Kruse und er auf der Teufelsmoorstraße am Gasthaus Schamaika vorbeifuhren. Frau Wellbrock rief aufgeregt an: »Kommen Sie schnell, jemand ist in der Wohnung von Frau Mertens! Erst habe ich gehört, dass jemand die Haustür aufschloss, dann waren da Schritte auf der Treppe. Jetzt ist jemand oben in ihren Räumen!«

»Beruhigen Sie sich. Wir sind gerade in Ihrer Nähe und sind gleich bei Ihnen«, sagte Köster und fügte noch hinzu: »Bleiben Sie unbedingt in Ihrer Wohnung und warten Sie, bis wir da sind!«

Kruse gab Gas und fuhr mit 100 km/h über die Teufelsmoorstraße. Zum Glück gab es keinen Gegenverkehr, so dass er ohne Mühe einen Trecker und zwei Pkws überholen konnte.

*

Eigentlich wollte er für sie noch einige Kleidungsstücke mitnehmen, doch er entschied sich dagegen. Schnell packte er das Bild und lief die Treppe hinunter. In den Augenwinkeln sah er die alte Dame, die ihn erschrocken anstarrte. Er spurtete zu Franks Auto, sprang hinein und fuhr los.

*

Als die Kommissare in die Wohnstraße der Pflegerin einbogen, kam ihnen ein schwarzer Opel entgegen. Vor dem Wohnhaus winkte ihnen die Vermieterin Frau Wellbrock schon aufgeregt zu. »Er ist gerade weggefahren!«, rief sie. »Der Mann, den sie mir auf dem Bild gezeigt haben! Was hatte ich für eine Angst! Ich hörte es auf der Treppe poltern, dann fiel die Tür ins Schloss. Ich bin gleich ans Fenster und habe gesehen, dass es der Mann war. Er stieg in ein dunkles Auto und fuhr gleich weg.«

»Das muss der Opel sein, dem wir begegnet sind«, meinte Kruse.

Köster antworte leise: »Du hast recht. Leider habe ich mir die Nummer nicht gemerkt. Ich war zu sehr darauf konzentriert, denjenigen noch zu erwischen, der in Mertens Wohnung war.«

»Und er war allein im Auto? Frau Mertens war nicht bei ihm?«, fragte Kruse Frau Wellbrock.

»Ich habe niemanden neben ihm gesehen. Es ging aber auch alles zu schnell.«

»Nun gehen Sie erst mal wieder rein und beruhigen Sie sich. Und wir sehen uns die Wohnung oben an«, sagte Köster zu der alten Frau, und an Köster gewandt: »Thomas, ruf bitte die Spurensicherung.«

Köster und Kruse zogen ihre Einweghandschuhe über und stiegen die steile Innentreppe hoch. Die Tür stand noch offen. Sie traten ein und sahen sich in den Räumen um. Auf den ersten Blick schien nichts verändert worden zu sein. Aber dann entdeckte Köster einen dunklen Rand an der Wand über dem Sofa im Wohnzimmer. »Hier muss was gehangen haben.«

Köster bat Frau Wellbrock heraufzukommen. Ängstlich trat sie ein, als wäre der Eindringling immer noch im Raum. Sie bestätigte: »An der Wand hing ein Blumenbild. Das sah eigentlich ganz nett aus.«

Bereits nach kurzer Zeit trafen zwei Kriminaltechniker ein. Während sie Frau Mertens Wohnung nach Fingerabdrücken absuchten, telefonierte Köster mit Sandra Brünjes. Zehn Minuten später war sie da. Erschrocken schaute sie Köster an. »Da war wirklich dieser Mann in der Wohnung meiner Mutter? Und sie war nicht dabei? Wo kann sie nur sein?«

»Ja, er war hier. Wir wissen leider immer noch nicht, wo Ihre Mutter ist. Wir werden es aber sicher bald erfahren.« Köster führte sie ins Wohnzimmer. Auch sie bestätigte, dass an der Wand ein Bild fehlte. »Das war ein ziemlich großes Poster, das sich meine Mutter im letzten Herbst im Internet gekauft hat. Das hatte einen schönen hellen Holzrahmen.«

»Wie sah es denn aus?«

»Das war ein Strauß mit gelben Sonnenblumen in einer Vase.«

»Schauen Sie sich bitte noch einmal um. Ist noch etwas anders als vorher?«

Aufmerksam ging Sonja Brünjes durch alle Räume. Am Ende ihres Rundgangs schüttelte sie den Kopf. »Nein, sonst scheint alles unverändert.«

*

Zum Glück folgte ihm niemand zurück auf dem Weg an die Wümme. Sonja hatte mit Frank in der Hütte auf seine Rückkehr gewartet. Aufgeregt sahen sie zu, wie er das Bild in die Stube trug und auf den Tisch legte.

»Hat alles geklappt?«, fragte sie. Er schüttelte den Kopf und berichtete von der Begegnung mit ihrer Vermieterin. »Das verstehe ich nicht, sonst schläft sie um diese Zeit immer tief und fest«, sagte sie stirnrunzelnd.

»Sie hat sicher die Polizei benachrichtigt, die jetzt weiß, dass ich in deiner Wohnung war. Wichtiger ist jetzt aber, dass wir das Bild haben.«

Sie beugten sich darüber. »Das kenne ich«, sagte Frank. »Doch das ist wirklich nur ein einfacher Druck. Jetzt sollten wir nachsehen, ob etwas dahinter steckt.«

Sie drehten das Bild um und lösten vorsichtig die Rückwand. Das war nicht so einfach, denn diese war fest mit dem Rahmen verklebt. Als sie die dünne Pappschicht abgenommen hatten, entdeckten sie dahinter ein anderes Bild: eine Gartenszene mit leuchtend roten Mohnblumen und Rittersporn.

»Wieder Blumen«, sagte Sonja etwas enttäuscht.

»Aber was für Farben.« Seht euch das an, das ist ein Ölgemälde! Das scheint ein Original zu sein.« Frank war aufgeregt. »Und seht, da unten steht ein Name: Nolde.«

*

Auf dem Kommissariat setzten sich Köster und Kruse noch einmal mit Anne Grotheer zusammen.

»Ich verstehe nicht, warum dieser Jochen zur Wohnung von Frau Mertens gefahren ist, nur um ein Poster mitzunehmen. Der weiß doch sicher, dass sie gesucht wird und geht damit ein ganz schönes Risiko ein«, sagte Kruse.

»Das frage ich mich auch.« Köster schaute in Gedanken versunken aus dem Fenster.

»Aber wo ist Frau Mertens? Ist sie nicht mehr bei ihm?«, fragte Grotheer besorgt.

»Wir wissen es nicht. Aber ich vermute, sie ist in der Nähe.«

Einen Moment später verließ Köster wortlos den Raum, ging in den Flur und rief noch einmal Sandra Brünjes an. Er bat sie, das Bild genauer zu schildern.

»Mir fällt gerade ein, ich habe mit meinem Handy ein Foto davon gemacht. Ich dachte, ich lasse das im Drogeriemarkt ausdrucken und mache daraus Fotokarten für Geburtstage und so.«

»Haben Sie das Foto noch?«, fragte Köster.

»Ich denke schon.«

»Können Sie es mir bitte per Mail schicken?«

»Wenn ich es finde, bekomme ich das hin.«

Zehn Minuten später erreichte Köster das Foto auf seinem Rechner. Er musste lächeln.

Als er am frühen Abend mit dem Rad nachhause fuhr, war er in seinen Gedanken noch einmal mit Sabine in der Neuen Pinakothek in München. Wie lange war das her? Er rechnete: Sabine hatte ihm gerade von ihrer Schwangerschaft mit Johann erzählt, als sie auf ihren Wunsch zusammen nach München gefahren waren. Das war fast 18 Jahre her. Eine Tante von ihr wohnte in der bayerischen Hauptstadt, die Schwester ihrer Mutter. Als Kind war Sabine öfter bei ihr zu Besuch gewesen, zuerst mit ihren Eltern, in ihrer Jugend auch allein. Vor Johanns Geburt wollte sie ihrem Mann jetzt die Plätze der Stadt näher bringen, die ihr so gefallen hatten.

Köster konnte sich noch gut an die Van-Gogh-Bilder in dem Museum erinnern. Vor den zwölf Sonnenblumen hatte sich eine Traube von Menschen gebildet, so dass Sabine und er eine Zeit gebraucht hatten, um sich dem Gemälde zu nähern. Es schien ihm, als würden die großen gelb-braunen Blumen vor dem blauen Hintergrund leuchten. Dennoch sah jede anders aus, in der Mitte der gelb-grüne bis dunkelbraune Blütenkorb, umgeben von den gleichmäßig geformten oder auch fransigen Blütenblättern. Sich an der Hand haltend hatten Sabine und er schweigend vor dem Bild gestanden, bis sie von anderen Besuchern zur Seite gedrängt worden waren.

Gleich nach der Ankunft in seiner Wohnung suchte Köster den Kunstband aus der Neuen Pinakothek, den er immer noch in seinem

Bücherregal im Wohnzimmer aufbewahrte. Er fand gleich die Seite mit den zwölf Sonnenblumen und verglich sie mit dem Foto, das ihm Frau Brünjes geschickt hatte.

Dabei stellte er fest, dass es sich deutlich von dem Münchner Gemälde unterschied. Van Gogh hatte zwar dieselbe Vase verwendet, doch zählte Köster auf dem Foto fünfzehn Blüten, von denen viele dunkler gefärbt waren. Der Maler hatte sie vor einen in hellgelb und ocker geteilten Hintergrund gestellt. Erst als Köster nach den Gemälden gegoogelt hatte, fand er die Lösung: Van Gogh hatte die Sonnenblumen in vielen Varianten gemalt. Das Poster von Frau Mertens stammte aus dem Van-Gogh-Museum in Amsterdam. Das würde er sich demnächst gemeinsam mit Gisela ansehen. Das schrille Klingeln des Telefons riss ihn aus seinen Gedanken.

Sabine rief an. »Ich wollte mich doch noch mal melden. Es hat mir so gut getan, dass ich mit dir über meine Probleme mit der Übernahme der Reederei und über meine Auseinandersetzungen mit meinem Vater sprechen konnte. Ich habe viel darüber nachgedacht. Vieles lässt sich sicher nicht gleich verändern. Dennoch bin ich dabei, mich in die ganze Materie einzuarbeiten und habe Kontakt zu einer Firma aufgenommen, die schon mit alternativen Schiffsantrieben arbeitet. Und rechne mit denen aus, was die Umstellung kostet. In der nächsten Woche stelle ich das meinem Vater vor. Das Thema mit der Ausflaggung werde ich später angehen. Was ich noch sagen wollte, die Jungens haben ganz begeistert vom Besuch bei dir berichtet. Das hat mich richtig gefreut.«

Nachdem er den Hörer aufgelegt hatte, spürte Köster die Stille im Raum. Wie anders klang Sabines Stimme heute als noch am Ende des letzten Jahres. Damals hatte sie ihn wiederholt am Telefon angeschrien und das Gespräch abrupt beendet. Jetzt kribbelte es in seinem Bauch.

September 1943

Wilhelm Warnke rief Rudolf zu sich ins Arbeitszimmer. Der Vater deutete auf zwei Gemälde. Eines hatte er auf den Schreibtisch und das andere auf einen Stuhl gestellt.

»Gefallen sie dir?«, fragte er seinen Sohn.

Rudolf betrachtete sie aufmerksam. Auf einem war eine Meeresszene mit wilden Wellen und dunklen Wolken dargestellt, auf dem zweiten ein Blumengarten mit rotem Mohn und Rittersporn. »Schön«, sagte er. Er meinte es ehrlich.

»Jetzt sieh dir mal die Signaturen an«, forderte ihn Wilhelm Warnke auf.

»Nolde«, las er am unteren Rand der beiden Bilder. »Den Maler kenne ich nicht.«

»Er steht auf der Liste der ›entarteten‹ Künstler. Seine Bilder dürfen in den Museen nicht mehr ausgestellt werden. Aber mir gefallen sie.«

»Und wo hast du sie jetzt her?«, fragte Rudolf verwundert.

»Sie standen in einem der Schlafzimmerschränke. Die vorherigen Besitzer haben sie da wohl versteckt.«

»Darfst du sie dann überhaupt behalten?«

»Warum nicht? Ich habe das Haus mit allem Inventar gekauft. Die beiden Bilder gehören damit jetzt auch mir.«

»Und wo willst du sie aufhängen?«

»Gar nicht. Wenn sie jemand sieht, würde ich Ärger bekommen. Aber ich bin sicher, Nolde wird bald wieder rehabilitiert. Ich habe gehört, es gibt einige in der Partei, die seine Bilder mögen. Dann werden sie sehr viel wert sein.«

Donnerstag, 21. September

Kurz nach seiner Ankunft im Kommissariat erhielt Köster den Bericht der Spurensicherung. Die Kriminaltechniker hatten ein paar frischere Fingerabdrücke an der Hüttenbuscher Haustür und auf dem Küchentisch entdeckt. Sie konnten der Tochter zugeordnet werden. Da die Wohnung der Altenpflegerin über einige Wochen leer gestanden hatte, wurden sonst nur schwache Abdrücke gefunden. Dennoch gab es einige an glatten Flächen, den Küchenschränken und Türen. Sie dürften von Sonja Mertens selbst stammen. Ihr Begleiter hatte anscheinend Handschuhe getragen.

Kurz nach 10 Uhr traf die Nachricht aus Bremerhaven ein, dass Dirk Monsees gefunden worden war. Zwei Bremerhavener Kollegen hatten sich in Spielerkreisen umgehört und erfahren, dass er seine Wohnung aufgegeben hatte und bei einem Freund untergekrochen war. Gleich in der Frühe hatten die Polizisten die beiden Männer aus dem Bett geklingelt, und Monsees mit auf die Wache genommen.

Köster bedankte sich und kündigte seinen Besuch an. Eine Dreiviertelstunde später erreichte er mit Kruse die Polizeidienststelle in Bremerhaven. Nach der Begrüßung führte ihn der diensthabende Beamte in den Vernehmungsraum, wo Monsees saß und wartete. Blass und mit ängstlich-trotzigem Blick schaute er die beiden Kommissare an. Köster bemerkte, dass Monsees die blauen Augen seiner Mutter geerbt hatte, konnte aber sonst keine Ähnlichkeit zwischen beiden feststellen. Außerdem war Helga Monsees schlanker als ihr Sohn, der deutlich übergewichtig war. Der Kommissar stellte Kruse und sich vor und fragte Monsees nach seinen Personalien. Sie erfuhren von ihm, dass er seine Arbeit in dem Supermarkt aufgegeben hatte und seit zwei Monaten in einer Spielhalle arbeitete. Sein Freund habe ihm den Job besorgt. Der richtige Ort für einen Spielsüchtigen, dachte sich Köster.

»Was wollen Sie von mir? Warum haben Sie mich festgenommen?«, fragte Monsees. Er versuchte seiner Stimme Entschiedenheit zu verleihen, doch sie klang brüchig.

»Sie sind nicht festgenommen. Wir wollen Sie nur zu einem Vermisstenfall befragen. Da wir Sie aber schon eine ganze Weile suchen, wollten wir sichergehen, dass wir auch wirklich mit Ihnen sprechen können.«

Köster berichtete vom Verschwinden der Pflegerin und vom Gespräch mit seiner Mutter. »Sie hat Ihnen von Frau Mertens und der Erbschaft erzählt. Haben Sie mit jemandem darüber gesprochen?«

Monsees schüttelte den Kopf. »Nein, warum sollte ich?«

»Na ja, da ist viel Geld im Spiel. Das kann schon Begehrlichkeiten wecken.«

Monsees betrachtete das Phantombild nur kurz. »Ich weiß nicht, wer das ist.«

»Wir werden das Bild auch noch anderen Männern aus den Bremerhavener Spielerkreisen zeigen. Wenn dabei herauskommt, dass er dort bekannt ist, kann das für Sie schwierig werden. Sie hätten dann eine Falschaussage gemacht. Schauen Sie es sich noch einmal in Ruhe an.«

Unwillig betrachtete Monsees den Computerausdruck ein zweites Mal.

»Das könnte Jochen sein. Sieht ihm aber nicht sehr ähnlich.«

»Jochen. Und wie weiter?«

»Weiß ich nicht. Da müssen Sie andere fragen.«

»Wen zum Beispiel?« Monsees zuckte nur mit den Schultern und sagte: »War nur so dahingesagt. Namen kann ich Ihnen nicht nennen.«

»Und Sie haben diesemJochen nicht zufällig etwas von der Erbschaft erzählt?«

»Nein, ganz bestimmt nicht.« Seine Stimme klang jetzt fester.

Nach ihrer Rückkehr ins Kommissariat fand Anne Grotheer im Polizeicomputer bei der Recherche nach einem vorbestraften Spieler mit dem Vornamen Jochen den vollen Namen des Gesuchten. Er hieß Jochen Pape, war 1975 in Bremen geboren und zuletzt in Lilienthal gemeldet. Zweimal war er bereits wegen illegalen Glücksspiels verurteilt worden. Einmal hatte er an einem teilgenommen und musste eine Geldstraße zahlen. Das zweite Mal hatte er selbst eines veranstaltet. Das hatte ihm zwei Jahre Freiheitsentzug eingebracht. Da er sich im Gefängnis gut geführt und sich fortgebildet hatte, war ihm ein Teil der Strafe erlassen worden. Dazu war in seiner Akte noch eine Anzeige wegen Heiratsschwindels vermerkt, die von der Betroffenen aber wieder zurückgezogen worden war.

»Das könnte passen. Er hat Frau Mertens wahrscheinlich die Ehe versprochen. Dabei wollte er nur ihr Geld. An das ist er nicht gekommen!«, sagte die Kommissarin aufgeregt.

»Nur, wo sind die beiden?«

»Vielleicht finden wir Hinweise in seiner Wohnung«, sagte Köster. »Noch etwas: Auf seinen Namen ist ein schwarzer Audi zugelassen.«

»Das war aber nicht das Auto, das uns in Hüttenbusch begegnet ist.« Kruse richtete sich auf.

»Dennoch sollten wir nach dem Fahrzeug fahnden!«

»Richtig. Vielleicht hat er das Auto bei seinem Freund, dem Gebrauchtwagenhändler, gekauft. Der weiß sicher mehr«, sagte Köster. »Teilen wir uns auf.«

Als Kommissar Kruse dem Autohändler Papes Foto sowie den Nachweis der Gesprächskontakte gezeigt hatte, wurde Meißner blass. Er gab zu, Pape in einer Pokerrunde kennengelernt, dann aber für längere Zeit aus den Augen verloren zu haben.

»Vor zwei Wochen hat er aufgeregt angerufen. Er wäre von brutalen Typen bedroht worden. Das waren wohl Mafia-Geldeintreiber, die hinter ihm her waren, er bräuchte unbedingt ein Versteck. Ob er eine Zeitlang in meiner Kate im Teufelsmoor wohnen könnte. Mir gefiel das Ganze gar nicht, aber was sollte ich machen. Einen Freund lässt man nicht hängen.«

»Hat er Ihnen davon erzählt, dass eine Frau bei ihm ist?«

»Nein, davon weiß ich nichts.«

»Wenn er sich bei Ihnen meldet, sagen Sie uns bitte Bescheid. Wir vermuten, dass seine Begleiterin und er in Lebensgefahr sind!«

Zur selben Zeit fuhren Grotheer und Köster nach Lilienthal. Gerade als sie Papes Wohnhaus erreichten, öffnete eine junge Mutter die Haustür. Während Köster ihr half, den Kinderwagen die Treppe hinunter auf die Straße zu tragen, stellte Grotheer ihren Fuß in die Tür. Die beiden Kommissare stiegen die Treppe in den ersten Stock hinauf. Dort sahen sie, dass die Wohnungstür nur angelehnt war. Nach einem kurzen Blickwechsel zückten sie ihre Dienstwaffen. Köster schob leise die Tür auf und betrat vorsichtig den Flur. Grotheer folgte ihm. Langsam näherten sie sich der ersten Zimmertür. Mit einem Schwung stieß Köster sie auf und schaute hinein. Die Küche war leer. Auf die gleiche Weise arbeiteten sie sich in die anderen Räume vor.

Zuletzt atmeten sie tief durch. »Niemand mehr da. Der oder die Besucher sind ausgeflogen«, stellte Grotheer fest.

Köster nickte und deutete auf das Chaos im Wohnzimmer. Sofakissen lagen aufgeschlitzt am Boden, dazwischen Bücher und Ordner mit herausgerissenen Seiten.

»Da war jemand vor uns da und hat etwas gesucht.« In der Küche und im Schlafzimmer hatten die Einbrecher ebenso gründliche Arbeit geleistet, Schranktüren geöffnet und Kleidung und Geschirr herausgerissen.

»Aber was haben die gesucht? Und haben sie das, was sie suchten, auch gefunden?«, fragte Grotheer.

»Keine Ahnung. Aber wir sollten die Spurensicherung verständigen.«

Bevor die Kriminaltechniker eintrafen, zogen Köster und Grotheer Handschuhe über und nahmen sich die am Boden liegenden Aktenordner vor und schauten sie durch.

*

Über Skype erreichte er seinen Freund Herbert. Sonja folgte dem Gespräch, vermied es aber ins Bild zu geraten. Inzwischen wusste sie, dass Herbert nicht nur Warnkes Neffe war, sondern ihrem Entführer auch noch von der Erbschaft erzählt hatte. Braungebrannt und voller Neugier schaute Herbert in die Kamera.

»Was gibt's?«, fragte er. »Warst du erfolgreich?«

»Nein«, erwiderte er kurz. »Noch dazu hab ich jetzt andere Sorgen. Die Geldeintreiber-Mafia ist hinter mir her. Was ich dich fragen wollte: Hat dein Onkel ein wertvolles Bild, einen Nolde, besessen? Wenn ja, weißt du, was es wert ist?«

Überrascht sah Herbert ihn an. »Woher weißt du das? Ja, er hat es von seinem Vater geerbt. Es war aber nicht in seinem Nachlass, wir haben es überall gesucht. Hat sie es?«

Jochen reagierte mit einer Gegenfrage: »Ist es viel wert?«

»Sicher.«

»Meinst du, es reicht, um meine Schulden bei den Geldeintreibern zu bezahlen?«

»Das glaube ich bestimmt.« Dann brach die Verbindung zusammen.

*

Zurück auf der Dienststelle fassten die drei Kommissare die neuen Ermittlungsergebnisse zusammen: »Wir haben in einem der Ordner so einige Schuldscheine gefunden. Pape muss beim Pokern viel Geld verloren haben. Seine Kontoauszüge zeigen auch, dass er schon lange pleite ist«, sagte Grotheer. »Sein Gehalt ist nach Abzug der Miet- und Nebenkosten bereits seit einiger Zeit gepfändet worden.«

Nachdenklich schaute Kruse in die Runde. »Seine Gläubiger scheinen nicht gerade zimperlich zu sein, wenn sie ihm Geldeintreiber auf den Hals hetzen.«

»Er hat wohl versucht, sich zu retten, indem er an das Geld von Frau Mertens herankommen wollte. Als Heiratsschwindler hat er ja bereits Erfahrung. Ihr Geld ist aber noch da«, sagte Köster.

»Die abgebrannte Kate und die durchsuchte Wohnung scheinen aufs Konto der Geldeintreiber zu gehen. Das sind ja wirklich richtige Mafia-Methoden. Anscheinend waren sie Pape und Mertens auf der Spur«, fügte Kruse hinzu.

Grotheer war vor allem mit der Pflegerin beschäftigt. »Aber wo ist Frau Mertens? Hoffentlich ist ihr nichts passiert!«

»Sie müssen einen neuen Unterschlupf gefunden haben. Wir können nur hoffen, dass Pape bald wieder sein Handy benutzt, damit wir sie orten können«, sagte Köster.

Kurz vor Dienstschluss traf der Bericht der kriminaltechnischen Untersuchung ein. Einige alte, in der Wohnung gesicherte Fingerabdrücke stimmten mit denen von Pape überein. Der oder die Einbrecher hatten anscheinend Handschuhe getragen. Dennoch war einer von ihnen nicht vorsichtig genug, denn an der Wohnungstür war ein frischer Abdruck festgestellt worden. Bei der Auswertung ergab sich eine hundertprozentige Übereinstimmung mit einem polizeilich registrierten Fingerabdruck, der bei einem Raub in einer Kunsthandlung hinterlassen worden war. Damals hatten der oder die Täter den Besitzer der Kunsthandlung niedergeschlagen und ihm wertvolle Bilder gestohlen. Bisher waren die Ermittlungen erfolglos geblieben.

Auf dem Boden der Küche hatte ein KTU-Mitarbeiter ein Foto entdeckt. Es schien von der Pinnwand heruntergefallen zu sein. Auf dem Bild war Pape gemeinsam mit einem anderen Mann zu sehen. Beide standen im Fahrraddress vor ihren Rennrädern.

»Das könnte ein weiterer Freund sein. Wir müssen herausfinden, wer das ist«, stellte Kruse fest.

In Gedanken versunken schaute Köster aus dem Fenster. »Seltsam, die Geldeintreiber waren an einem Kunstraub beteiligt und Pape holt aus der Wohnung von Frau Mertens ein wertloses Poster. Beides Mal geht es um Bilder, das macht doch aber so keinen Sinn.«

Der Kommissar sprach noch einmal mit der Tochter von Frau Mertens. Sie reagierte aufgeregt auf seinen Anruf, zeigte sich aber enttäuscht, dass er nichts Neues von ihrer Mutter zu berichten hatte, stattdessen aber nochmals nach dem Van Gogh-Bild fragte.

»Ich habe Ihnen doch alles erzählt, was ich weiß«, antwortete sie genervt.

»Ist Ihnen irgend etwas an dem Bild oder Rahmen aufgefallen?«

»Nein, es war ein ganz normales Poster, der Rahmen passte auch dazu.«

»Wie sah der denn aus?«

»Er war aus hellem Holz. Wie eben so moderne Rahmen aussehen. Aber wo Sie es jetzt sagen, etwas war schon komisch.«

»Was meinen Sie?«

»Insgesamt kam mir das Bild mit der Glasscheibe davor und der Pappwand dahinter ziemlich dick vor. Das ist mir einmal aufgefallen, als ich es von der Seite gesehen habe.«

Eine Viertelstunde später kündigte Köster seinen Besuch bei Andreas Warnke an. Der Lehrer freute sich, ihn zu sehen. »Ich wollte Sie auch schon anrufen. Mir ist noch was eingefallen«, sagte er und bat den

Kommissar hinein. Sie nahmen in der Küche Platz. Köster berichtete von dem gestohlenen Poster aus der Wohnung der Pflegerin.

»Ein Van Gogh-Sonnenblumendruck, der für wenige Euro im Internet angeboten wird. Es könnte allerdings sein, dass sich hinter dem Poster noch etwas anderes befand.«

Nachdenklich hörte Warnke zu und schwieg für einen Moment.

»Das könnte zu dem passen, was ich Ihnen erzählen wollte. Nachdem mein Großvater in das Haus des jüdischen Fabrikanten gezogen war, entdeckte er in einem Schrank zwei versteckte Gemälde. Er kannte sich im Kunsthandel gut aus und wusste gleich, dass sie von einem berühmten Maler stammten und damit sehr wertvoll waren. Eigentlich hätte er sie gleich an die Behörden abgeben müssen. Die von den Nazis geraubten Kunstwerke landeten entweder in den Büros und Häusern von Parteigrößen oder wurden zur Devisenbeschaffung ins Ausland verkauft. Doch Wilhelm hielt sie bis zum Kriegsende versteckt. Als er danach Kapital zum Aufbau eines eigenen Geschäfts brauchte, machte er eines von ihnen zu Geld. Das andere behielt er und vererbte es an seinen ältesten Sohn. Mein Onkel wusste, woher das Bild stammte und hatte ein zwiespältiges Verhältnis dazu. Einerseits liebte er es, andererseits wusste er, dass es ihm eigentlich nicht gehörte.«

»Weiß ihre Familie davon?«

»Das Bild kennen alle, und auch was es wert ist. Aber ich glaube, ich bin der einzige, der weiß, woher es stammt. Vielleicht noch meine Tante.«

»Haben Sie eine Idee, wer der Maler war?«, fragte Köster.

»Soviel ich weiß, war das Bild von Emil Nolde. Das Gemälde, das noch übrig blieb, war ein Gartenblumenbild in Öl. Ich habe schon viele Kunstbände durchgeschaut, es aber nicht gefunden. Kein Wunder, es gehört ja auch zu den verschollen Beutekunst-Gemälden, von denen kaum jemand etwas weiß. Aber noch etwas: Das Gemälde taucht im Testament nicht auf. Und es wurde nach seinem Tod auch nicht im Haus gefunden. Als meine Tante davon erfuhr, war sie richtig wütend.« Warnke lachte. »Das geschah ihr recht. Sie war so hinter seinem Geld her.«

Wieder ernst fuhr er fort: »Wenn ich mir Ihre Geschichte so anhöre, könnte sich dieses Bild hinter dem Poster befunden haben.«

Freitag, 22.September

Aufgeregt schwenkte Anne Grotheer ein Din A4-Blatt in ihrer Hand. »Ich habe rausgefunden, wer der Mann auf dem Foto neben Pape ist.«

Gerade war sie von der Vernehmung des Gebrauchtwagenhändlers Meißner zurückgekommen. Er hatte zuerst behauptet, den Betreffenden nicht zu kennen. Als ihm die Kommissarin noch einmal verdeutlichte, in welcher Gefahr sein Freund steckte, hatte er endlich Namen und Anschrift preisgegeben.

»Er heißt Frank Peters und wohnt in Bremen. Meistens hält er sich aber in seinem kleinen Holzhaus an der Wümme auf. Da hat er ein kleines Grundstück. Meißner meinte, dort stehen auch noch ein Schuppen und ein alter Wohnwagen. Er schätzt, dass Pape und Sonja Mertens dort untergekrochen sind. Über diesen Peters habe ich bei uns im Intranet nichts gefunden. Er ist anscheinend noch nicht straffällig geworden.«

*

Als Jochen den russischen Geldeintreiber anrief, ging war er sofort am Apparat. Pape berichtete von dem Bild und schlug die Übergabe vor. Sie sollte um 16 Uhr im Wohnwagen an der Wümme stattfinden.

*

Bevor Köster und Kruse antworten konnten, traf die Nachricht ein, dass von Papes Handy gerade telefoniert wurde. Der Angerufene hatte ebenfalls eine Nummer, die nicht zurückverfolgt werden konnte.

»Kaufen denn jetzt alle ihre Prepaidkarten im Ausland?«, schimpfte Kruse.

Er schaute in der Verbindungsliste nach und stellte fest, dass Pape schon zweimal mit dieser Nummer Kontakt hatte. Fünf Minuten dauerte das aktuelle Gespräch. Die Kommissare erfuhren, dass der Anruf von einem Ort zwischen Ritterhude und Lilienthal erfolgt war.

»Das passt zum Grundstück von Frank Peters. Dort könnten sie sein. Und ich vermute, dass sie Kontakt zu ihren Verfolgern aufgenommen haben. Wie auch immer, sie sind in Gefahr. Diese Mafiosi sind sehr gefährlich und wir sollten keine Zeit verlieren, Pape und Frau Mertens noch vor einem Zusammentreffen mit den Geldeintreibern in Sicherheit zu bringen. Sie werden sich höchstwahrscheinlich auf dem Anwesen von Peters treffen«, befand Köster.

Er rief gleich beim SEK in Bremen-Nord an und besprach den Einsatz mit dem Leiter.

Die SEK-Beamten sollten so schnell wie möglich auf dem Parkplatz bei der St. Jürgen-Kirche bereitstehen. Zeitgleich sollten dort noch zwei nicht als Polizeifahrzeuge erkennbare Pkw mit Beamten des Polizeikommissariats Osterholz eintreffen.

Anschließend machte er sich mit Grotheer auf den Weg zum vermeintlichen Unterschlupf von Sonja Mertens und Jochen Pape. Sie fuhren an der kleinen St. Jürgen-Kirche vorbei, den Kirchweg entlang bis zum Wümmedeich und bogen rechts auf den Hagensfährer Weg ein. Dort parkten sie auf dem Seitenstreifen und liefen die Straße unterhalb des Deichs entlang. Nach zehn Minuten erreichten sie ein Wäldchen und die Siedlung aus einigen selbstgezimmerten Holzbuden. Arm in Arm, als vertrautes Paar erscheinend, schlenderten die beiden Kommissare an den Katen vorbei und beobachteten das von Meißner beschriebene Grundstück aus den Augenwinkeln.

*

Sie warteten im Wohnwagen. Frank hatte sich in sein Holzhaus zurückgezogen, aber sie wollte unbedingt dabei sein. Unruhig lief Sonja immer wieder zum Fenster und schaute hinaus. Hatte sich da draußen etwas bewegt? Erschrocken tippte sie Joachim an. Er folgte ihrem Fingerzeig, sah aber nur ein Paar, das auf der Straße spazieren ging und sich dabei unterhielt.

*

Grotheer und Köster beobachteten weiter das Grundstück von Frank Peters. Neben einem Holzhaus und einem Schuppen mit einem schief hängenden Tor stand der Wohnwagen. Sie sahen, wie ein Mann mit einem Pferdeschwanz aus dem Wohnwagen stieg und in dem kleinen Holzhaus verschwand. Die Jalousien an den Wohnwagenfenstern waren heruntergelassen. Die beiden Kommissare stiegen kurze Zeit später den Deich hinauf und liefen auf der Grasnarbe zurück zum Kirchweg. Von hier aus schauten sie noch einmal hinunter auf Peters Grundstück. Es rührte sich nichts. Dennoch glaubte Köster, dass sich eine der Jalousien am Wohnwagenfenster leicht bewegt hatte und sie jemand durch den Spalt beobachtete. Er war sich aber nicht sicher. Daraufhin nahm der Hauptkommissar seine junge Kollegin in den Arm und deutete auf den Fluss. Fröhlich plaudernd liefen sie weiter. »Hast du das auch gesehen?«, fragte Grotheer aufgeregt. »Da ist anscheinend doch jemand im Wohnwagen.«

*

An der Abzweigung zum Kirchweg hielt Köster an und organisierte über Funk den Einsatz der Fahrzeuge des Polizeikommissariats, von denen eines von Kruse gefahren wurde. Er wies den Kollegen in den Pkws ihre Beobachtungsstandorte zu. Ein Wagen sollte am Gasthof »Zur Nordseite«, der zweite an dem Weg von Mittelbauer zum Höftdeich stehen. Auf die Weise konnten die Zufahrtswege zu Peters Anwesen ausreichend kontrollieren. Jetzt waren alle auf ihren Positionen und einsatzbereit.

»Nun fehlen nur noch die Geldeintreiber«, sagte Köster, dem die Anspannung anzuhören war.

Kurz darauf sahen die Kollegen an der Nordseite, dass ein VW-Polo von der Wümmebrücke aus in den Deichweg abbog. Am Steuer saß eine alte Frau, die am nächsten Bauernhof hielt. Ein BMW passierte von Mittelbauer kommend das Polizeiauto an der Abzweigung zum Höftdeich. Die dort postierten Kollegen kündigten ihn per Funk an. Grotheer und Köster sahen, wie er sich ihnen in überhöhter Geschwindigkeit näherte, abbremste und kurz vor ihnen in den Kirchweg abbog.

»Hast du gesehen?«, fragte Grotheer erschrocken. »Das war ein Mann. Ob das einer unserer Kandidaten war?«

»Das halte ich für unwahrscheinlich, denn die sind meistens zu zweit unterwegs. Moment ...« Er gab über Funk das Kennzeichen durch und erhielt wenig später die Antwort, dass das Auto einem Landwirt aus Vierhausen gehörte, einem Ort in Nähe. Er hatte es anscheinend eilig, nachhause zu kommen.

Es weitere Stunde verging ereignislos. Grotheer wurde müde und gähnte. Sie lehnte sich zurück und schloss die Augen. »Kannst du einen Moment für mich mit aufpassen?«, murmelte sie leise.

»Na klar.« Köster lächelte. »Das kann auch noch dauern. Wir können nur hoffen, dass die Geldeintreiber heute überhaupt noch kommen.«

»Und wenn nicht?«

»Dann müssen wir noch ein paar Kollegen hinzuzuziehen, damit sie uns zeitweise ablösen.«

Es knackte in der Leitung. Kruse meldete sich von der Gaststätte »Zur Nordseite«: »Achtung. Gerade ist ein dunkelblauer SUV mit zwei Männern an uns vorbeigefahren. Das können nur unsere beiden Mafiosi sein.«

»Danke. Dann haltet euch alle bereit.«

Jetzt war Grotheer wieder hellwach. Köster startete den Motor und fuhr in Richtung des Grundstücks von Frank Peters. Kurz vor dem Wäldchen bog er in einen kleinen Stichweg ab und parkte an der Seite. Von hier aus war ihr Auto für die SUV-Fahrer nicht sichtbar. Auf seinen Wink hin rannten beide über die Straße, den Deich hinauf und auf der anderen Seite quer über die schräge Wiese. Als sie Peters Grundstück erreichten, hielten sie an, stiegen den Abhang wieder hoch und spähten vorsichtig über die Deichkrone. Wenig später näherte sich der dunkle SUV und bremste vor dem Holzhaus von Frank Peters.

»Das sind sie.« Köster gab die Information über Funk an die Besatzungen der beiden Fahrzeuge des Polizeikommissariats weiter und erteilte die Anweisung: »Kommt näher.« Das Bremer SEK wies er an, jetzt in die Nähe von Peters Grundstücks vorzuziehen und sich dort verdeckt bereitzustellen.

Grotheer und Köster sahen, wie zwei bullige Männer aus dem SUV ausstiegen und langsam zur Einfahrt gingen. Eine Stimme rief ihnen etwas zu. Sie hielten an. Breitbeinig und hoch aufgerichtet standen sie vor dem Zaun und warteten. Beide trugen ihre dunklen Haare kurz, so dass Köster die Tätowierung im Stiernacken des rechten Typen sehen konnte. Durch das Fernglas meinte er ein Spinnennetz zu erkennen, war sich aber nicht sicher. Jetzt hörten die Kommissare die Stimme noch einmal, dann öffnete einer der beiden die Gartenpforte und sie betraten das Grundstück. Langsam bewegten sich die Geldeintreiber auf den Wohnwagen zu. Die Tür wurde von innen geöffnet. Köster sah, wie ein Mann kurz herausschaute. Es war Jochen Pape. Nachdem er sich wieder zurückgezogen hatte, mussten sich die Ankömmlinge bücken, um durch die Tür zu kommen. Die Wohnwagentür wurde geschlossen.

*

Sonja erschrak beim Anblick der stämmigen Männer. Bisher hatte sie die beiden ja nur einmal kurz auf der Landstraße gesehen, jetzt aus der Nähe wirkten sie noch furchteinflößender. Die rasierten Schädel und die Tätowierungen im Nacken und an den Armen ließen sie erschauern. Die beiden stammten aus einer komplett anderen Welt.

*

»Jetzt!«, befahl Köster.

Die Besatzungen der beiden anderen Polizeidienstfahrzeuge, die in der Zwischenzeit hinter Kösters Wagen auf ihren Einsatz gewartet hatten, liefen gebückt am Zaun entlang bis zur Gartenpforte. Köster und Grotheer huschten über den Deich und hockten sich zu ihren Kollegen. Noch einmal schaute Köster durch sein Fernglas, um etwas im Wohnwagen zu erkennen, doch die Jalousien waren zu dicht geschlossen. Er gab ein Zeichen, öffnete die Pforte und sprintete zum Wohnwagen. Leise folgten ihm seine Kollegen und verteilten sich um das Gefährt. Deutlich konnten sie die Stimmen aus dem Inneren vernehmen. Zwei wurden immer lauter.

*

»Das wird aber auch Zeit«, bellte der größere der beiden Geldeintreiber. »Wir wollen jetzt das Bild sehen.«

Er winkte die Männer zum Tisch. »Und jetzt die Schuldscheine«, erwiderte er.

»Du bekommst sie, wenn wir wissen, was das Bild wert ist.«

Er schüttelte den Kopf. »Bild gegen Schuldscheine. So war es ausgemacht.«

Der Mafiosi baute sich vor ihm auf. »Du nervst schon zu lange!«, brüllte er. Zeitgleich zückte er seine Waffe und drückte ab.

*

Sie hörten einen Schuss, gefolgt von einem Schrei.

»Zugriff!«, brüllte Köster, riss die Wohnwagentür auf und stürmte mit seiner Pistole in der Hand hinein. Er sah, dass die zwei Männer ihre Revolver auf Pape und eine Frau gerichtet hielten. Pape saß auf der Bank und kippte langsam zur Seite. Sein Bewusstsein verabschiedete sich so schnell, wie der rote Fleck auf seinem Hemd größer wurde. Er war in die Brust getroffen worden. Sonja Mertens schaute mit vor Angst geweiteten Augen auf die Angreifer und auf Köster.

»Polizei, Waffen runter!«, rief Köster. »Sie sind umstellt. Sie haben keine Wahl!«

Im nächsten Augenblick schnappte sich der Mann mit der Tätowierung Sonja Mertens und hielt ihr die Pistole an den Kopf. »Nimm du die Waffe runter!«, bellte er zurück.

Köster ließ seine Pistole sinken. »Was wollen Sie?«, fragte er und beobachtete den Russen aufmerksam.

»Wir nehmen das Bild und die Frau mit. Ihr lasst uns wegfahren. Und folgt uns nicht, denn sonst erschießen wir die Frau.«

»Und wann lasst ihr sie frei?«

»Das entscheiden wir. Macht den Weg frei!«

Köster trat zur Seite. Der Tätowierte griff Frau Mertens grob am Arm und zog sie aus dem Wohnwagen. Ihm folgte der zweite Mann mit dem Bild unter dem Arm und der Waffe in der ausgestreckten Hand.

Als er sich bückte, um durch die kleine Tür zu treten, wurde er von einem der SEK-Beamten zur Seite gestoßen, ein anderer riss ihm die Pistole aus der Hand. Im gleichen Moment schoss ein dritter Polizist dem Russen die Waffe aus der Hand. Zwei andere überwältigten ihn. Sekunden später waren beide zu Boden geworfen und wurden durchsucht. Die Beamten förderten zwei Klappmesser, einen Totschläger und zwei weitere kleine Revolver zutage. In Hand- und Fußfesseln wurden die Gangster zu einem der Einsatzwagen abgeführt.

Zur selben Zeit informierte Kruse, der ausgebildeter Rettungssanitäter war, den notärztlichen Dienst und kümmerte sich um den Schwerverletzten. Pape lag bewusstlos und mit geschlossenen Augen immer noch auf der Bank im Wohnwagen.

Sonja Mertens hatte sich auf die Stufen im Einang des Wohnwagens gesetzt und stand sichtlich unter Schock. Köster sprach sie an. »Hallo, Frau Mertens, schön Sie zu sehen. Wir haben lange nach Ihnen gesucht«, sagte er und lächelte.

Aus dem Holzhaus näherte sich vorsichtig der Mann mit dem Pferdeschwanz. Auch er schien ziemlich mitgenommen zu sein.

»Was ist passiert? Wer hat geschossen?«, fragte er aufgeregt.

»Jochen Pape ist getroffen worden, gleich kommt der Rettungshubschrauber«, antwortete Köster knapp.

»Sind Sie Frank Peters?«, fragte er. Peters nickte stumm.

Acht Minuten später landete der Hubschrauber auf der Deichstraße. Der Notarzt stellte bei Pape einen Lungendurchschuss fest und nahm die Erstversorgung vor. Anschließend wurden er und Sonja Mertens mit dem Rettungswagen ins Kreiskrankenhaus nach Osterholz-Scharmbeck transportiert. Dort wurde Pape sofort operiert und anschließend auf die Intensivstation verlegt.

Sonja Mertens medizinische Untersuchung ergab, dass sie zwar deutlich unter Erschöpfung litt und an Gewicht verloren, aber keine wesentlichen gesundheitlichen Schäden davongetragen hatte. Die behandelnden Ärzte bestanden aber darauf, sie über Nacht im Krankenhaus zu behalten. Sie rief gleich ihre Tochter an. Nach dem Gespräch erkundigte sie sich nach Papes Zustand und erfuhr, dass er die Operation gut überstanden, aber viel Blut verloren habe. Der Arzt war noch nicht sicher, ob er die Schussverletzung überleben würde.

Zur selben Zeit fuhren Grotheer, Köster und Kruse mit den anderen Polizeibeamten ins Polizeikommissariat zurück. Auf dem Weg informierte Köster Gisela Schmidt. Mit großem Interesse folgte sie seinem Bericht. »Unglaublich, was ihr da hinbekommen habt. Und die Russen-Mafia?«, fragte sie alarmiert. »Das haben wir auch nicht alle Tage, da müssen wir das Landeskriminalamt in Hanover informieren. Das ist wohl eine Nummer zu groß für uns.«

Die beiden Geldeintreiber wurden erkennungsdienstlich behandelt und in zwei getrennte Zellen gebracht. Köster bedankte sich bei den beteiligten Kollegen, Grotheer bestellte Pizza für alle. Gerade als der Bote eintraf, rief Schmidt zurück. »In zwei Stunden werden bei euch zwei Kollegen vom LKA eintreffen. Ich werde dann auch da sein. Das wird wohl eine lange Nacht.«

Köster schaute auf die Uhr. Wenn Kruse und er sich mit dem Essen beeilten, blieb noch genug Zeit, um ins Krankenhaus zu fahren. Als sie dort eintrafen, war Papes Zustand immer noch kritisch. Er war nicht vernehmungsfähig. Anschließend gingen sie zu Sonja Mertens. Als sie den Aufenthaltsraum der Station betraten, sahen die beiden Kommissare, wie sich Mutter und Tochter bewegt in den Armen hielten und leise miteinander sprachen. Köster wartete einen Augenblick, dann wandte er sich an Frau Mertens: »Es freut mich, dass Sie alles gesund überstanden haben. Und Sie haben sich sicher noch viel zu erzählen. Doch wir müssen auch wissen, was in den vergangenen Wochen passiert ist. Aber ich sehe, dass Sie sehr erschöpft sind. Wir können das Gespräch auch auf morgen verschieben.«

Sonja Mertens schüttelte den Kopf. »Nein, ich will das jetzt loswerden.«

»Möchten Sie, dass Ihre Tochter dabei ist?«

»Ja, auf jeden Fall. Sie soll alles erfahren.«

Sie nahmen gemeinsam um einen Tisch im Aufenthaltsraum Platz.

»Ist es okay für Sie, wenn wir das Gespräch aufzeichnen?«

Sonja Mertens nickte und wartete, bis Kruse den kleinen Rekorder angestellt hatte. Dann begann sie zu sprechen, nur selten unterbrochen von Fragen der Kommissare. Nach einer guten Stunde war sie fertig. Müde schloss sie ihre Augen.

»Ich glaube, jetzt kann ich besser schlafen.«

Kurz nach Kösters und Kruses Rückkehr ins Polizeikommissariat traf Gisela Schmidt ein.

»Kann ich das Bild einmal sehen?«, fragte sie.

Köster nickte und deutete auf seinen Schreibtisch. Dort lag der Bilderrahmen mit dem Van-Gogh-Sonnenblumenposter. Schmidt sah ihn fragend an.

»Warte einen Moment.« Er nahm die Glasplatte aus dem Rahmen und entfernte vorsichtig das Poster. Dahinter kam das Nolde-Blumenbild zum Vorschein. Schmidt und Köster schauten und schwiegen eine Weile. »Wunderschön«, sagte die Hauptkommissarin leise.

»Beinahe wären dafür zwei Menschen gestorben«, erwiderte Köster nachdenklich. »Und bei Pape ist noch nicht einmal sicher, ob er überlebt.«

Sie hörten Stimmen auf dem Flur. Die beiden Kriminalkommissare vom LKA waren eingetroffen. Die rundliche Beamtin mit den grauen Haaren stellte sich als Hanne Voss vor, ihre Begleitung war der Kollege Paul Cordes, ein sehr großer und schlanker Mann mit dunklen, kurzen Haaren. Köster schätzte sie auf Ende Fünfzig, er musste so Mitte Vierzig sein.

Hanne Voss ergriff das Wort: »Von Hauptkommissarin Schmidt haben wir schon eine kurze Zusammenfassung Ihres heutigen Einsatzes bekommen. Bitte schildern Sie uns noch einmal mit Ihren Worten, was genau passiert ist. Anschließend möchten wir dann die beiden Festgenommenen sehen.«

Köster kam ihrer Bitte nach und und stellte auch die Hintergründe des Falles dar. Voss und Cordes unterbrachen ihn erst, als der Kommissar von den beiden Geldeintreibern berichtete.

»Was wissen Sie über die Identität der beiden? Konnten sie sich ausweisen?«, fragte Cordes.

»Ja. Beide sind russische Staatsbürger: Michail Smirnow und Maxim Petrow. Smirnow ist 38 und Petrow 42 Jahre alt. Sie stammen aus einem Dorf in der Nähe von Moskau und haben ausgesagt, dass sie seit sechs Jahren in Deutschland leben. Petrow spricht besser deutsch als Smirnow, beide aber mit hartem Akzent. Wie erwartet, haben sie gleich nach einem Anwalt verlangt. Vor einer Stunde ist einer aus Bremen gekommen. Ein ziemlich unangenehmer Typ.«

»Verstehe. Dann möchten wir die beiden jetzt sprechen. Gegen Mitternacht werden noch ein paar Kollegen aus Hannover hier eintreffen und die beiden ins Landeskriminalamt überführen«, erklärteVoss entschieden.

Köster schien nicht einverstanden zu sein: »Aber die Geldeintreiber haben hier bei uns mehrere Straftaten begangen. Dabei haben sie ein Opfer schwer verletzt und wollten ein zweites entführen. Die sind schon seit Längerem hinter Pape her, haben ihn und später auch seine Begleiterin bedroht. Außerdem haben wir einen Verdacht, wer der Auftraggeber sein könnte und wir müssen sie unbedingt noch dazu befragen.«

Hanne Voss runzelte die Stirn. »Gut. Sie können das gern versuchen. Nur glauben wir nicht, dass die beiden eine Aussage machen werden. Wir ermitteln schon seit Längerem gegen ein Kartell der Russen-Mafia, das in Niedersachsen aktiv ist, und haben schon einige Erfahrungen sammeln können. Das Schweigegebot ist denen heilig.«

Köster und Voss betraten den Vernehmungsraum. Kurz darauf wurden die beiden Russen hereingeführt, gefolgt von ihrem Anwalt. Beide schauten betont gelangweilt. Als Köster sie nach dem Tathergang befragte, antwortete der Anwalt für sie: »Meine Mandanten haben mich beauftragt Ihnen mitzuteilen, dass sie im Namen einer Inkassofirma Papes Spielschulden eintreiben sollten. Das passierte alles in legalem Rahmen. Sie traten telefonisch mit ihm in Kontakt, Herr Pape hat ihnen zur Begleichung seiner Schulden ein Gemälde angeboten. Als es zur Übergabe des Bildes kommen sollte, hat Herr Pape meine Mandanten mit einer Waffe bedroht. Herr Petrow hat dann in Notwehr auf ihn geschossen.«

»Da haben wir von Frau Mertens eine ganz andere Version gehört«, erwiderte Köster ruhig. »Herr Smirnow und Herr Petrow haben Herrn Pape verfolgt und gedroht, ihn und Frau Mertens umzubringen, wenn Pape nicht für seine Spielschulden aufkäme. Und Pape war nicht bewaffnet. Die Bedrohung ging eindeutig von Ihren Mandanten aus.«

»Da steht ja jetzt wohl Aussage gegen Aussage«, sagte der Anwalt. Und haben Sie mal daran gedacht, dass Herr Pape seine Waffe hat verschwinden lassen?«

»Dazu hat Herr Pape gar keine Zeit und keine Möglichkeit gehabt, so schwer verletzt wie er war. Außerdem haben wir gleich nachdem er angeschossen wurde, den Wohnwagen gestürmt und gründlich durchsucht. Es wurde keine weitere Waffe gefunden. Herr Petrow hat nicht in Notwehr geschossen. Und es bleibt noch die versuchte Entführung von Frau Mertens durch Ihre Mandanten. Dafür gibt es genug Zeugen. Außerdem haben wir noch eine andere Frage: Wer hat Herrn Petrow und Herrn Smirnow beauftragt, das Geld bei Herrn Pape einzutreiben?«

»Das war die Inkassofirma. Mehr wissen wir nicht. Aber wie gesagt, es war alles ganz legal.«

Kopfschüttelnd verließ Köster den Vernehmungsraum. Voss folgte ihm. Kruse, Grotheer und Schmidt hatten die Vernehmung hinter der vom Vernehmungsraum aus undurchsichtigen Glasscheibe verfolgt.

»Es war immerhin einen Versuch wert«, erklärte Köster, ohne seine Enttäuschung zu verhehlen. »Aber der Kerl ist mit allen Wassern gewaschen und erklärt seine beiden Mandanten zu Unschuldslämmern.«

Voss winkte ab. »Das sind die üblichen Methoden dieser Herren. Denn die wissen ja nicht, was vorher passiert ist. Es fehlt eben nur die Waffe, mit der Pape den Russen bedroht haben soll. Daher dürfte der Winkeladvokat mit der Notwehrversion auch nicht durchkommen. Wir haben hinreichende Beweise, die beiden festzuhalten und mit nach Hannover zu nehmen. Dort werden wir sie noch mit anderen Vorwürfen konfrontieren.«

Samstag, 23. September

Obwohl er spät zu Bett gegangen war, konnte Köster schlecht einschlafen und wachte früh wieder auf. Die Bilder des letzten Tages ließen ihn nicht los. Dabei dachte er daran, dass ihr Zugriff auch ganz anders hätte ausgehen können. Noch immer war nicht sicher, ob Pape überleben würde, doch immerhin hatten sie verhindern können, dass Sonja Mertens verletzt oder getötet wurde.

Als er seine erste Tasse Kaffee getrunken hatte, klingelte das Telefon. Gisela war dran.

»Bist du schon wach?«

»Ja, meine Liebe. Dich hat es auch früh aus dem Bett getrieben?«

»Kein Wunder nach dem Tag. Ich wollte mal hören, wie es dir geht.«

»Es geht so. Mir ist alles noch einmal durch den Kopf gegangen. Ich will so schnell wie möglich herausfinden, was Herbert Warnke mit der ganzen Sache zu tun hat. Und ich will mich noch mal nach Papes Zustand erkundigen.«

»Das ist eine gute Idee. Er wird aber sicher noch nicht vernehmungsfähig sein. Und der Geschichte mit Warnke kannst du auch am Montag noch nachgehen. Stattdessen könnten wir einen schönen Tag miteinander verbringen. Was hältst du davon?«

Am Nachmittag saßen Gisela Schmidt und Köster auf einer Bank auf dem Weyerberg und schauten über die Felder. Einige Laubbäume am Weg verfärbten sich bereits und leuchteten in der milden Herbstsonne. Köster atmete tief durch und schloss die Augen. »Das war eine gute Idee«, seufzte er zufrieden. Gisela Schmidt lächelte und lehnte sich an Köster. »Schön, dass es dir hier gefällt.«

»Es gefällt mir vor allem, weil du da bist«, erwiderte Köster, zog sie näher an sich heran und küsste sie. »Das tut so gut nach dem Stress der letzten Wochen.« Der Kommissar holte tief Luft.

»Dabei sind doch die Ermittlungen noch lange nicht abgeschlossen.«

»Ich weiß, aber jetzt eilt es nicht mehr so. Und am nächsten Wochenende fahren wir nach Amsterdam.«

Am Abend erhielt Köster einen Anruf von Johann: »In dieser Woche war viel los in der Schule. Wir müssen jetzt richtig ran. Aber ich wollte dir noch sagen, dass das Wochenende bei dir super war. Und es hat mal wieder richtig Spaß gemacht, für dich zu recherchieren.«

»Fand ich auch. Und noch einmal vielen Dank für eure Mithilfe! Ihr wart wieder richtig klasse!«, antwortete Köster begeistert.

» Gibt's denn was Neues zu unserem Fall, Papa?«, fragte Johann neugierig.

»Ja, er ist fast gelöst. Mehr darf ich dir dazu noch nicht sagen. Aber nur soviel: Es ging dabei auch um ein Bild, das eigentlich zur NS-Beutekunst gehört. Der jüdische Besitzer schaffte es nur nicht mehr, es zu verkaufen. Ich dachte, das interessiert euch.«

»NS-Beutekunst? Sieh mal einer an, die ist uns doch schon bei der Recherche über die Spedition Spreewald + Schraube begegnet, im Zusammenhang mit dem Nachlass der deportierten und ermordeten Juden. Ist das Bild denn wieder aufgetaucht?«

»Ja, zum Glück. Ich habe es gesehen. Es ist wunderschön.«

Sonntag, 24. September

Die Sonne schien durch das Küchenfenster, als Köster einen Kaffee aufbrühte und das Weißbrot toastete. Er öffnete die Balkontür und überlegte kurz, ob er noch einmal draußen frühstücken sollte.

Der kühle Wind, der ihm entgegenwehte, hielt ihn aber davon ab. Der Herbst schien endgültig Einzug zu halten. Dennoch plante er eine Fahrradtour durch die Hammewiesen.

Gerade, als er das Geschirr in die Spülmaschine einräumte, klingelte das Telefon. Jan Behrens rief an und lud ihn zum Mittagessen ein. Köster überlegte kurz und stimmte zu. Vielleicht ließe sich der Besuch mit einer Radtour verbinden. Er breitete eine Landkarte aus, suchte nach einer passenden Route und machte sich auf den Weg. Die Sonne schien immer noch, aber der Wind blies ihm heftig entgegen. In dreieinhalb Stunden erreichte er Bremervörde und war völlig erledigt.

Gerda und Jan begrüßten ihn herzlich. Nachdem er sich frisch gemacht und sein durchgeschwitztes T-Shirt gewechselt hatte, nahmen sie am Esstisch im Wohnzimmer Platz. Köster hatte Gerdas Kochkunst schon öfter genossen. Jetzt schmeckten ihm die Rouladen mit Salzkartoffeln und Rotkohl besonders gut. Satt und zufrieden lehnte er sich zurück.

»Habt ihr die Pflegerin gefunden?«, fragte Jan.

»Ja, haben wir«, sagte Köster.

»Und geht es ihr gut?«, fragte Gerda.

Köster nickte.

»Was für ein Glück!« Gerda atmete tief durch.

»Was ist denn passiert? Habt ihr rausbekommen, warum sie so lange weg war? Und hatte sie tatsächlich einen neuen Freund, von dem die Tochter noch nichts wissen sollte?«, fragte sie wissbegierig. »Jetzt lass dir doch nicht jedes Wort aus der Nase ziehen!«

Köster erinnerte sich, dass er die Behrens erst vor einer Woche in Osterholz gesehen und mit ihnen über Frau Mertens gesprochen hatte. Und wie viel in der Zwischenzeit passiert war.

»Ja, waren sie. Aber ich darf euch nichts Genaueres darüber berichten. Das muss leider warten, bis wir die Ermittlungen abgeschlossen haben.«

Montag, 25. September

Nach seiner Ankunft im Polizeikommissariat rief Köster im Krankenhaus an. Er erfuhr, dass sich Papes Zustand inzwischen stabilisiert hatte und er im Laufe des Vormittags in die chirurgische Abteilung verlegt werden sollte. Am frühen Nachmittag machten sich Köster und Kruse auf den Weg in die Klinik. Auf dem Flur begegneten sie der Stationsärztin, die sie anwies, die Vernehmung kurz zu halten.

»Er ist noch sehr schwach und wir sollten ihn noch schonen.«

Pape schlief. Er sah deutlich mitgenommen und blass aus. Sein Gesicht wirkte schmaler als auf den Fotos, er schien insgesamt an Gewicht verloren zu haben. Als die Kommissare an sein Bett traten, wachte er auf und schaute sie unsicher an. Sie stellten sich vor und fragten, ob er bereit wäre, einige Fragen zu beantworten.

Pape nickte. Wie die Kommissare bereits angenommen hatten, waren es seine Spielschulden, die ihn dazu gebracht hatten, Sonja Mertens kennenzulernen, ihr Vertrauen zu gewinnen und sie um ihr Geld zu erleichtern. Sonja Mertens hatte Köster und Kruse bereits erzählt, dass Pape sie eingeladen hatte, eine Woche mit ihm in einer Hütte in den Bergen zu verbringen. Zunächst hatte er sie liebevoll umsorgt und dabei versucht, sie zu überreden, sich am Kauf des Ferienhauses zu beteiligen.

»Wem gehört die Hütte in Österreich eigentlich?«

»Keine Ahnung. Ich war in der Gegend schon mal Mountainbike fahren. Dabei ist sie mir aufgefallen. Vor zwei Monaten habe ich sie im Internet wiederentdeckt und sie für eine Woche mit Lebensmittelservice gebucht. Die Einkaufsliste habe ich einen Tag vorher durchgegeben.«

»Wenn Frau Mertens bereit gewesen wäre, Ihnen das Geld zu geben, wie hätten Sie Ihr den vermeintlichen Kauf vorgespielt?«

Pape schaute zur Decke. »Ich habe mal für einen Immobilienmakler gearbeitet. Daher weiß ich, wie die Kaufverträge aussehen. Ich hatte schon einen für das Haus vorbereitet, mit einem Besitzer, den es nicht gibt, und mit Sonja und mir als Käufer. Dazu noch einen Vorvertrag über eine Anzahlung von 200.000 Euro, die sie schon mal tätigen sollte, um uns das Objekt zu sichern.«

»Und daraus wurde nichts, weil sie misstrauisch wurde?«

»Ja. Sie merkte, dass ich nervös wurde. Die Geldeintreiber hatten mich angerufen und mir gedroht. Sie hatten wohl rausbekommen, wo wir waren. Ich sollte am nächsten Tag liefern, sonst würden sie Sonja und mir etwas antun. Als Sonja den Kauf aufschieben wollte, habe ich die Nerven verloren.«

Pape berichtete, wie er seine Begleiterin betäubt und die Flucht mit ihr angetreten hatte.

»Von unterwegs habe ich dann noch Tim Meißner angerufen. Wir konnten in seiner Kate im Teufelsmoor unterkommen. Als Sonja aufwachte, habe ich ihr alles erzählt.«

»Ja, das hat sie bestätigt. Auch wie geschockt sie über Ihren Betrug war und welche Angst sie ausgestanden hat«, sagte Kruse erbost.

Pape nickte zerknirscht. »Es hat mir auch alles sehr leid getan. Sie ist so eine nette Frau. Sie werden es nicht glauben, ich habe mich selbst immer mehr geschämt. Nur wusste ich nicht, wie ich da wieder herauskommen sollte. Eigentlich war ich froh, als ich ihr die Wahrheit sagen musste. Nach dem ersten Schreck war sie unglaublich tapfer. Zwei Wochen waren wir in dem kleinen Haus im Teufelsmoor, und haben unsere Zeit damit verbracht, eine Lösung für das Problem zu finden.«

»Haben Sie nicht mal daran gedacht, sich an die Polizei zu wenden?«, fragte Köster

»Sie haben die Kerle doch gesehen. Das sind Geldeintreiber der Russen-Mafia. Wenn die mitbekommen hätten, dass ich sie verpfeife, wären die zwar in den Knast gewandert. Aber die Mafia hat noch genügend andere Leute, die Sonja und mich ausfindig gemacht und dann wahrscheinlich umgebracht hätten.«

»Frau Mertens hat ausgesagt, dass sie sogar bereit war, Ihnen das Geld zu geben. Ihre Erbschaft war aber zum größten Teil fest angelegt. Und sie konnte auch nicht einfach zur Bank gehen und den Restbetrag abheben. Ihnen beiden war klar, dass wir Ihnen dann auf die Spur gekommen wären.«

Wieder nickte Pape. »Dann fiel ihr das Bild ein, das sie von dem alten Warnke bekommen hatte. Er hatte ihr gesagt, das wäre etwas für Notzeiten.«

»Dann sind Sie gleich los und haben es aus der Wohnung von Frau Mertens geholt?«, fragte Köster.

»Nein, vorher wollte ich noch wissen, ob es wirklich etwas Wert ist und habe Herbert angerufen.«

»Herbert? Welchen Herbert?« Kruse richtete sich auf.

»Herbert Warnke, der Neffe vom alten Warnke. Kennen Sie den?«

Köster fragte weiter: »Ja sicher. Und wie kamen Sie dazu, sich bei ihm zu erkundigen?«

»Von Herbert habe ich doch auch den Tipp bekommen, dass Frau Mertens eine größere Summe geerbt hatte. Das war nach einer Pokerrunde, wir saßen noch zusammen und tranken ein Bier. Er merkte, dass ich nicht gut drauf war und fragte mich, was mit mir los sei. Ich habe ihm davon erzählt, dass ich in letzter Zeit beim Spielen viel Pech gehabt hatte.«

»Wann war das?«

»Das muss kurz nach Ostern gewesen sein. Richtig, das Wochenende danach.«

»Wie gut kennen Sie Warnke?«

»Wir haben öfter zusammen gepokert. Eigentlich hat er mich dazu gebracht. Früher sind wir öfter mal zusammen mit dem Rennrad unterwegs gewesen.«

»Wie mit Frank Peters«, fügte Köster nachdenklich hinzu.

»Hat Frank Ihnen das erzählt?«, fragte Pape.

»Nein, in Ihrer Wohnung haben wir das Bild von Ihnen beiden vor den Rennrädern gefunden.«

»Da waren Sie also auch schon«, Pape lächelte müde. »Dann hätten Sie doch auch das Foto von Herbert und mir sehen müssen. Das hängt ebenfalls an der Pinnwand.«

»Nein, da war keines von Ihnen und Herbert Warnke. Nur Sie und Peters«, sagte Köster entschieden.

»Komisch, dann muss es jemand mitgenommen haben.« Pape zuckte mit den Achseln.

Nach ihrer Rückkehr ins Kommissariat trafen sich Anne Grotheer und Kruse noch einmal mit Köster in dessen Büro. Der Ermittlungsleiter begann: »Anscheinend steckt Herbert Warnke hinter der ganzen Sache. Er hat Pape den Tipp gegeben, sich das Geld von Frau Mertens zu holen.

Wollte er sich rächen? Oder einen Teil davon selbst für sich abzweigen? Hat er etwas mit dem Inkassobüro und den beiden Geldeintreibern zu tun? Wenn die beiden Typen die Wohnung durchsucht haben, könnten sie in Warnkes Auftrag das Foto von ihm und Pape entfernt haben. Dann stellt sich die Frage, ob Warnke wusste oder ahnte, dass sein Onkel das wertvolle Gemälde seiner Pflegerin geschenkt hat.«

»Es könnte sein, dass Frau Warnke, die Witwe des alten Warnke, ebenfalls beteiligt war«, sagte Grotheer. »Sie war doch ziemlich sauer, dass ihr Mann seiner Pflegerin so viel Geld vererbt hat.«

»Und wie ist es mit Andreas Warnke? Der erscheint so solide. Aber wer weiß, ob er nicht auch mit von der Partie ist. Er wusste von dem Bild und kannte dessen Wert«, fügte Kruse hinzu.

»Das kommt mir weniger wahrscheinlich vor, aber es ist auch nicht auszuschließen. Also werden wir weiter ermitteln. Herbert Warnke scheint mir der Drahtzieher zu sein. Daher sollten wir ihn so schnell wie möglich befragen und eventuell auch festnehmen. Das wird nicht einfach sein. Anne, erkundige dich mal, ob es ein Rechtshilfeabkommen zwischen Indonesien und Deutschland gibt.«

Eine halbe Stunde später erschien Grotheer mit den Ergebnissen ihrer Recherche.

»Ich habe herausbekommen, dass deutsche Konsularbeamte Personen ohne Rücksicht auf ihre Staatsangehörigkeit vernehmen können, wenn diese dazu bereit sind. Auslieferungen sind auf vertragsloser Grundlage möglich. Anscheinend gibt es kein Abkommen mit Indonesien. Ein Auslieferungsersuchen wird auf dem diplomatischen Geschäftsweg übermittelt.«

Köster runzelte die Stirn. »Die Vernehmung vor Ort macht wenig Sinn. Wenn Warnke überhaupt dazu bereit ist, hat das keine Konsequenzen. Er kann danach schnell wieder abtauchen. Auslieferung zu beantragen ist also möglich, wird aber dauern.«

»Er kehrt doch immer wieder mal in die Heimat zurück. Wir müssten nur wissen, wann er das nächste Mal hier wieder erscheint. Dann könnten wir in festnehmen und befragen«, schlug Kruse vor.

»Gute Idee. Dem sollten wir nachgehen. Und auch dafür sorgen, dass er nachhause kommen will.«

Dienstag, 26. September

Köster fuhr noch einmal ins Krankenhaus, dieses Mal begleitet von Anne Grotheer. Pape war wach, als sie in sein Zimmer traten. Sein Gesicht hatte bereits etwas Farbe bekommen, dennoch wirkte er schwach und legte immer wieder Gesprächspausen ein, in denen er sich zurücklehnte, um tief Luft zu holen.

»Schön, dass es Ihnen schon besser geht. Die Ärzte haben uns mitgeteilt, dass Sie sich erstaunlich schnell erholen«, sagte Köster.

Pape nickte. »Ich weiß, das war sehr knapp. Und ich bin auch froh, dass alles vorbei ist.«

Ein kurzes trauriges Lächeln huschte über sein Gesicht. Danach schien er in sich zusammenzufallen. »Wenn es so weitergeht, werde ich Anfang nächster Woche vom Krankenhaus in die JVA Oslebshausen verlegt.«

»Ich dachte, Sie wollten nicht an diesen Ort zurück?«, fragte Köster.

»Sie haben recht. Als ich dort vor vier Jahren einsaß, dachte ich: nie wieder. Und jetzt komme ich doch wieder hin«, antwortete Pape resigniert.

»Aber Frau Mertens und Sie leben, vergessen Sie das nicht«, erwiderte Grotheer.

»Daran denke ich auch immer wieder. Das Ganze war ein einziger Albtraum.«

»Wir brauchen noch einmal Ihre Hilfe. Wie war das mit Herbert Warnke: Er hat Ihnen von Frau Mertens Erbschaft erzählt. Hat er Sie darauf gebracht, sich Frau Mertens zu nähern?«

»Ja. Er meinte sinngemäß: Die Pflegerin hat ja jetzt viel Geld und ist alleinstehend. Für dich wird es ein Leichtes sein, sie herumzukriegen.«

»Dann wusste er von der Anzeige, die Sie wegen Heiratsschwindels erhalten haben?«

Pape schaute an die Decke. »Ja«, sagte er kurz.

»Hat er Ihnen auch von dem Gemälde seines Onkels erzählt?«

»Nein, wieso?«, fragte Pape erstaunt.

»Ich möchte nur wissen, ob er schon vorher davon wusste oder ahnte, dass sein Onkel es Frau Mertens geschenkt hat.«

»Nein. Ich habe von dem Bild erst erfahren, als Sonja davon erzählt hat. Dann habe ich mich per Skype bei Herbert gemeldet. Das habe ich Ihnen doch schon erzählt.«

»Wie hat er darauf reagiert?«

»Überrascht. Dann hat er sich schnell gefasst und mir gesagt, dass das Bild etwas wert wäre und sicher reichen würde, um meine Schulden zu begleichen. Ich sollte mich ruhig bei den Geldeintreibern melden und mit ihnen einen Deal machen.«

»Hat er Ihnen gesagt, wie viel es wert ist?«

»Nein. Aber das hat mich in dem Moment auch nicht so interessiert. Ich wollte nur wissen, ob es für den Ausgleich meiner Schulden reichen würde.«

Köster schwieg einen Moment, wechselte einen Blick mit Grotheer und machte sich ein paar Notizen. »Ich habe noch eine andere Frage: Haben Sie auch Herbert Warnkes Cousin Andreas kennengelernt?«, fragte der Kommissar.

»Den Lehrer? Ja. Ich bin ihm einmal begegnet, als wir mit dem Rennrad im Blockland unterwegs waren. Er war mit seiner Frau und den Kindern unterwegs. Wir trafen sie auf einem Bio-Bauernhof, wo auch Eis gemacht wird.«

»Hatten Sie später noch einmal Kontakt mit Andreas Warnke?«

»Nein. Herbert hat nur manchmal von ihm erzählt. Für ihn war Andreas der spießige ältere Cousin, der immer brav seine Pflicht tut, dann aber doch der Loser ist. Seine Frau hat ihn verlassen.«

Nachdem Grotheer auf dem Beifahrersitz Platz genommen und sich angeschnallt hatte, schnaufte sie: »Das ist ja unglaublich! Da fragt Pape diesen Warnke, ob er das Bild kennt, und der sagt ihm nicht, wieviel das wirklich Wert ist!«

Köster nickte. »Da hätten die beiden Geldeintreiber ein tolles Geschäft gemacht. Ich glaube, das ist kein Zufall. Wir können wohl davon ausgehen, dass die Mafiosi und Herbert zusammengearbeitet haben. Umso wichtiger ist es, dass er wieder nach Deutschland zurückkehrt und wir ihn festnehmen können.«

»Das sehe ich auch so.« Beruhigt lehnte sich die Kommissarin zurück. Ein Lächeln huschte über ihr Gesicht. »Heute habe ich Pape ja zum ersten Mal richtig gesehen. Auch wenn er noch ziemlich fertig ist, sieht er ganz gut aus. Kein Wunder, dass die Mertens sich in ihn verliebt hat.«

Köster sah sie kurz an, sagte aber nichts.

»Noch etwas – einige Zeugen meinten doch, er würde sie an einen Schauspieler erinnern. Als wir mit ihm gesprochen haben, dachte ich die ganze Zeit darüber nach und dann bin ich darauf gekommen: der Pape sieht aus wie George Clooney.«

»Findest du?«, fragte Köster erstaunt.

Am Nachmittag suchten Grotheer und Köster Andreas Warnke in seiner Wohnung in Horn-Lehe auf. Inzwischen schien er über die Besuche der Kriminalbeamten nicht mehr überrascht zu sein.

Die Kommissare informierten ihn, dass Frau Mertens befreit und das Bild wieder aufgefunden wurde. Pape war aber schwer verletzt und die beiden Täter waren festgenommen worden.

Der Lehrer reagierte erleichtert. »Ich freue mich, dass der Pflegerin nichts passiert ist und die beiden Männer in Haft sind. Dass sie gleich auf Pape geschossen haben, zeigt ja, wie gefährlich sie sind. Und wird er überleben?«

Köster nickte. »Er hat die Operation gut überstanden, wird aber einige Zeit brauchen, bis er wieder zu Kräften kommt. Dann wird er in die Haftanstalt überführt.«

Andreas Warnke schwieg einen Moment, bis er mit einer Frage fortfuhr: »Und, haben Sie das Bild gesehen? Hat es Ihnen gefallen?«

Köster nickte. »Ja. es ist wunderschön.« Fast beiläufig wechselte er das Thema: »Wissen Sie, wann Ihr Cousin wieder mal in die Heimat kommt?«

Warnke schüttelte den Kopf. »Ich höre ja selten was von ihm. Aber warten Sie mal. In zwei Wochen hat meine Tante Geburtstag. Da lädt sie jedes Jahr die Familie ein. Bisher ist Herbert immer gekommen.«

Im Auto schwieg Anne Grotheer eine Weile und schaute aus dem Fenster. »Ich bin mir inzwischen nicht mehr so sicher, ob Andreas Warnke nicht doch in die Sache verwickelt ist. Als ihm das Phantombild gezeigt wurde, hat er gesagt, er kenne Pape nicht. Da hat er gelogen, denn die beiden sind sich ja doch schon mal begegnet.«

»Richtig. Vielleicht hat er ihn aber auch nicht wiedererkannt, denn sie haben sich anscheinend nur einmal gesehen. Jetzt können wir nur hoffen, dass der reisende Cousin bald nach Bremen zurückkommt.«

In Gedanken immer noch mit den Ereignissen des Tages beschäftigt, schloss Köster seine Wohnungstür auf. Das Telefon klingelte. Schnell lief er zum Apparat und meldete sich.

»Hallo Papa, störe ich dich?« Köster erkannte Johanns Stimme.

»Nein, ich komme nur gerade von der Arbeit zurück. Schön, dass du anrufst.«

»Du hast mir doch am Sonnabend erzählt, dass es in eurem Fall auch um ein Bild geht, das eigentlich zur NS-Beutekunst gehört. Das hat mich noch beschäftigt. Und ich habe dazu noch einiges herausgefunden. Interessiert dich das?«

»Auf jeden Fall! Aber hast du denn überhaupt Zeit dazu, wo du doch soviel für die Schule machen musst?«, wunderte sich sein Vater.

»Das habe ich an den Abenden gemacht, wenn ich mit den Hausaufgaben fertig war. Magst du hören, was ich recherchiert habe?«

»Na klar, dann leg mal los.«

»In den von der Wehrmacht besetzten Gebieten wurden nicht nur die Juden und ihr Eigentum deportiert, es wurden auch Schlösser, Bibliotheken, Museen und Privatsammlungen geplündert. Vieles davon landete in der Privatsammlung von Hermann Göring oder wurde zur Devisenbeschaffung auf dem internationalen Kunstmarkt verkauft. Das musst du dir mal vorstellen! Das wurde ganz systematisch organisiert, daran waren sogar höchst offiziell die Finanzverwaltungsbehörden und mehrere Nazi-Organisationen beteiligt. Ist das zu glauben?«

»Das ist unglaublich!«

»Sehe ich auch so. Aber unter den Nazis wurde eben alles ganz genau geplant, da war Unmenschlichkeit auch eine Strategie, die streng nach Plan durchgezogen wurde. Von wegen, da hat keiner was gewusst! Zur Beutekunst gehörten aber nicht nur Kunstgegenstände und Bilder aus den besetzten Gebieten, sondern auch aus dem Deutschen Reich selbst. Viele der sogenannten entarteten Bilder, die ja eigentlich vernichtet werden sollten, waren aber sehr viel wert und landeten in Sammlungen von Nazigrößen oder wurden auch ins Ausland verscherbelt. Was auch noch dazu gehört: Ab 1938 gab es ein Berufsverbot für jüdische Kunsthändler. Schon vorher mussten sie, um für ihren Lebensunterhalt, ihre Ausreise und auch noch für die sogenannte Reichsfluchtsteuer aufkommen zu können, ihren Besitz zu Schleuderpreisen verkaufen: Gemälde, Zeichnungen, Grafiken und Skulpturen, aber auch Bücher und Antiquitäten. Das musst du dir mal vorstellen, Menschen, die wenige Jahre zuvor Mäzene des kulturellen Lebens waren, haben sozusagen über Nacht ihr Ansehen und ihr Vermögen verloren.Und dreimal darfst du raten, wer sich deren Besitz unter den Nagel gerissen hat: sogenannte arische Kunsthändler, Versteigerungshäuser, Hehler. Die haben allesamt gute Geschäfte gemacht«

Johann schwieg. »Papa, kannst du was damit anfangen? Hilft dir das bei deinem Fall?«

»Klar, vielen Dank. Ich verstehe jetzt wieder einiges mehr, mein Sohn. Vielen Dank für deine Recherche!«

Mittwoch, 27. September

In der Morgenbesprechung war Grotheer ungewöhnlich schweigsam. Plötzlich richtete sie sich auf und fragte: »Können wir nicht noch mal bei Frau Mertens vorbeischauen? Ich möchte gerne wissen, wie es ihr jetzt geht. Vielleicht ist ihr ja auch noch was eingefallen.«

Köster willigte ein. Gemeinsam fuhren sie nach Hüttenbusch. Sie klingelten und es dauerte es eine Weile, bis Sonja Mertens ihnen die Tür öffnete. Sie sah immer noch sehr erschöpft und blass aus.

»Wollen Sie einen Kaffee?«, fragte sie.

»Nein danke, ein Wasser reicht.«

Wenig später nahmen sie im Wohnzimmer Platz. Grotheer schaute auf die Wand und sah den hellen Fleck, an dem das Bild gehangen hatte.

»Wie ist es für Sie, wieder hier zu sein?«, fragte die Kommissarin.

Die Pflegerin schwieg einen Moment: »Das ist nicht so einfach zu sagen. Natürlich bin ich sehr froh, dass alles vorbei ist. Aber das Ganze wirkt noch nach. Ich habe Ihnen ja schon alles erzählt. Ganz schlimm war für mich, dass ich keinen Kontakt zu meiner Familie haben durfte. Ich wusste doch, dass sie sich große Sorgen um mich machen würden.«

Für einen Moment schwieg Sonja Mertens und kämpfte gegen die Tränen. Anne Grotheer reichte ihr ein Taschentuch. Dankbar nahm Mertens es entgegen, schnäuzte sich und fuhr fort: »Und jetzt ist es nicht so leicht wieder hier anzufangen. Alle wollen wissen, was mir passiert ist, und wo ich war. Morgen ist mein erster Arbeitstag nach der ganzen Geschichte.«

»Mit Ihrer Tochter haben Sie ja schon gesprochen«, sagte Köster. »Wie war das?«

»Es war gut, dass sie bei dem Gespräch mit Ihnen dabei war. Danach wollte sie noch mehr wissen. Da sie das Wichtigste schon gehört hatte, war es nicht mehr so schwer, ihre Fragen zu beantworten.«

»Dann ist doch der Anfang schon gemacht. Und wie hat Ihre Tochter reagiert?«

»Sie war ziemlich froh, dass ich aus dieser Situation überhaupt wieder herausgekommen bin. Das hat sie mehrmals gesagt.

Das andere, dass ich mit einem Mann unterwegs war, das hatte sie sich schon gedacht. Enttäuscht war sie wohl, dass ich ihr vorher nichts davon erzählt habe. Richtig wütend war sie, als sie hörte, dass er hinter meinem Geld her war. Aber viel schlimmer waren die Sorgen, die sie sich gemacht hat. Und als sie dann hörte hat, wie gefährlich alles für mich war, hat sie richtig mitgelitten«, sagte Sonja Mertens nachdenklich.

»Alle, die Ihnen nahe stehen, werden ähnlich reagieren. Und bei den anderen sollte es Ihnen nicht so wichtig sein. Vielleicht hilft es Ihnen, wenn Sie sich einfach aufschreiben, was und wie viel sie denen erzählen wollen. Es müssen ja nicht alle alles wissen.«

Frau Mertens atmete tief durch. »Sie haben recht. Vielen Dank für den Tipp.«

»Mich wundert, warum Sie die ganze Zeit in der Kate geblieben sind. Warum sind Sie nicht weggelaufen?«, fragte Köster. »Sie waren doch nicht weit von zuhause entfernt, vielleicht drei oder vier Kilometer.«

»Ich habe es ja versucht, bin aber wieder umgekehrt.« Sonja Mertens schaute den Kommissar hilflos an. »Jochen hat mir solche Angst vor den Mafiatypen gemacht, dass ich dachte, die lauern hinter jeder Ecke und warten zuhause auf mich.«

»Sie hätten doch Schutz bei uns finden können«, erwiderte Grotheer erstaunt.

Die Pflegerin zuckte mit den Schultern. »Auch davor hat mich Jochen gewarnt. Die Mafia hat die Polizei unterwandert, sagte er. Daher wären wir bei Ihnen nicht sicher.«

»Und das haben Sie ihm geglaubt?«

»Ich war mir da eben nicht sicher. In den Krimis im Fernsehen sieht man so was ja auch öfter. Als die beiden Typen dann aufgetaucht sind und uns bedroht haben, hatte ich nur noch Angst. Da war jeder Gedanke an eine Flucht vorbei.«

»Das kann ich gut verstehen.« Grotheer dachte an die furchteinflößenden Geldeintreiber. Sie hätte den beiden auch nicht außerhalb des Kommissariats begegnen mögen.

Die Kommissarin schwieg einen Moment und wechselte das Thema: »Darf ich fragen, wie es Ihnen jetzt mit der ganzen Geschichte und mit Pape geht?«, fragte sie vorsichtig.

»Darüber denke ich viel nach. Auch warum ich mich so von ihm habe einwickeln lassen. Das liegt wohl daran, dass mir noch nie ein Mann begegnet ist, der so einfühlsam und fürsorglich war.«

Verträumt schaute die Pflegerin aus dem Fenster. »Ich fragte mich in der Woche zwar öfter, womit ich dieses Glück verdient hätte. Aber es kam mir nie der Gedanke, dass er es nicht ernst meinen könnte.« Mertens runzelte die Stirn. »So ganz stimmt das nicht. Manchmal verhielt er sich so seltsam, war plötzlich so ungeduldig oder abweisend, dann war ich verunsichert und wusste nicht, was ich davon halten solle. Aber dann war er wieder wie vorher und ich versuchte, das schnell zu vergessen.« Noch einmal hielt Sonja Mertens inne und suchte nach Worten. »Da war es sehr schlimm, als ich erfuhr, dass er das alles nur gemacht hat, um an mein Geld zu kommen. Erst hatte ich gar keine Zeit, um ihm richtig böse zu sein, denn es ging um unser Überleben. Zwischendurch aber kam immer wieder die Wut hoch. Wie hat er mich da nur mit hineinziehen können! Wenn er nicht gewesen wäre, hätte ich nie eine solche Angst ausstehen müssen. Doch das war nur kurze Zeit. Er hat mich weiterhin sehr umsorgt. Und er hat mir immer wieder versichert, wie leid ihm das alles tut. Und dass er sich auch in mich verliebt hat. Doch das konnte ich ihm nicht mehr glauben. Er brauchte ja immer noch mein Geld, damit wir da heile rauskommen konnten.«

Sie machte eine Pause, trank einen Schluck Wasser und fuhr fort: »Schlimm war es, als der eine Geldeintreiber auf Jochen schoss. Ich dachte, jetzt ist er tot! Ich stand richtig unter Schock. Erst im Krankenhaus habe ich realisiert, dass er noch am Leben ist.

Aber da war ja noch nicht sicher, ob er überlebt. Da habe ich mir noch mehr Sorgen um ihn gemacht. Erst jetzt, wo ich weiß, dass es ihm besser geht, merke ich, dass die Wut wieder hochkommt.«

»Er wird sicher auch wegen seines Vergehens verurteilt werden«, sagte Köster.

»Das hat er auch verdient. Doch wichtiger ist noch, dass er seine Spielsucht los wird. Sie hat uns erst in die schlimme Situation gebracht.«

Am Abend telefonierte Köster noch einmal mit Gisela und berichtete von den Ereignissen des Tages. »Wie sich manches in den Familien wiederholt«, meinte sie nachdenklich. »Der Vater von Rudolf Warnke hat sich in der NS-Zeit an jüdischem Besitz bereichert. Als sein Sohn davon erfuhr, hat er ein zwiespältiges Verhältnis zu seinem Vater entwickelt. Das Erbe hat er zwar angenommen, es ging ihm aber nie gut damit. Rudolf Warnke war beruflich erfolgreich, aber in seiner Ehe unglücklich, so dass er seine Frau verlassen hatte und nach Worpswede gezogen war. Dass die Pflegerin ihn an sein jüdisches Kindermädchen erinnerte, kann nicht nur an dem Aussehen gelegen haben. Ich denke, beide hat er als besonders liebevoll erlebt. Als er Frau Mertens das Geld und das Bild vererbt hat, waren ein oder mehrere Familienmitglieder so sauer, dass sie ihr beides anscheinend auf perfide Art wieder abnehmen wollten.«

»Und ihr hat das Erbe damit kein Glück gebracht. Sie hätte Pape nie kennengelernt und ihr Leben wäre nicht so bedroht worden«, fügte Köster hinzu.

Epilog

Anfang Oktober fuhren Köster und Gisela für vier Tage nach Amsterdam. Auf ihrer Reise besuchten sie auch das Van-Gogh-Museum und sahen sich die Sonnenblumen an. Amüsiert betrachteten sie im Museumsshop die vielen T-Shirts, Taschen und Gebrauchsgegenstände, die mit dem Motiv bedruckt waren. Köster erstand für beide je eine Sonnenblumentasse, die sie an ihren ersten gemeinsamen Urlaub erinnern sollte.

Auf der Rückfahrt beschlossen sie, möglichst bald nach Niebüll zu fahren. Köster hatte das Noldemuseum viele Jahre zuvor mit seiner Familie besucht, jetzt wollte er es Gisela zeigen.

Zwei Wochen nach der Amsterdamreise kehrte Herbert Warnke aus Indonesien zurück. Als der Reisende aus der Eingangshalle des Bremer Flughafens trat, wurde er von zwei Polizeibeamten empfangen und in das Polizeikommissariat gebracht. Die Verhaftung traf ihn unvorbereitet. In der Onlineausgabe des Weser-Kuriers hatte er von der Befreiung der Pflegerin und der Sicherstellung des Gemäldes gelesen, aber auch von Papes lebensbedrohlicher Schussverletzung und der Verhaftung der Geldeintreiber. Sein Cousin hatte ihm bei einem späteren Telefonat dieselbe Auskunft gegeben, allerdings mit der Neuigkeit, dass Pape inzwischen an den Folgen seiner schweren Verletzung verstorben wäre, ohne vorher noch zur Besinnung gekommen zu sein.

Andreas Warnke hatte sich von Köster überzeugen lassen und Herbert am Telefon von Papes Ableben berichtet, um den Cousin zur Rückkehr nach Bremen zu bewegen. Zunächst hatte Andreas Warnke mit sich gekämpft, bei diesem Trick mitzuwirken. Dann war er aber doch seinem Gerechtigkeitssinn gefolgt, der ihm sagte, dass niemand, auch nicht der eigene Cousin, der verdienten Strafe entgehen dürfe.

Als er mit Papes Aussage konfrontiert wurde, versuchte Herbert Warnke zunächst noch seine Beteiligung zu leugnen. Erst als ihm Köster die gespeicherte E-Mail-Korrespondenz vorlegte, gab er zu, Pape auf Frau Mertens und ihr Erbe aufmerksam gemacht zu haben. Seine Tante habe davon nichts gewusst. Warnke stritt auch ab, Kontakt zu den Geldeintreibern gehabt zu haben. Er sagte aus, dass er sich um seinen Freund

und die Pflegerin gesorgt hätte. Deshalb war er froh, dass die beiden den Russen das Nolde-Gemälde anbieten konnten. In dem Moment hätte er nicht an den richtigen Wert des Bildes gedacht.

Aus Hannover hörte Köster, dass den beiden Geldeintreibern noch zwei andere Straftaten nachgewiesen werden konnten. Ein Angebot zur Kronzeugenregelung hatten die Russen abgelehnt. Sie würden ihre Haftstrafe absitzen und danach weiter für die Mafia tätig sein. Auf der Telefonliste von Petrows Smartphone tauchte neben Papes auch Herbert Warnkes Nummer auf. Somit konnte der Kontakt zwischen den beiden nachgewiesen werden.

Jochen Pape wartete auf seinen Prozess. Er hatte sich für eine therapeutische Behandlung entschieden. Damit folgte er nicht nur einer Empfehlung seines Anwalt, dass sich diese vielleicht strafmildernd auswirken würde. Er wollte vielmehr selbst seine Spielsucht überwinden. Aus der Haft schrieb er regelmäßig Briefe an Sonja Mertens, auf die sie aber nicht antwortete.

Andreas Warnke war anscheinend nicht in den Plan seines Cousins eingeweiht gewesen, die Pflegerin um ihr Geld zu erleichtern. Er nahm seine Familiengeschichte zum Anlass, nach den vorherigen Besitzern seines Elternhauses und dem Kindermädchen zu suchen, dem Sonja Mertens so ähnlich gesehen hat. Nach dem November-Pogrom, das mit der Zerstörung vieler jüdischer Geschäfte einhergegangen war, wurde eine große Anzahl wohlhabender jüdischer Männer verhaftet und ins KZ verbracht. Dort hatte ihre Folterung und Drangsalierung dazu gedient, Druck auf sie auszuüben, damit sie ihren Besitz verkauften. Die Gestapo hatte sich bei Hilde Grünberg, der Ehefrau des vorherigen Besitzers der Warnke-Villa, gemeldet und sie zur Vorbereitung der Auswanderung gedrängt. Falls sie sich weigerte, würde ihrem Mann eine lange Lagerhaft drohen. Ein Makler war kurz darauf bei ihr aufgetaucht und hatte den Verkauf des Hauses an Wilhelm Warnke vermittelt. Von dem geschätzten Wert von 130.000 Reichsmark zahlte er nur die Hälfte. Da die Familie nach Arnold Grünbergs Entlassung das Land schnell hatte verlassen müssen, kam sie nicht mehr dazu, das Inventar ihres Hauses zu veräußern. Dazu gehörten auch die beiden wertvollen Nolde-Gemälde.

Die Grünbergs hatten die Ausreise nach England geschafft. Die Eltern waren früh verstorben, aber ihre Tochter lebte noch hoch betagt in einer Kleinstadt, liebevoll umsorgt von ihrer Enkelin. Mit beiden nahm Andreas Warnke Kontakt auf. Offen blieb dabei, ob sie ihren Anspruch auf das Bremer Haus noch geltend machen wollten.

Zum weiteren Schicksal des Kindermädchens konnte Andreas Warnke nur erfahren, dass sie 1942 nach Theresienstadt deportiert wurde. Er befürchtete, dass sie dort ermordet worden war.

Anfang November suchte Warnke Köster noch einmal in dessen Büro auf und berichtete ihm, dass Sonja Mertens Kontakt zu ihm aufgenommen hatte: »Sie hat ja erfahren, woher das Bild von Emil Nolde stammt. Daher will sie es nicht mehr behalten und hat mich gebeten, für sie den Rücktransport zu den eigentlichen Erben zu organisieren. Ich bin gerade dabei das umzusetzen. Zuerst habe ich aber Kontakt zur Nolde-Stiftung aufgenommen. Ein Kunstsachverständiger untersucht gerade das Gemälde, das anschließend in das Verzeichnis der Gemälde des Malers aufgenommen wird.«

Warnke trank einen Schluck Wasser und fuhr fort: »Ich habe mich noch mal mit Nolde selbst befasst. Seine Bilder wurden zu den ›Entarteten‹ gerechnet und er erhielt Malverbot. Das ist ja schon lange bekannt, auch dass er daraufhin heimlich kleine Aquarelle malte, die später die ›ungemalten Bilder‹ genannt wurden. Kennen Sie Siegfrieds Lenz' ›Deutschstunde‹?«, fragte Warnke unvermittelt.

Köster schrak auf. »Ja, ich habe es gelesen. Aber das ist schon lange her.«

»Vielleicht erinnern Sie sich: Eine der Hauptpersonen des Romans ist Max Ludwig Nansen. Er steht für den Maler Emil Nolde, der in dieser Geschichte unter dem Malverbot leidet und dieses trickreich umgeht. Ein stolzer Held. Erst später wurde bekannt, dass Nolde ein glühender Antisemit war und ganz früh von den Nationalsozialisten überzeugt und ein großer Hitler-Bewunderer war. Wussten Sie das?«

Köster schüttelte den Kopf. »Ich habe mal seine Autobiografie gelesen. Da stand, dass er sehr heimatverbunden war, aber nichts davon, dass er ein Nazi war.«

Warnke lachte bitter. »Nolde hat seine Autobiografie umgeschrieben und die entsprechenden Stellen geschönt. Umso schlimmer war es für ihn, dass seine expressionistischen Bilder bei der Partei auf Ablehnung stießen. Die wurde aber nicht von allen Nazigrößen geteilt. In Goebbels Dienstwohnung hingen einige von Noldes Aquarellen. Verrückt ist auch, dass die Bilder des überzeugten Antisemiten auch von jüdischen Sammlern wie den Grünbergs gekauft wurden. Die meisten mussten sie verkaufen, um ihre Ausreise zu finanzieren. Das zeigt außerdem, dass mit Noldes Bildern weiter fleißig Handel getrieben wurde, genauso wie auch mit vielen so genannten entarteten Kunstwerken, die zur Beutekunst zählen.«

Andreas Warnke schwieg und schaute versonnen aus dem Fenster. Tief einatmend fuhr er fort:

»Das alles wusste ich noch nicht, als ich das Noldebild meines Großvaters zum ersten Mal sah. Ich habe es immer gemocht und liebe es noch heute. Auch wenn Nolde eine so zwielichtige Figur war, er malte einfach wunderschön.«

Nachwort und Danksagung

In diesem Buch sind wieder die Osterholz-Scharmbecker und Verdener Kriminalkommissare Köster, Schmidt, Grotheer und Kruse mit der Auflösung ihres Falls beschäftigt. Wie alle anderen beteiligten Personen und ihre Wohnorte sind sie frei erfunden.

Der geschichtliche Hintergrund ist allerdings wahr. Nach der Machtergreifung der Nationalsozialisten 1933 begann in Bremen wie überall im Deutschen Reich die systematische Verfolgung der jüdischen Bevölkerung. Sie gipfelte in die Deportation in die Vernichtungslager. Von 1941 bis 1945 wurden die meisten Bremer Juden nach Minsk, Auschwitz und Theresienstadt verschleppt und zum größten Teil dort ermordet, ihre Wohnungen und Häuser anschließend geplündert. Die »Arisierung« jüdischen Grundbesitzes verhalf einigen Bremern zu günstigen Häusern und Geschäften.

Vor allem eine Bremer Spedition verdiente gut am Abtransport des jüdischen Besitzes aus den von der Wehrmacht besetzten Gebieten ins Deutsche Reich. In anschließenden Auktionen wurde ein großer Teil des jüdischen Hausrats an die Bevölkerung verkauft. Wertvolles Inventar, darunter viele Kunstgegenstände, dienten wie die übrige Beutekunst der Devisenbeschaffung oder landete in privaten Haushalten und Sammlungen der Nazigrößen.

Mit dem Krimi möchte ich an das Schicksal der deportierten und ermordeten jüdischen Bremer Bürger*innen erinnern. Die Beteiligung einiger Firmen und Privatpersonen, die sich an jüdischem Besitz bereicherten, soll ebenfalls nicht in Vergessenheit geraten.

An der Entstehung dieses Buchs waren einige Menschen beteiligt, denen ich hiermit danken möchte:

- Mein Mann Winfried Picard begleitete mich wie immer durch aufmerksames Zuhören und erfreute sich am Fortgang der Geschichte.

- Unser Sohn Arne beriet mich bei der Suche nach Möglichkeiten der Verfolgung und Verschleierung von Telefonanrufen.
- Meine Freundin und Krimi-Expertin Brigitta Rehage fand wieder Zeit, das Manuskript aufmerksam durchzugehen und zu korrigieren.
- Günter Frankenfeld, der ehemalige Leiter des Polizeikommissariats Osterholz, ging das Manuskript mehrfach und gründlich durch und lieferte wichtige Hinweise und Formulierungen zum möglichen Tathergang und den Ermittlungstechniken.
- Vom Journalisten Henning Bleyl erhielt ich weiterführende Auskünfte zum geschichtlichen Hintergrund des Krimis.
- Mein Chorfreundin und Juristin Hanna Thum beriet mich in juristischen Fragen.
- Helmut Grotheer, Vorstand der Volksbank Worpswede, gab mir wertvolle bankrechtliche Informationen.